Silke Uhlenbrok

Geschwisterliebe

Silke Uhlenbrok

Geschwisterliebe

So oder anders

TWENTYSIX

Bibliografische Information der Deutschen
Nationalbibliothek: Die Deutsche
Nationalbibliothek verzeichnet diese Publikation
in der Deutschen Nationalbibliografie;
detaillierte bibliografische Daten sind im
Internet über dnb.d-nb.de abrufbar.

TWENTYSIX – der Self-Publishing-Verlag
Eine Kooperation zwischen der Verlagsgruppe
Random House und BoD – Books on Demand

Herstellung und Verlag:
BoD – Books on Demand, Norderstedt

ISBN: 978-3-7407-5454-9

Kapitel 1

Ihr Kopf dröhnte. Eigentlich hatte sie gestern doch gar nicht so viel getrunken. Und schon lange keine Drogen mehr genommen. Aber ihr Kopf, er dröhnte so sehr. Sie versuchte sich aufzurichten, aber dabei wurde ihr nur ganz schummrig und schlecht. Also blieb sie lieber liegen und wartete. Irgendwann wird es ihr schon wieder besser gehen, dachte sie. Sie kannte das.

Aber irgendetwas stimmte nicht. Ihr war kalt. Der Boden war so hart und eine Kälte stieg von ihm auf. War sie etwa im Badezimmer eingeschlafen? Sie versuchte sich zu orientieren, aber alles war so dunkel. War es schon wieder oder immer noch Nacht? Und irgendwie hatte sie ein komisches Gefühl. Sie fühlte sich richtig unwohl. So als würde sie beobachtet werden. Dieses Gefühl hatte sie schon seit länger Zeit immer mal wieder. Ihre Schwester sagte mal zu ihr: „Wenn du glaubst, dass dich jemand beobachtet, dann ist es auch so. Glaub mir, man kann Menschen so gut beobachten und sie merken es nicht einmal, weil alle mit sich selber beschäftigt sind". Aber wer sollte sie schon in ihrem Badezimmer beobachten? Keiner, redete sie sich ein.

Allmählich bemerkte sie aber noch was komisches. Dieser Geruch. Es roch wie das eine Mal als ihr

Vater sie und ihre Schwester mit in die Sümpfe zum Jagen genommen hatte. „Du musst auch mal die andere Seite des Lebens kennen lernen", sagte ihr Vater, „Der Tod gehört auch zum Leben". Blödes Gerede ihres Vaters.
Da schreckte sie auf einmal hoch. Dieser Geruch.

Durch das Hochschrecken muss sie wohl wieder zusammen gebrochen sein. Das kannte sie doch eigentlich. Nicht zu schnell aufstehen nach einem ordentlichen Kater.
Und der Gedanke durchfuhr wieder ihren ganzen Körper. Der Geruch erinnerte sie nicht nur an den Sumpf, sondern an den Geruch eines verwesenden Körpers.
Während der Jagd waren sie an einem toten Hirsch vorbei gekommen. Ihr Vater wollte, dass sie ihn sich angucken. Ihre Schwester sagte nur trocken: „um so zu stinken muss man nicht tot sein".
Wie sehr wünschte sie sich, dass ihre Schwester hier wäre und ihr helfen könnte. Sie hoch heben, zum Bett bringen und ihr was zu Essen und Trinken machen würde. Und einen dummen Spruch los lässt.
Sie musste bei dem Gedanken ein wenig lächeln. Aber das wichtigste war, dass ihre Schwester nicht weg gehen würde, bis es ihr wieder gut geht und die Welt wieder heile wäre.
Aber woher kam der Geruch? Und das Gefühl beobachtet zu werden, konnte sie auch nicht mehr

abschütteln.

Dennoch dachte sie, sollte jetzt erst einmal dieses doofe, schwere und kalte Armband runter. An das Armband konnte sie sich gar nicht erinnern. Als sie es abstreifen wollte, bemerkte sie, dass es fest saß. Sie konnte es nicht abnehmen. Ein Gefühl der Panik stieg in ihr auf. Ihre Bewegungen wurden hektischer und sie kratze sich selber bei dem Versuch dieses dicke Armband ab zu bekommen. War an dem Armband etwa eine Kette? Wieso war eine dicke Kette an diesem Armband, fragte sie sich.

„Du bekommst das eh nicht runter. Das haben schon andere vor dir versucht."

„Wer...wer ist da?", schrie sie fast vor Schrecken.

Was für eine doofe Frage. Welcher Einbrecher sagt schon seinen Namen, dachte sie in dem Moment. Aber die Stimme, eben noch genervt, jetzt doch etwas freundlicher, antwortete: „Ich bin Brittany. Wie heißt du?".

„Chelsea." Mehr bekam sie gerade nicht aus ihrem Mund. Dabei fiel ihr auch auf wie durstig sie war.

Und auf einmal wurde ihr alles klar. Sie hatte gestern nicht zu viel getrunken. Sie hatte ein Geräusch im Badezimmer gehört und hatte nachgeguckt. Im Bad war aber nur das Fenster auf, welches sie wieder zumachte. Dann wollte Chelsea eigentlich wieder rüber ins Wohnzimmer und für die bevorstehende Prüfung lernen. Aber im Wohnzimmer angekommen, war das Gefühl beobachtet zu werden extrem stark. Dann bemerkte sie einen komischen Geruch. Eine Mischung aus Schweiß und Abfall. Chelsea wollte sich gerade umdrehen und herausfinden woher der Gestank kam, da hörte sie etwas rauschen. Etwas, was durch die Luft flog und sehr hart war, traf sie mit voller Wucht am Kopf. Chelsea sackte sofort zusammen und spürte noch kurz eine Hand an ihrem Arm, bevor alles schwarz wurde.

Chelsea versuchte nachzudenken. Was war da passiert? Wo war sie? Wer war Brittany?
Endlich fasste sie ihren ganzen Mut zusammen und drehte sich um. Chelsea konnte nur erahnen, dass dort eine andere Frau saß.
„Soll ich lieber etwas Licht anmachen?", fragte diese.
„Äh...also..."
„Ich deute das mal als 'ja'. Als ob es mal eine schaffen würde, gleich vernünftig mit mir zu reden", brummelte Brittany in sich hinein.
Eine? Von wem redete diese Brittany?, dachte Chelsea.
„Ist ja nicht so, als wär ich nicht in genau der gleichen Situation gewesen. Aber ich hab mich wenigstens etwas mehr zusammen gerissen und lag

da nicht wie ein Häufchen Elend", quittierte
Brittany das Schweigen von Chelsea.
Bevor diese doch irgendetwas hätte sagen können,
kam ihr Brittany zuvor.
„Es tut mir leid. Ich weiß nicht, wie lange ich
das noch mitmachen kann. Oder wohl eher muss."
Sie holte kurz tief Luft. „Bist du bereit, dass
ich das Licht anmache?"
Nein. Chelsea war nicht bereit. Sie wollte nur,
dass ihre Schwester kam. Sie soll endlich kommen
und ihr helfen! Sie war doch immer da, wenn sie
Probleme hatte!
Und ohne Brittany zu antworten, drehte sich
Chelsea wieder um, klammerte ihre Arme um die
Beine und dachte nur noch: 'Komm! Bitte, Lynn,
komm! Lynn!'.

Kapitel 2

Es war ein schöner sonniger Morgen in Washington D.C.. General Smith rückte seine Krawatte vor dem Spiegel zurecht als seine Frau Sarah ins Zimmer kam. Sie war schon fertig gekleidet und hatte wie immer das Frühstück vorbereitet.
Aber Sarah lächelte nicht wie sonst auch immer. Ihr Blick war sehr besorgt als sie ihren Mann anschaute.
„Ich hab schon länger nichts mehr von Chelsea gehört. Auf meine Anrufe reagiert sie im Moment auch nicht.
Jefferson, ich mach mir langsam Sorgen. Wenn ihr alles zu viel geworden ist und sie wieder..."
„Sie sich wieder nicht im Griff hat und Drogen nimmt?", raunte Jefferson genervt.
„Sie hatte noch nie die nötige Disziplin", setzte er hinterher.
„Jetzt fang bitte nicht wieder damit an, Jefferson." Sarah klang ein wenig streng, aber nur einen Moment später war sie wieder genauso zerbrechlich und ängstlich wie zuvor. „Ich mach mir einfach Sorgen und bitte dich doch nur ein wenig zu telefonieren. Vielleicht kannst du heraus finden, was bei ihr los ist ohne, dass sie es gleich wieder mitbekommt. Du weißt ja, wie sie reagiert, wenn wir uns ihrer Meinung nach zu sehr in ihr Leben einmischen."

„Gut, Sarah. Wenn ich nach dem Frühstück zur Arbeit fahre, werde ich ein paar Anrufe tätigen. Bist du nun zufrieden?", versuchte er seine Frau zu beruhigen.

„Danke, Jefferson." Sarah lächelte ihn an, drehte sich dann um und holte das Jackett für ihren Mann.

Wie jeden Morgen saßen sich Sarah und der General beim Frühstück gegenüber. Der General war in seine Zeitung vertieft, während Sarah den Kaffee nachfüllte und sich um all die anderen kleinen Dinge kümmerte, damit Jefferson in Ruhe frühstücken konnte.

Was aber eigentlich sonst nicht passierte, war das Klingeln an der Haustür. Sarah entwich ein kleiner Aufschrei, so unerwartet war es für sie. Sie schaute ihren Mann an und bemerkte seinen veränderten Gesichtsausdruck. So schaute er immer, wenn er schlimme Nachrichten erwartete. Der General ging zur Tür um sie zu öffnen und Sarah folgte ihm mit etwas Abstand. Dabei knetete sie ihre Hände nervös ineinander.

Als der General die Tür aufmachte, standen dort zwei Männer. Einer, groß, sportlich und ein gepflegtes Äußeres. Der zweite war dünner, schon fast schlaksig. Eine Strähne hing in sein Gesicht, was den Mann aber nicht zu stören schien. Genauso wie die Tatsache, dass ein Teil

seines Shirts aus der Hose hing und er aussah,
als wäre er aus dem Bett gefallen.

„Mr. und Mrs. Smith?", fragte der Sportliche.

„Wer will das wissen?", entgegnete der General
mit schroffer Stimme.

„Entschuldigen Sie, Mr. Smith. Ich bin Detective
Nolan. Und das ist Detective Rodriguez", sagte
der Sportliche und deutete dabei auf seinen
Kollegen.

„Ist was mit Chelsea passiert?" Sarahs Stimme
überschlug sich fast vor Panik.

„Wieso?", fragte Detective Rodriguez verwundert.

„Warum fragen sie gleich nach ihrer Tochter?"
Bevor aber noch ein Wort gesagt werden konnte,
machte der General den beiden Detectives klar,
dass er das Gespräch nicht vor der Haustür führen
wollte und wies seine Frau an die beiden Männer
ins Wohnzimmer zu bringen. Dort setzen sich alle
auf einen Armwink des Generals hin.

„Warum suchen Sie uns denn auf, Detectives? Und
ich hoffe, Ihnen ist klar mit wem Sie hier
reden." General Smith war es gewohnt, dass man
ihm seine Fragen klar und präzise beantwortete.
Er war die Skepsis der beiden Männer nicht
gewohnt.

Sarah rutschte unterdessen nervös auf dem Sofa
hin und her, bis sie den strengen Blick ihres
Mannes war nahm und versuchte darauf hin ruhig zu
sitzen. Sie wollte aber nur noch eine Antwort, ob

etwas mit Chelsea passiert war und hatte
eigentlich keine Geduld auf die Klarstellung vom
General seiner Macht und seiner Position.
Detective Rodriguez spürte die Abneigung und
versuchte die Gemüter zu beruhigen.

„Wir müssen leider annehmen, Mr. und Mrs. Smith,
dass Ihre Tochter Chelsea entführt wurde."
Sarah entglitten bei diesen Worten jegliche
Gesichtszüge und sie wurde ganz bleich. Der
General saß aber immer noch genauso reglos da und
starrte die beiden Detectives an.

„Und bevor Sie mich gleich mit Fragen löchern,
lassen Sie mich bitte erst ausreden, General
Smith", fuhr Detective Rodriguez fort.
Jefferson nahm einen tiefen Atemzug, um sich
selber ein wenig zu beruhigen und um seine
Haltung wieder zu finden, sollte sie ihm auch nur
ein kleines bisschen entwichen sein. Nun spürte
er aber wie sich vor Anspannung die Finger seiner
Frau in seinen Arm gruben und er beschloss, dass
es klüger war erst diesen Rodriguez ausreden zu
lassen.

„In die Wohnung ihrer Tochter wurde eingebrochen.
Ein Fenster wurde aufgehebelt und es wurde ein
wenig Blut auf dem Teppich im Wohnzimmer
gefunden. Zur Zeit ist es in unserem Labor. Wir
versuchen anhand der Zahnbürste ihrer Tochter
herauszufinden, ob es tatsächlich ihr Blut ist.
Haben Sie seit gestern Morgen irgendetwas von

ihrer Tochter gehört? Haben Sie Anrufe von
möglichen Entführern bekommen? Irgendetwas
Verdächtiges in den letzten Tagen?"
„Nein, Detective. Ich versuche schon eine Weile
unsere Tochter zu erreichen. Aber manchmal ist
sie einfach...sie braucht manchmal Zeit für
sich. Und es gab auch keine Anrufe. Oder
Jefferson?" Sarah war immer noch kreidebleich,
aber sie hatte wenigstens ihre Stimme wieder
finden können. Sie war für stressige Situationen
einfach nicht gemacht. Das hielt ihr ihr Mann
auch immer vor.
Der General schwankte jedoch zwischen der Sorge
um seine Tochter, aber er war auch genervt, dass
sie es immer wieder schaffte in Schwierigkeiten
zu geraten. Das war bei seiner anderen Tochter
nicht so, dachte er dabei stolz.
„Wieso kommen zwei Detectives den weiten Weg von
Seattle, wenn in die Wohnung meiner Tochter
eingebrochen wurde und noch nicht einmal klar
ist, ob ihr was zugestoßen ist?", fragte der
General, sich darüber doch sehr wundernd.
„Jeff?" Sarah verstand ihren Mann nicht. Machte
er sich denn keine Sorgen?
„Ich will, dass die Männer auf den Punkt kommen.
Sie verheimlichen uns etwas, Sarah. Das kann ich
nicht leiden und kostet uns alle Zeit",
antwortete Jefferson forsch, als ob er die
Gedanken seiner Frau gelesen hätte.

„Ich verstehe ihre Aufregung, General Smith" und die Stimme von Detective Rodriguez war jetzt sehr warm und weich. „Wir wollen offen und ehrlich zu Ihnen sein und dabei kein Blatt vor den Mund nehmen", bot er den beiden an. Der General nickte nur zustimmend und so atmete Detective Rodriguez tief durch, da nicht recht wusste wo er anfangen sollte. „Die Vorgehensweise und der Tatort, also die Wohnung ihrer Tochter, lassen auf einen Mann schließen, der in den vergangenen 13 Monaten schon mehrere Frauen entführt hat."

„Was meinen Sie mit mehreren?", unterbrach ihn der General sofort.

„Bitte, General Smith, lassen Sie mich einfach ausreden", bat ihn der Detective vehement. „Wir vermuten, dass es mit Ihrer Tochter jetzt die sechste ist. Mehr als vermuten können wir leider nicht, da wir außer den Wohnungen nichts haben. In den 13 Monaten wurde jeweils in die Wohnungen der Frauen eingebrochen, immer auf die selbe Art, und die Frauen sind spurlos verschwunden."

Sarah entwich ein entsetzter Aufschrei.

„Was ist mit den Frauen passiert?" Sarah wusste gar nicht, ob sie die Antwort hören wollte.

„Tja, Mrs Smith. Das tut mir leid. Wie gesagt, wir wissen es nicht. Keine ist bisher wieder aufgetaucht. Deswegen sind wir auch den weiten Weg persönlich gekommen. Wir versuchen herauszufinden, ob ihre Tochter wirklich von der gleichen Person entführt wurde oder ob sie vielleicht einfach nur abgetaucht ist. Das konnten wir mehr oder weniger bei den anderen ausschließen.Von daher brauchen wir Auskunft, was sie in letzter Zeit so gemacht hat. Oder was ihre Angewohnheiten sind, ihre Hobbys. Alles was uns irgendwie weiter helfen könnte, Freunde ausfindig zu machen. Oder Gemeinsamkeiten mit den anderen Frauen zu finden. Vielleicht aber auch nur um Dinge ausschließen zu können."

Sarah sackte in sich zusammen und brach in Tränen aus. Der General jedoch saß immer noch genauso gerade und regungslos wie zu Beginn des Gesprächs neben seiner Frau. Aber er wollte das Verhalten seiner Frau entschuldigen und sagte: „Es tut uns sehr leid, Detectives, unsere Tochter hat oft nicht viel Kontakt zu uns. Sie ist manchmal schwierig und sehr auf ihren verdammten Freiraum bedacht", entfuhr es dem General. „Warum konnte sie auch nicht einmal auf mich hören und in Washington studieren?", dabei sah er seine Frau strafend an. Dieser Zustand schien wohl schon so manche Diskussion ausgelöst zu haben.

Das war zu viel für seine Frau und sie rannte weinend aus dem Zimmer. Immer gab er ihrer kleinen Chelsea die Schuld, fand sie dabei.

„Entschuldigen Sie meine Frau. Wie meine Tochter bricht sie bei dem kleinsten Druck zusammen", sagte er etwas herablassend. „Lynette ist da völlig anders.", und nun klang der General sehr stolz.

„Wer ist Lynette?", fragte Rodriguez irritiert. In den Akten stand nichts zu einer Lynette. Und das wusste er genau. Auf der Fahrt nach Washington hatte er sich alles durchgelesen was es zu den Smith's gab. Und er vergaß nie etwas! Bevor Detective Rodriguez eine Antwort bekommen konnte, schaute auch schon wieder die verweinte Mrs Smith rein.

Ihr forscher und bestimmter Ton erschreckte die beiden Detectives ein wenig.

„Ruf Lynn an! Mir ist egal wo sie steckt. Ruf sie an! Und lass sie herkommen. Sie soll mir mein Mädchen wieder bringen!"

Sarah ließ keinen Zweifel offen, dass ihr Mann in dieser Sache nicht widersprechen könnte. So fügte er sich bereitwillig und stand auf.

Ohne darüber nachzudenken standen auch die beiden Detectives auf.

„Detective Nolan, Detective Rodriguez. Bitte verlassen Sie mein Haus. Ich muss telefonieren. Und ich werde von mir hören lassen."

Mehr bekamen die Beiden nicht mehr in Erfahrung, denn geschickt hatte der General sie während er redete schon fast vor die Tür geschoben. Nun drückte er sie den letzten Rest mit der Tür hinaus, die er auch gleich vor ihrer Nase zu machte.

Ratlos und verwundert blieb den beiden nichts
anderes übrig als sich wieder in ihr Auto zu
setzen und in Richtung Seattle aufzumachen.Sie
hofften beide sehr, dass der General sein Wort
hielt und sich bald wieder melden würde.

Dieser war inzwischen schon eifrig am
telefonieren und brüllte ständig in das Telefon.

Kapitel 3

Lynn saß mit geschlossenen Augen in der
Transportmaschine auf einer alten Holzkiste. Es
war sehr unbequem, da sie sich nicht einmal
richtig anlehnen konnte. Hinter ihr standen nur
weitere wackelige Kisten. Aber wann hatte sie es
schon mal gemütlich beim Fliegen?, fragte sie
sich.
Sie saß fast den ganzen Flug da als würde sie
schlafen. Auf jegliche Kommunikation mit dem
Piloten oder Co-Piloten hatte Lynn überhaupt
keine Lust.
Vor dem Start wollte der Co-Pilot wohl nett sein
und versuchte ein Gespräch mit Lynn anzufangen.
Da sie nicht auf ihn reagierte, fasste er ihr an
den Arm. In dem Moment drehte sich Lynn zu ihm um
und schaute ihm direkt in die Augen. In ihrem
Gesicht war keine Regung, sie fixierte ihn nur
förmlich mit ihrem Blick. Das wurde dem jungen
Co-Piloten nach kürzester Zeit so unangenehm,
dass er sich umdrehte und schnell in eine andere
Richtung verschwand.
„Ich hab dir gesagt, dass wir sie besser in Ruhe
lassen sollten. Die anderen hatten uns davor
gewarnt.", war der trockene Kommentar des
Piloten, der alles mitbekommen hatte.
So ruhig wie sie jetzt aber im Flugzeug dasaß war
sie aber keineswegs. Tief in ihrem Inneren war

sie absolut unruhig.

Der General ließ sie offiziell von einem Einsatz abberufen? Das war merkwürdig. Sonderbar. Lynn viel keine richtige Bezeichnung dafür ein. Ihr wäre es nie in den Sinn gekommen, dass dem General irgendetwas wichtiger war als ein Einsatz. Angestrengt dachte sie nach. Aber das einzige was ihr einfiel war Chelsea. Und das ließ sie äußerst nervös werden.

Kein Drogenabsturz, nicht mal die Hochzeit mit dem Teufel höchstpersönlich würde den General dazu veranlassen sie ihren Einsatz ohne Planung abzubrechen und einfliegen zu lassen.

Es musste schon was wirklich schlimmes passiert sein.

Lynn versuchte sich wieder zu beruhigen und zu konzentrieren. Anders als andere Einsätze konnte es auch nicht werden, redete sie sich selber ein. Was gäbe es schon, was sie noch nicht gesehen hätte? Und selbst im allerschlimmsten Fall, ein Toter mehr oder weniger auf dieser Welt, was macht das schon?, dachte sie sich.

Aber bei diesem Gedanken bekam Lynn auf einmal keine Luft mehr. Alles und jeder war ihr im Grunde egal. Nur nicht ihre Schwester Chelsea. Sie versuchte nun sich anderweitig zu beruhigen und ihre Gedanken unter Kontrolle zu bekommen, indem sie an den Einsatz dachte, den sie abbrechen musste. Würden ihre Männer es wirklich schaffen, die Zielpersonen heraus zu holen? Da musste Lynn schon fast ein wenig schmunzeln. Natürlich zweifelte sie nicht an den Fähigkeiten ihrer Jungs. Sie hatte sie zum Teil selbst mit ausgebildet. Ihnen gezeigt wie man zur Not jegliche Zweifel und Gewissensbisse beiseite schiebt und auf jeden Fall den Auftrag zu Ende führt. Was da drüben passierte, interessierte zu Hause keinen. Nur das Ergebnis zählte. Und darin waren Lynn und ihre Männer wirklich gut.

Zur gleichen Zeit betraten die Detectives Nolan und Rodriguez das Polizeirevier in Seattle. Ihre Chefin Rose McNamara erwartete sie schon ungeduldig.

„Brad, Michael! In mein Büro!", brüllte sie ihnen entgegen.

Die beiden schauten sich an und wunderten sich, was sie in ihrer Abwesenheit in Washington falsch gemacht haben könnten.

Im Büro hatten die beiden keine Möglichkeit irgendetwas zu sagen. In dem Moment wo Detectiv Rodriguez die Tür hinter sich geschlossen hatte, fuhr Captain McNamara die beiden auch schon äußerst harsch an: „Wisst ihr eigentlich wer mich angerufen hat? Was habt ihr diesem General Smith und seiner Frau gesagt was mit ihrer Tochter passiert ist? Wisst ihr da mehr als ich? Hab ich euch was getan? Wollt ihr mich loswerden? Wollt ihr mich ins Grab bringen?"

„Wow, wow, wow. Captain, kommen sie mal runter."
Brad Nolan versuchte es mal wieder auf seine
typisch lässige Art. „Wir verstehen gerade gar
nichts. Also bitte in Ruhe von Vorne, Captain.
Oder Michael?"

Aber auch Detective Rodriguez schaute nur
verständnislos. „Als erstes, wer hat sie denn
überhaupt angerufen? Der General? Und wir haben
nichts anderes gesagt als den fünf Eltern davor",
versuchte nun Michael ein wenig die Situation zu
klären.

„Hat es etwas mit dieser Lynn zu tun?", fragte
er.

„Ich wurde von ganz oben angerufen. Und damit
meine ich 'ganz oben'. Es ist eigentlich auch
egal wer angerufen hat", meinte Rose McNamara und
ließ sich erschöpft in ihren Schreibtischstuhl
fallen.

„Captain? Warum erzählen sie uns das dann?",
fragte Brad sichtlich irritiert und wollte sich
gerade auch hinsetzen.

Durch seine Frage wieder in Rage gebracht,
schwankte Captain McNamara einen Moment zwischen
dem völligen Ausrasten und Zusammen brüllen ihrer
beiden Detectives oder, und das hielt sie dann
doch für besser, einmal durchzuatmen und von
Vorne anzufangen.

„Wie gesagt, ich bekam einen Anruf. Und mir wurde

sehr deutlich gemacht, dass wir keine Wahl haben
als in diesem Fall diese besagte Lynn mitarbeiten
zu lassen. Oder ihr unsere Ergebnisse zu geben
oder was auch immer sie will", erklärte McNamara
den beiden. Die Missbilligung darüber war ihr
deutlich anzusehen.

Dennoch wollte nun Michael weitere Informationen
dazu erhalten: „Und wer ist eigentlich Lynn?
Wurde Ihnen das gesagt?"

McNamara verdrehte die Augen und schaute Michael
etwas ratlos an, bevor sie sich an einer Antwort
versuchte.

„Mir wurde gesagt, dass Lynn die Schwester von
Chelsea Smith ist. Andererseits ist sie nicht die
richtige Schwester. Soweit ich der Erklärung, die
wirklich nicht detailliert war, folgen konnte.
Aber das ist eigentlich auch egal, da wir keine
andere Wahl haben als sie in den Fall zu
integrieren. Wie auch immer das aussehen soll."

Dann nickte sie Rodriguez und Nolan zu und die
beiden verstanden sofort, dass sie nun gehen
sollten. Bevor sie aber die Tür erreicht hatten,
fiel McNamara noch etwas ein: „Ach, und sie ist
ein Navy Seal. Oder so was in der Art. Das habe
ich auch nicht ganz verstehen können, weil es ja
eigentlich keine Frauen da gibt. Oder gab. Hat
wohl was mit dem General Smith, ihrem Vater oder
auch nicht ihr Vater, zu tun. Auf jeden Fall ist
sie beim Militär. Und sehr speziell. Das war das

Wort mit dem sie mir beschrieben wurde."
McNamara kramte, während sie noch redete, in
ihren Unterlagen herum und versuchte noch etwas
zu finden.

„Captain..." versuchte Michael es bei seiner
Chefin um vielleicht doch noch nützliche
Informationen zu erhalten. Aber er wurde sofort
wieder unterbrochen.

„Ja, du hast ja recht. Kurz und knapp. Wir müssen
sie in dem Fall, bis Chelsea Smith gefunden
wurde, aufnehmen und ihr alles zur Verfügung
stellen, was sie braucht. Außerdem hat keiner von
uns ihr Befehle zu erteilen. Soll für unsere
Gesundheit besser sein. Wurde mir gesagt."
McNamara verdrehte die Augen als sie das sagte.

„Naja, und das fand ich doch sehr merkwürdig..."
Brad und Michael schauten sich verblüfft an. Als
wenn das bisher noch nicht merkwürdig genug wäre.

„...wenn etwas aus dem Ruder gerät, sollen wir
direkt im Pentagon eine bestimmte Nummer anrufen.
Das wurde mir wortwörtlich so gesagt."

„Was soll denn bitte wie aus dem Ruder geraten?",
fragte ein sichtlich irritierter Brad.

„Tja, mein lieber Detective Nolan", und McNamara
sprach das mit einer gekünstelten Überheblichkeit
aus, „wenn ich mal darauf eine Antwort wüsste.
Das einzige was ich daraufhin erfuhr, war: 'das
werden sie dann schon merken'. So, und nun ab an
die Arbeit!"

Brad und Michael wussten, dass das ihr Stichwort war zu gehen und jetzt bloß keine weiteren Fragen zu stellen. Wobei die beiden zu gerne gewusst hätte, wann denn ihr 'neuer Partner' eintreffen würde.

Sie versuchten nun, wie bei den anderen vermissten Frauen zuvor auch, ihre Gewohnheiten, Hobbys und Tagesrhythmen herauszufinden.

Dafür machten sich Nolan und Rodriguez auf um Kommilitonen, Nachbarn und Professoren zu befragen.

Kapitel 4

Chelsea wusste nicht, wie lange sie da zusammen gekauert lag. Sie muss zwischendurch auch eingeschlafen sein. Sie starrte weiterhin die Wand an während sie Brittany fragte: „wie lange bist du schon hier?"

„Welchen Monat haben wir denn?"

Chelsea erschrak ein wenig bei der Frage: „Juli."

„Hm...", Brittany versank kurz in ihren Gedanken, bevor sie traurig antwortete: „Dann bin ich schon über ein Jahr hier. Man verliert hier unten die Zeit und merkt nur, das es wärmer und kälter wird."

„Vermisst dich denn keiner?", fragte Chelsea ungläubig.

„Ich denke schon."

„Warum wurdest du dann noch nicht gefunden?"
Brittany lachte auf einmal. Aber es war kein freudiges Lachen. Es war voller Hoffnungslosigkeit.

„Hier findet uns keiner!"

„Meine Schwester findet mich!", entgegnete Chelsea sicher.

„Na dann, Chelsea. Klammer dich an dem Gedanken fest. Jennifer sagte das gleiche über ihren Dad. Und was hat es ihr geholfen? Nichts.", nun war Brittanys Stimme voller Zorn und Wut.

„Wer ist Jennifer?"

„Die nette junge Frau, die mir sagte, dass es November ist." Brittany verdrehte dabei genervt die Augen. Sie versuchte damit nur ihre Tränen zu verbergen, denn sie wollte nicht wieder weinen. Das brachte sowieso nichts, dachte sie sich verbittert.

„Wo ist Jennifer jetzt?" Chelsea überging Brittanys Gereiztheit.

„Das möchtest du nicht wissen! Und ehrlich gesagt, kann ich es nur erahnen. Ich war nicht dabei, als er sie wegbrachte."

„Wegbrachte?", fragte Chelsea hoffnungsvoll.

„Er hat sie garantiert nicht ins Krankenhaus gefahren. Und viel Leben war nicht mehr in ihr drin, als er mit ihr fertig war."

Chelseas Kehle schnürte sich zu. Sie wollte nicht verstehen, was ihr da gesagt wurde. Sie wollte es einfach nicht. Sie wollte nur noch schreien. Nach ihrer Schwester rufen, damit sie endlich kommt. Den bösen Jungen ordentlich verprügelt und ihm klar macht, dass er so was nie wieder machen sollte. Aber sie wollte nicht gleich wieder vor Brittany weinen. Und sie hatte Angst, dass sie nur noch sarkastischer werden würde und sogar über sie lachen könnte. Andererseits war ihr gerade auch schmerzlich klar, dass Lynn sie jetzt nicht hören könnte. Würde sie überhaupt schon vermisst werden? Sie wollte sonst immer nur ihre Ruhe. Hatte ihren Eltern oft gesagt, dass sie sich schon melden würde und sie ihr mal endlich ihren Freiraum lassen sollten. Doch jetzt wünschte sie sich nichts sehnlicher als mit ihren Eltern reden zu können. Sogar wenn ihr Vater ihr nur wieder einen endlosen Vortrag über Disziplin und Ehrgeiz vortragen würde.

„Es tut mir leid. Ich kann manchmal nicht mehr. Und das wir lieb und nett zueinander sind bringt auch nichts. Das hier ist eh bald wieder zu Ende." Brittanys Stimme war ruhig. Aber es schwang auch viel Traurigkeit und Hoffnungslosigkeit mit.

„Inwiefern zu Ende?" Chelsea verstand es nicht oder wollte es auch nicht verstehen.

„Ich erzähl dir alles, aber du musst mir vorher versprechen nicht zu kreischen, heulen oder gar nichts mehr zu sagen!", forderte Brittany.

Chelsea zögerte kurz. Was sollte dieses komische Versprechen? Aber was hätte sie für eine Wahl, außer im Unklaren zu bleiben? Lynn sagte immer: 'wenn du weißt was auf dich zukommt, kannst du dich darauf einstellen. Dann weißt du auch, ob es sich lohnt zu kämpfen oder deine Kräfte zu schonen und auf den richtigen Moment zu warten.' Lynn sagte aber auch mal: 'wenn ich sterbe, dann soll es schnell und unerwartet sein.' Chelsea überlegte noch kurz, aber sie entschied sich lieber für Klarheit über ihre Situation.

„Okay, ich verspreche es dir", sagte sie mit leicht zitternder Stimme.

„Gut. Ich hätte es dir sowieso erzählt. Was sollten wir auch sonst hier unten machen außer reden?!", sagte Brittany deprimiert. „Er holt sich immer mal wieder eine neue Frau. Er scheint was bestimmtes zu suchen. Einen bestimmten Typ oder so. So scheint es mir jedenfalls. Als er mich hierhin brachte, war da schon eine andere." Brittany's Stimme wurde ein bißchen zittrig. Sie holte tief Luft und redete wieder normal weiter: „Wie jetzt bei dir auch. Sie hieß Grace, glaub ich. Sie war schon lange bei ihm. Konnte sich nicht mal mehr an das Jahr erinnern, wann sie entführt wurde. Sie war völlig fertig. Konnte höchstens noch ein, zwei Sätze sagen, bevor sie vor Erschöpfung zusammen gebrochen war. Sie war total dünn, blass. Musste schon ewig hier gewesen sein. Das einzige, was sie mir sagte und mir geholfen hat, war: 'denk an was anderes. Versuch dich zu entspannen und denk an irgendetwas schönes.' Das sag ich dir jetzt auch. Genauso wie jeder vor dir."

„Brittany?", fragte Chelsea ängstlich, nachdem sie eine Weile nichts mehr gehört hatte. Brittany schwieg noch immer. Man hörte nur ihr leises, langsames Atmen. War da noch jemand? Chelsea hatte auf einmal das Gefühl noch ein leichtes Schnaufen zu hören. Bevor sie weiter

darüber nachdenken konnte, war Brittany aber
wieder aus ihren Gedanken erwacht.

„Entschuldige. Ich war gerade wieder in Gedanken
zu Hause. Ich denk dann immer… Egal, ich werd sie
eh nie wieder sehen.

Naja, ich war noch nicht lange hier, da brachte
er Grace raus. Er packte sie wortlos an ihren
Haaren und schleifte sie wie ein bekloppter
Höhlenmensch nach draußen. Ich hörte dann nur
noch einen kurzen Schrei von ihr und am nächsten
Morgen kam er alleine wieder.

Seit dem war ich für ihn da. Er kommt ständig. Er
ist einfach nur...“ Ein leichtes Würgen war von
ihr zu hören. „...brutal und ekelig. Nach ein
paar Wochen kam er mit einer Neuen. Ich dachte,
das war's. Jetzt bringt er mich um. Aber nach ein
paar Tagen, packte er sie und nicht mich und
schleifte sie wieder an den Haaren nach draußen.
So ging es immer weiter. Nur die Abstände waren
unterschiedlich.“

Brittany schwieg wieder. Sie saß einfach da, die
Hände um die Beine geschlungen und starrte durch
Chelsea hindurch. Die lag immer noch zusammen
gekauert auf dem Boden und traute sich nicht
umzudrehen. Chelsea wollte diesmal Brittany nicht
mehr aus ihre Gedanken holen.

Aber Brittany holte wieder tief Luft und dadurch
zog Chelsea sich noch ein bisschen weiter
zusammen. Sie hatte genug für einen Tag gehört.

Eigentlich sogar genug für ihr ganzes Leben, fand
Chelsea.

„Einmal packte er mich und nicht die Andere an
den Haaren. Da hab ich schon wieder gedacht, dass
war 's mit mir. Er wollte mich schon raus ziehen,
da hat 'Sie' zum ersten Mal was gesagt. 'Sie'
redet nie. Ich hab es auch kaum verstanden, aber
er brachte mich wieder zurück und ließ uns erst
mal in Ruhe. Als er wieder kam, holte er sich die
Andere." Brittany schien sich schon fast einen
Spaß daraus zu machen, das 'Sie' geheimnisvoll zu
betonen. Jedenfalls wollte sie eine bestimmte
Reaktion und Frage von Chelsea damit provozieren.
Und das hatte sie damit auch geschafft.

„Wer ist SIE?"

Kapitel 5

Eigentlich war es ein schöner Tag. Die Sonne schien, die Vögel zwitscherten und ein leichter frischer Wind blies durch die Bäume. Aber das interessierte sie nicht. Dafür war sie ja nicht nach Seattle geflogen.

Sie stand vor der Polizeiwache und einen kurzen Moment zögerte sie hinein zu gehen. Die Menschen darin schauten immer so rechtschaffen. Als würden sie alles richtig machen. Die Gesetzeshüter. Aber Lynn wusste nur zu gut, dass dem nicht so war. Wie oft hatte sie als Kind mitbekommen, dass die Anderen wegschauten, wenn es angenehmer für sie war. Oder sogar genau die Dinge machten, vor denen sie sie hätten schützen sollen. Lynn hatte mal die Hoffnung, dass die Polizei ihr hätte helfen können. Sie aus diesem Drecksloch rausholen. Aber das taten sie nie. Dann hatte Lynn schon fast alles aufgegeben. Sich aufgegeben. Bis sie merkte, dass sie die Dinge auch selber in die Hand nehmen konnte. Seit dem tat sie das immer wieder. Mal mehr mal weniger in der Grauzone der Legalität. Und in ihren Einsätzen im Ausland war es definitiv keine Grauzone mehr. Bei dem Gedanken musste Lynn ein wenig schmunzeln. Sie hatte schon vor langer Zeit Gefallen gefunden an der definitiven Nicht-Grauzone.

Aber jetzt war sie hier und wollte wissen, was mit ihrer Schwester ist. Und leider war sie, um Chelsea wieder zu bekommen, auch auf die Hilfe dieser Polizisten angewiesen. Wie sehr Lynn es hasste von anderen abhängig zu sein. Aber es ging um Chelsea. Daran wird sie sich wohl noch oft erinnern müssen.

Also holte sie kurz tief Luft, fokussierte ihre Gedanken und war wieder voll und ganz die Alte. Konzentriert und ruhig.

Das war sehr wichtig für ihre Arbeit. Aber auch schon immer ein großer Bestandteil ihres Lebens, sonst hätte sie ihre Kindheit wohl nicht überlebt. Denn egal wohin sie ging, sie erfasste ihre ganze Umgebung. Jeden Menschen, der vielleicht eine Gefahr darstellen oder einfach nur hinderlich sein könnte. Sie erfasste jeden Weg, den sie zur Flucht nutzen könnte oder jeden Gegenstand, der ihr zur Verteidigung oder zum Angriff helfen könnte. Das alles in kürzester Zeit und perfekt zu schaffen, dabei hatte ihr der General immens geholfen. Ihre Mutter und Chelsea hatte das immer genervt, wenn sie mal Essen waren und der General von Lynn erst bis ins kleinste Detail wissen wollte, wo was und wer war. Und auch wirklich erst dann, wenn sie alles aufzählen konnte, war an die Bestellung des Essens zu denken.

Inzwischen war Lynn in der dritten Etage

angekommen und sie konnte dort gleich die Anzahl der anwesenden Personen, die damit verbundene Anzahl der Waffen, den kürzesten Weg nach draußen und Gegenständen zur Verteidigung aufzählen. Es lief schon alles so unbewusst ab, dass dies weder Außenstehender bemerken würde noch Lynn Zeit kostete. Dann trat sie an den nächstbesten Polizisten heran und fragte nach Captain McNamara. Den Namen hatte sie noch auf dem Weg nach Seattle vom General erfahren.

Der Polizist fragte natürlich gleich worum es gehen würde und zeigte Lynn nicht einfach den Weg. Wie sie solche Zeitverschwendung hasste. Am liebsten hätte sie ihm mit einem Schlag ins Gesicht das Nasenbein gebrochen, es dann auf den Schreibtisch gedrückt und mit entsicherter Waffen an seinem Hinterkopf klar gemacht, dass sie ihre Frage nicht wiederholen würde. Das war jedenfalls ihr erster Reflex und für gewöhnlich bekam man so auch einfacher was man wollte. Und denn Spaß sollte man ja auch nicht vergessen, dachte Lynn schmunzelnd. Aber es ging um Chelsea und außerdem war sie nun auch wieder in den Staaten. Hier konnte sie nicht nach Belieben handeln. Also musste sie nett lächeln und reden bis er ihr endlich den Weg zum Captain zeigen würde.

„Es geht um die entführten Frauen. Genauer gesagt um Chelsea Smith. Der Captain weiß über mich Bescheid. Und ich wäre Ihnen sehr dankbar, wenn

sie mir sagen, wo ich den Captain finde." Das
'Arschloch' verkniff sich Lynn noch gerade.

„Sind sie Lynn?", fragte eine Stimme verwundert
neben ihr.

„Sind sie der Captain?", fragte Lynn genervt
zurück.

„Nein, ich bin Detective Michael Rodriguez. Ich
arbeite mit meinem Partner an dem Fall. Wollen
Sie mir jetzt auch sagen ob Sie Lynn sind?",
fragte Michael. Aber er musste sich eingestehen,
dass er was anderes erwartet hätte. Mehr so ein
Mannsweib. Groß, kräftig, muskulös.
Wahrscheinlich kurze Haare und eine raue Stimme
durch Zigaretten und Whiskey. Aber vor ihm stand
eine etwa 1,65 Meter große Frau. Schlank, zwar
durchtrainiert, aber definitiv kein Muskelprotz.
Sie hatte lange blonde Haare, die in einem
Pferdeschwanz zusammen gebunden waren. Das
einzige was passte war die raue Stimme. Oder es
war einfach nur ihr forscher Tonfall. Fast wie
der vom General, fand Michael.

„Ja, ich bin Lynn. Und ich hoffe, dass sie über
mein Eintreffen informiert wurden." Sie wollte
das nicht auch ausdiskutieren müssen, also hoffte
Lynn, dass sie jetzt endlich zum Captain gebracht
werden würde. Je bestimmter man war, desto
weniger Fragen wurden gestellt. Auch das hatte
sie durch ihr Leben und den General gelernt. Aber
im Gegensatz zu Michael war Lynn von ihrem

31

Gegenüber enttäuscht. Sie fragte sich, wie so ein Mann Verbrecher fassen konnte. Diesen dürren Mann hätte sie in 3 Sekunden überwältigt. Mit nur guter Kampferfahrung vielleicht nach 8 Sekunden. Aber er war überhaupt nicht sportlich. Nur dürr. Und bevor er überhaupt gemerkt hätte, dass sie ihre Waffe gezogen hätte, hätte sie ihn auch schon erschossen. Aber es ging um Chelsea und dieser Detective war erst mal ein Freund. Jedenfalls nicht ihr Feind, machte sich Lynn bewusst.

„Wir wurden über ihr Eintreffen informiert." Michael fühlte sich langsam etwas unbehaglich. Er kam sich irgendwie entblößt durch ihren prüfenden Blick vor. „Wie heißen sie eigentlich mit Nachnamen? Wir hören immer nur 'Lynn'." Er versuchte ein bißchen Kontakt aufzubauen.

„Kann ich jetzt mit dem Captain sprechen?" forderte Lynn, die inzwischen doch sehr darüber genervt war, wie lange das alles dauerte. Dabei hatte sie nur eine einfache Frage.

„Natürlich." Michael fühlte sich inzwischen wie ein kleiner Junge, der vor der Schuldirektorin stand, weil er etwas ausgefressen hatte. Irgendetwas im Blick von Lynn machte ihn äußerst nervös. Er konnte es nur nicht wirklich beschreiben. Und normalerweise war er sehr gut darin sein Gegenüber zu analysieren und verstehen.

Auf dem Weg zum Büro von Captain McNamara winkte Michael noch schnell Brad zu, der gleich verstand, dass es besser war seinem Kollegen zu folgen.

Im Büro stellte Michael kurz Lynn dem Captain vor und war froh, dass er sich jetzt etwas zurück ziehen konnte.

„Guten Tag Frau…?, fragte McNamara höflich, aber auch etwas fordernd um endlich mehr über 'Lynn' zu erfahren. Auch wenn es nur der Nachname wäre. „Lynn. Es reicht einfach Lynn. Sie brauchen mir keinen Eintrag ins Jahrbuch machen, wir werden uns keine Weihnachtskarten schicken. Ich bin hier um meine Schwester zu finden und dann bin ich wieder weg. Von daher wäre ich auch sehr froh, wenn wir das ganze hier mal beschleunigen können. Ich würde gerne die Adresse der Wohnung meiner Schwester wissen." Sie spürte die irritierten Blicke. „Es ist für Chelsea besser, wenn es keine Verbindung zu mir gibt. Von daher weiß ich auch ihre Adresse nicht." Lynn versuchte damit weiteren Frage vorzubeugen. Sie musste sich aber inzwischen auch sehr zusammen reißen um ein wenig Höflichkeit aufrecht zu erhalten. Ihre Geduld würde bald ein Ende finden, das spürte sie deutlich. „Dann hätte ich gerne noch eine kurze Zusammenfassung, was sie bisher an Beweisen sammeln konnten. Und bei jeglichem Respekt vor ihrer Arbeit, ich will wirklich nur Fakten. Keine Schlussfolgerungen, keine Täteranalyse oder sonstiges."

„Was soll der Scheiß!", fuhr Brad sie von hinten an. Bisher stand er ruhig neben Michael und hörte zu. Jetzt fand er ihr Verhalten aber absolut unverschämt. Wie kam sie darauf ihre Polizeiarbeit so in Frage zu stellen? Gut, er fand sie körperlich doch recht ansprechend, das musste er sich eingestehen. Aber diese Arroganz ihnen gegenüber, brachte ihn zur Weißglut. Bevor er aber seinen Gedanken richtig zu Ende denken konnte, hatte sich Lynn blitzschnell umgedreht und drückte ihm ein Messer an die Kehle. Brad konnte sich nur noch fragen, woher sie so schnell ein Messer heraus gezogen hatte? Vorher hatte er keins gesehen. Von all dem überrumpelt, stand er ganz still da und hoffte, dass sein Partner ihm irgendwie helfen würde. Aber mit der anderen Hand hatte Lynn schon ihre Waffe gezogen und richtete sie abwechselnd auf Michael und McNamara, um jegliche Einmischung von den beiden zu unterbinden. McNamara war von dem allen auch so perplex, dass sie nicht reagieren konnte. Nur Michael war kurz zuvor eine klitzekleine Veränderung in ihrer Körperhaltung aufgefallen und wenigstens die Hand an seine Pistole gelegt. Aber das nützte ihm nun auch herzlich wenig. Denn da war sich Michael sicher, sollte er ernsthaft nach seiner Waffe greifen, würde Lynn ohne zögern seinen Kollegen umbringen und wahrscheinlich auch ihn und McNamara. Das wollte er natürlich nicht, also nahm er seine Hand wieder von seiner Waffe und ließ sie, so locker es in so einer Situation ging, runter hängen.

„Ist das so schwer hier einfach mal seine Fragen beantwortete zu bekommen?" Lynns Stimme war viel ruhiger als es die anderen zu diesem Zeitpunkt erwartet hätten. „Und wenn Sie mir einfach geben, was ich möchte, dann sind Sie mich auch viel schneller los. Davon profitieren wir alle!", sagte sie mit Nachdruck.

Lynn hatte wirklich keine Geduld mehr. Ihre Schwester brauchte ihre Hilfe so dringend. Das wusste sie. Chelsea war für keinerlei Stress gemacht. Sie konnte nichts aushalten. Weder psychisch noch physisch. Und auch wenn sie es nicht mochte, dass der General ihr das oft vorhielt, hatte er doch damit recht. Und jetzt wurde dieser schmierige Polizist auch noch unverschämt, dachte sie.

Inzwischen hatte sich wenigstens Rose McNamara ein wenig gefasst. „Wow, ich glaub wir beruhigen uns jetzt alle erst einmal. Die anderen Polizisten da draußen werden schon langsam etwas unruhig. Sie können ja nun nicht alle hier mit einer Waffe bedrohen." Lynn zuckte mit den

Achseln und ließ keinen Zweifel, dass diese Tatsache sie nicht weiter störte. „Ich habe mich vielleicht nicht richtig vorgestellt. Ich bin Rose McNamara. Der Captain dieser Einheit. Wir arbeiten schon sehr lange an diesem Fall und bei jeglichem Respekt, wir werden ihn auch nicht einfach abgeben. Uns wurde gesagt, dass wir sie mitarbeiten lassen müssen. Darunter verstehe ich aber vor allem Teamarbeit. Keine Alleingänge! Hier wird richtige Polizeiarbeit geleistet und nicht alles bedroht und niedergeschossen oder wie auch immer sie es gewohnt sind ihre Arbeit zu erledigen. Und jetzt stecken sie wieder ihre Waffe ein und nehmen vor allem ihr Messer von dem Hals meines Detectives", sagte Rose streng.

Lynn war halbwegs beeindruckt von dem energischen Auftreten des Captains. Also tat sie was von ihr verlangt wurde. Außerdem wurde ihr wieder sehr schmerzlich klar, dass sie von den Polizisten abhängig war, wenn sie ihre Schwester wieder finden wollte. Alleine würde sie es bestimmt nicht rechtzeitig schaffen. Die Zeit hätte ihre Schwester nicht. Und warum auch immer, hatte der General nicht ihr ganzes Team mit abberufen. Mit ihnen zusammen könnte sie das ohne die Polizei schaffen. Da war sich Lynn sicher!

„Es tut mir leid. Ich hatte einen äußerst anstrengenden Flug. Und davor auch nicht gerade Urlaub." Lynn versuchte auf ihre Weise die

Situation zu retten. Aber für ihren Humor schien von den anderen gerade keiner empfänglich zu sein. Nur Michael schmunzelte ein wenig. „Meine Schwester scheint sich ja in der Gewalt eines Serientäters zu befinden, der wohl nicht gerade wieder die Frauen so gehen lässt. Das ist nun mal eine Tatsache, die mich nicht gerade erfreut oder entspannt. Außerdem scheinen sie nach etwa einem Jahr noch immer keine brauchbaren Spuren zu haben. Entweder ist der Typ verdammt gut in dem was er macht oder sie verdammt schlecht", sagte Lynn äußerst trocken. „Beides ist nicht hilfreich für meine Schwester. Und wenn ich sie nicht lebend aus der ganzen Scheiße herausgeholt bekomme, muss ich mir zu allem Überfluss das Geheule meiner Mutter anhören und der General wird mich stunden- oder gar tagelang nur anschreien. Von daher hoffe ich doch, dass mein Verhalten ein wenig entschuldigen."

McNamara und Brad waren sich nicht so sicher, was sie von Lynns plötzlicher Offenheit halten sollten. Michael hingegen war sich sicher, dass Lynn sehr gut wusste was sie da sagte und dies nur tat um ihrem Ziel näher zu kommen. Die Frau, die jetzt wenigstens ihre Waffen wieder weggesteckt hatte und versuchte entspannt da zu stehen, kam ihm äußerst berechnend vor.

Lynn bemerkte, dass Michael sie anders musterte als es die anderen für gewöhnlich taten. Sie kam sich in dem Moment ein bisschen entblößt vor, da sie das Gefühl nicht loswurde, dass er tiefer in sie hineinsehen konnte als es die anderen taten. Selbst Chelsea konnte selten in ihr Innerstes schauen. Das würde Lynn auch nicht zulassen. Aber dieser Michael…, dachte sich Lynn, der gefiel ihr nicht.

Brad hatte sich inzwischen in eine Ecke des Raumes zurück gezogen. Ihm war die ganze Situation noch immer nicht geheuer. McNamara versuchte sich auch relativ entspannt zu geben und setze sich in ihren Stuhl. Aber auch hier rutschte sie hin und her bis sie eine passende Position gefunden hatte.

„Ich will wirklich nur meine Schwester finden und dann bin ich wieder weg. Es tut mir leid, meine Arbeit läuft nun mal anders ab. Und das ganze ist gerade sehr stressig für meine ganze Familie", versuchte es Lynn erneut um die anderen zu beruhigen. Sie hatte nicht damit gerechnet, dass die Polizisten so verunsichert auf ihren Ausbruch reagieren würden. Aber so würden sie alle keine vernünftige Arbeit leisten können, das wusste Lynn.

„Ich akzeptiere ihre Entschuldigung. Unter Stress kann jeder mal überreagieren", sagte Michael. Er wusste auch, dass das ganze zu einer schnellen Entspannung kommen musste sonst würde es nachhaltig ihre Arbeit beeinträchtigen. „Wie wäre es, wenn sie sich noch einmal richtig vorstellen? Und vielleicht auch die Frage klären, warum wir nichts über sie in den Akten finden können. Laut Behörden hat nämlich Chelsea Smith aus Washington D.C. keine Schwester", fragte er.

„Ich bin ehrlich und dann geben sie mir, was ich will?", wollte Lynn wissen.

„Wir versuchen es jedenfalls", bestätigte Michael.

Weder Brad noch McNamara wollten sich in die Unterhaltung einmischen und ließen Michael und Lynn reden.

„Mein Nachname ist und bleibt egal. Das hat auch was mit meiner Arbeit zu tun."

„Okay. Dann akzeptieren wir das. Was ist ihre Arbeit? Sind sie Navy Seal?"

„Ich kann ihnen nicht meinen Nachnamen sagen, aber soll ihnen verraten, was ich mache?" Da konnte sich Lynn ein Lachen nicht verkneifen.

„Sorry, Jungs. Aber das ist nicht drin. Was ich höchstens klarstellen kann, ist, dass ich kein Navy Seal bin. Die Jungs arbeiten vollkommen anders als wir. Aber meine Truppe war mal ursprünglich in deren Struktur eingearbeitet. Naja, das wird Ihnen wahrscheinlich nicht viel helfen", grinste Lynn ein wenig. „Und das kann ich auch noch gerne klären: Chelsea ist nicht meine leibliche Schwester. Ich bin vor langer Zeit von dem General und seiner Familie aufgenommen worden. Aufgrund meiner Vergangenheit vor den Smith' und auch wegen meiner Arbeit beim Militär war es weder möglich noch sinnvoll, dass ich offiziell adoptiert wurde. Also tauche ich da auch nirgendwo auf.

Für alles andere bräuchte ich ein Sofa, einen Psychiater und wahrscheinlich einen Haufen Geld um alle meine Probleme von der Seele reden zu können. Und ich bezweifle sehr stark, dass uns das wirklich weiter helfen würde." Brad und McNamara schauten noch immer sehr skeptisch, aber Michael musste bei Lynns momentanem Humor doch ein wenig lachen.

„Außerdem werde ich mich so gut es geht in ihre Struktur einfügen und als 'Team' mitarbeiten", fügte Lynn noch hinzu.

„Okay", McNamara akzeptierte das so. Oder versuchte es zumindest. Rausschmeißen konnte sie ihr neues Teammitglied nun ja nicht. Von daher wollte sie das Beste aus dem ganzen machen.

„Dann sind wohl meine Detectives an der Reihe ihnen alle Fakten zu nennen. Aber das kann ja auf dem Weg zu der Wohnung ihrer...von Chelsea Smith geschehen", ordnete McNamara an, die noch ihre Probleme damit hatte, das alles zu verarbeiten.

Kapitel 6

„Wer ist SIE?" fragte Chelsea jetzt energischer. Brittany schien nicht antworten zu wollen. Doch dann fragte sie Chelsea, ob sie vielleicht das Licht nun endlich anmachen dürfte.

Chelsea zögerte. Aber irgendwann musste wohl mal das Licht angemacht werden und sie würde sehen, wo sie war, auch wenn sie das gar nicht unbedingt wissen wollte.

Nach ein einem kurzen Moment kam dann aber doch das „Ja" von Chelsea. Sie hörte das typische Klicken eines betätigten Lichtschalters. Und dann kniff sie die Augen zusammen. Einerseits was das Licht grell und nach so langer Zeit ungewohnt, andererseits war ihre Angst zu groß, dass sie etwas sehen würde was sie gar nicht sehen wollte.

„Mein Gott, hast du überhaupt die Augen auf? Du starrst höchstens an die Felswand. Da ist nichts schlimmes!", fauchte Brittany sie an. Sie kannte inzwischen die Reaktionen der Frauen hier unten nur zu gut und war davon einfach genervt.

„Nichts schlimmes? Nichts schlimmes, dass ich angekettet an eine Felswand starre, während ich auf dem Boden liege, sagst du?!?" fuhr Chelsea sie an. Und sie erschreckte sich selber über ihren harsche Ton. Das kannte sie nicht von sich. Und auch Brittany schien verblüfft von ihrer Reaktion.

„Entschuldige, so meinte ich das nicht. Natürlich ist das hier alles schlimm. Aber es bringt nichts, wenn du deine Augen nicht aufmachst. Besser du siehst jetzt alles als wenn er dabei ist und dich… Ach, vergiss es. Mach einfach die Augen auf und dreh dich um.“ Brittany war genervt von dem Gezeter der anderen und hatte keine Lust mehr immer wieder zu trösten und beruhigen. Sollte sie doch die Augen verschließen und damit auch die Wahrheit verdrängen. Früher oder später würde sie äußerst brutal auf dem Boden der Tatsachen zurück geholt werden. Außerdem wollte sie nicht länger wegen einer anderen im Dunkeln sitzen. Warum machte sie das überhaupt jedes mal? Nett sein und die andere Frau sanft vorbereiten auf das was kommt. Hatte bei ihr auch keiner gemacht, dachte Brittany verbittert.

Chelsea wusste nicht, wie lange sie die Augen zu gepresst hatte. Inzwischen tat es aber weh und sie machte langsam ihre Augen auf. Im ersten Moment konnte sie eh nichts sehen, da ihre Augen sich erst an das helle Licht gewöhnen mussten. Sie versuchte nachzudenken wann sie das letzte Mal Tageslicht gesehen hatte. Aber so sehr sie auch versuchte ein Gefühl dafür zu bekommen, sie wusste einfach nicht wie lange sie hier unten war. Ein Tag? Zwei? Oder schon eine Woche? Dann erkannte sie eine Felswand. Es war eine ganz

normale Felswand. Solche, die in Höhlen nun mal
sind. Etwas Moos war an einigen Stellen, aber
sonst war es eine Wand aus Fels. So weit so gut,
dachte sie. Dann drehte sich Chelsea ganz langsam
um. Nach der Wand kam die Decke. Auch sie bestand
eigentlich nur aus Stein. Ein Rohr war an der
Decke befestigt. Was da für ein Rohr war, wusste
Chelsea nicht. Dann kam wieder eine Wand und dann
sah sie Haare. Chelsea wollte sich nicht weiter
drehen. Was sie nicht sah, war nicht da! So hat
sie das früher auch immer gemacht. Und dann sagte
Lynn, die einfach immer wusste, wenn sie so was
tat: „Du kannst deine Augen so sehr zukneifen wie
du willst, aber es geht nicht weg. Nur du alleine
kannst was dagegen machen! Oder damit
untergehen." Aber hatte nicht gerade deswegen
ihre Beziehung zueinander so gut geklappt? Weil
Chelsea einfach immer die Augen verschloss vor
dem was Lynn passiert sein musste? Weil sie immer
die Augen zumachte, wenn Lynn ohne Zögern oder
jegliche Zurückhaltung einen Jungen verprügelte,
der Chelsea doof angemacht hatte? Sogar ihren
einen angsteinflößenden Drogendealer hat Lynn
einfach… Was hatte sie eigentlich mit ihm
gemacht? Chelsea wusste das Lynn ihn dazu bringen
wollte, sie nie wieder zu den Drogen zu
überreden, geschweige denn ihr welche zu geben.
Aber sie sah ihn wirklich NIE wieder. 'Vielleicht
sollte ich mir darüber später Gedanken machen',

dachte sie sich und versuchte wieder in der Gegenwart zu kommen.

Also da waren die Haare, braune, sehr struppige Haare. Chelsea war blond. Wie Lynn. Deswegen dachte auch viele, dass sie wirklich Schwestern waren. Und dann sah sie sie. Brittany. Sie war auch angekettet am Handgelenk. Sie saß auf einer dreckigen, dünnen Matratze und versuchte sie anzulächeln. Dabei viel auf, dass ihre Zähne sehr gelb waren. Wahrscheinlich hatte sie sich schon lange keine Zähne mehr geputzt. Zu Essen gab es wohl auch nicht sehr viel, denn Brittany war ziemlich dünn. Noch nicht knochig, aber richtig dünn. Ihre Klamotten waren auch dreckig und teilweise kaputt. Löcher an den Knien und Ellbogen. Der Pullover war unter dem Hals aufgerissen und ihre Hose schien keinen Knopf und funktionierenden Reißverschluss zu haben. Oder Brittany saß dort absichtlich mit offener Hose, fragte sich Chelsea in dem Moment.

„Wie oft bekommst du neue oder frische Sachen zum Anziehen?" Chelsea wusste genau in dem Moment wo sie fragte, dass es eine dumme Frage war. Aber da war es schon zu spät.

Brittany lachte: „Frische Sachen? Du kannst froh sein, wenn er dich mal mitsamt deiner Sachen mit Wasser abspritzt oder dir frischen Wasser hinstellen sollte. Frische oder neue Sachen. Das ich nicht lache.", höhnisch verdrehte Brittany

die Augen. „ Wenn mal meine Leiche gefunden wird,
ist eine Identifizierung jedenfalls nicht schwer.
Das sind die gleichen Sachen in denen ich
entführt wurde", sagte sie trocken.
Chelsea schluckte. Weswegen war ihr in dem Moment
selber nicht so klar. Bei dem Wort 'Leiche' war
sie eh zusammen gezuckt und, dass Brittany so
über ihre eigene Identifizierung sprach, fand sie
äußerst merkwürdig. Aber genauso gruselte sie
sich davor, dass sie jetzt womöglich tage- oder
wochenlang in den selben scheußliche Sachen
bleiben musste.
Während sie vor sich hin grübelte, wie sie das
aushalten sollte, wanderte ihr Blick weiter durch
die Höhle. Dann sah Chelsea einen kleinen Tisch
in der Mitte stehen. Darauf standen ein paar
halbleere Wasserflaschen mit leicht bräunlichem
Wasser drin. Sie hoffte jedenfalls, dass es
Wasser war. Dann sah sie neben sich noch eine
Matratze. Mindestens genauso dreckig und
durchgelegen wie die von Brittany. Scheinbar war
das jetzt ihre Matratze, dachte sie verzweifelt.
„Ist das Wasser auf dem Tisch?"
„Ja" antwortete Brittany. „Ich versuche immer mal
wieder was von den Wänden aufzufangen, wenn es
regnet und das Wasser dann irgendwo runter läuft.
Ihm ist es nicht so wichtig, ob wir genug Wasser
haben. Er achtet einfach nicht darauf. Auch wenn
ich es ihm oft genug gesagt habe."

Auch wenn es wirklich Wasser war, aber bei dem Gedanken an dreckiges Wasser von Steinen, zögerte Chelsea doch. Aber inzwischen hatte sie so einen Durst, dass sie doch zu einer Flasche griff und diese komplett leer trank. Das es nach Erde schmeckte und ein wenig zwischen den Zähnen knirschte, war ihr dann doch egal, zu groß war ihr Durst gewesen.

Und dann hatte Chelsea auf einmal wieder diesen Geruch in der Nase. Diesen scheußlichen, ekeligen Geruch, der sie fast zum würgen brachte. Sie nahm noch einmal die Flasche und roch an der Öffnung. Aber es roch nur ein wenig nach Erde und Moos, wenn überhaupt. Da viel ihr wieder ein woran der Geruch sie erinnerte: „Was stinkt hier so nach Verwesung? Das Wasser ist es zumindest nicht."

„Dann hast du noch nicht richtig in die hintere Ecke geguckt" war die Antwort von Brittany. Ohne richtig Nachzudenken folgte Chelsea Brittanys Blick und bereute es auch sofort wieder. Denn diesen Anblick würde sie wohl nie wieder vergessen können. An zwei Ketten waren dünnen Arme festgemacht. Diese hingen schlaff herunter und endeten an einem scheinbar noch ausgemergelterem Körper. Der Kopf mit ein paar dünnen dunklen Haaren lehnte an einem Arm. Die Augen waren verschlossen. Chelsea hoffte, dass der Mensch schlief und nicht tot war. Oder vielleicht war es doch besser, wenn derjenige tot war. Chelsea wollte sich die Schmerzen nicht einmal vorstellen, die dieser Mensch ertragen musste. An den Knien waren dicke verkrustete Stellen wohl vom dauerhaften Hocken darauf. Und dann sah Chelsea, dass es eine Frau sein musste. An der Brust war nicht mehr viel dran, am ganzen Körper war kein Gramm Fett mehr zu erkennen. Aber das lose, um ihre Hüfte gebundene Tuch, verdeckte nicht ihre Vagina. Und das Tuch konnte nicht einmal ansatzweise ihre Wunden am ganzen Körper verdecken.

Überall war sie übersät mit kleinen runden Wunden. Manche waren vernarbt. Manche waren verkrustet. Manche waren am eitern. Chelsea fragte sich nun, ob die Frau wohl gestorben ist, als sie schon hier unten war oder noch vor Chelseas Ankunft tot war. So ein geschundener Körper konnte nur noch tot sein, befand sie. Aber bevor eine Frage an Brittany richten konnte, sah sie wie sich die Haare in ihrem Gesicht ein wenig bewegten. Fast so als hätte die Frau geatmet.

„Blödsinn", murmelte Chelsea zu sich selbst. Aber da war es wieder, ein leichtes hin und her der Haare.

„Sag mal Brittany, vielleicht bin ich schon völlig am durchdrehen, aber..."

Und da machte die Frau ihre Augen auf.

Kapitel 7

Brad war immer noch eingeschnappt, dass er sich
so einfach von einer Frau angreifen ließ. So saß
er nun schweigend im Auto, als sie zu Chelseas
Wohnung fuhren.

Damit blieb es die Aufgabe von Michael Lynn alles
über den Fall zu erzählen. Auch wenn das nach
fast einem Jahr Ermittlungen leider immer noch
nicht viel war.

„Es hat vor 13 Monaten angefangen. Eine junge
Frau, Brittany Miller, 26 Jahre alt, verschwand
aus ihrer Wohnung. Es konnten keine eindeutigen
Einbruchsspuren gefunden werden. Erst nach langem
Suchen fand unsere Spurensicherung heraus, dass
sich jemand Zutritt über das Badezimmerfenster
verschafft haben muss. Und dabei war nicht mehr
als ein kleiner Kratzer am Rahmen des Fensters zu
finden. Er muss echt gut darin sein.

An sich wäre das auch kein Fall für uns,
höchstens für die Vermisstenstelle. Denn erst
nach zwei Wochen war den Eltern das Fehlen ihrer
Tochter aufgefallen und nur eine Arbeitskollegin
dieser Brittany schien sich Sorgen zu machen.
Alle anderen dachten, dass es ihr zu viel wurde
und sie ihre Sachen gepackt hätte, um in eine
andere Stadt zu ziehen. Sie war wohl nicht sehr
glücklich hier. Aber diese eine Kollegin
erzählte, dass sich Brittany schon seit längerer

Zeit beobachtet gefühlt hätte. Es war aber weder ein Stalker noch ein verschmähter Ex-Freund bekannt. Was aber uns ins Spiel kommen ließ, war die Tatsache, dass ein Toter bei Brittany immer Kaffee trank. So schien es jedenfalls. Die Kreditkarte eines James Dickerson wurde immer wieder benutzt, um dort im Café was zu trinken oder in der Nähe Bargeld abzuheben. Das viel auch nur auf, weil zur gleichen Zeit das Kreditinstitut die Karte sperren lassen wollte, da der Herr Dickerson schon seit über einem Jahr tot war und die Verwandten alles schließen wollten. Es waren zu viele komische Zufälle, als das es alles nur Zufälle gewesen wären. Leider gab es ansonsten keinerlei Hinweise. An die Person, die mit der Kreditkarte zahlte, konnte sich im Café keiner so recht erinnern und an den Bargeldautomaten wusste er geschickt sein Gesicht zu verstecken. Wir wissen nur, dass er männlich ist und mindestens 1,90 Meter groß und kräftig. Ansonsten lebte Brittany ein ruhiges, zurückhaltendes Leben. Wenig Bekanntschaften. Seltener Kontakt zu den Eltern."

„Zurückhaltend ist Chelsea hier in Seattle garantiert nicht gewesen. Aber der seltene Kontakt zu den Eltern stimmt überein", bemerkte Lynn.

„Wir mussten den Fall schon fast zu den Akten legen, weil wir nichts in der Hand hatten. Dann, sieben Wochen später, verschwand wieder eine Frau. Maggy Cruz, 28 Jahre alt. Wieder das gleiche. Nur ein Kratzer am Fensterrahmen im Badezimmer. Seltener Kontakt zu den Eltern. Diesmal sehr viele Freunde, aber so dass es da auch keinem gleich auffiel. Jeder dachte, sie wäre bei einem anderen Freund. Nur zwei Freundinnen berichteten, dass sich Maggy in letzter Zeit beobachtet gefühlt hätte. Und in der Nacht ihres Verschwindens wurde ein großer Van in ihrer Straße gesehen. Mit Hilfe von Straßenüberwachungskameras konnten wir das Kennzeichen feststellen. Es gehörte wieder einem Toten und die Angehörigen wusste nicht einmal, dass das Auto ihm gehört hatte.

Dieses Muster zieht sich mit ihrer Schwester eingeschlossen hindurch. Kaum Kontakt zu den Eltern, Freunde vermissen die Frauen aus unterschiedlichsten Gründen auch nicht gleich. Die minimalen Einbruchsspuren am Fenster. Und wenn es Hinweise gab, dann landeten wir immer bei Toten." Ein wenig Verbitterung darüber klang in Michaels Stimme mit.

„Ich schätze, Pflegepersonal, Haustechniker oder sonstige, die bei allen Toten waren, habt ihr überprüft?" Lynn war sich nicht ganz sicher, ob sie ein 'ja' erwarten konnte.

Aber Brad rollte nur mit den Augen und schnaufte verächtlich.

„Natürlich, Lynn", sagte Michael schnell, der einer weiteren Auseinandersetzung zwischen seinem Partner und dem Nicht-Navy-Seal aus dem Weg gehen wollte. „Alle möglichen Verbindungen haben wir überprüft. Ob sich die Toten gekannt haben könnten, irgendwelche Gemeinsamkeiten hatten. Ob die Frauen irgendwelche Verbindungen hatten. Und so erstaunlich es ist, da ist nichts. Sie haben alle die gleichen Merkmale, wie der wenige Kontakt zu den Eltern, aber nicht eine Frau hat auch nur das gleiche Fitnessstudio betreten wie die andere. Wo und wie er sie ausfindig macht, wissen wir nicht. Das macht es auch so schwer ihm da zuvor zu kommen. Haarfarbe ist ihm egal, das Alter muss nur zwischen Mitte 20 und Mitte 30 sein. Selbst die Hautfarbe ist ihm egal. Und die Toten, von denen er sich die Sachen nimmt, sind auch sehr unterschiedlich. Da gibt es auch nichts Übereinstimmendes. Außer das sie tot sind und auch nicht den engsten Kontakt zur Familie hatten."

„Na, da scheint ja ein dicker roter Faden zu sein", erwiderte Lynn.

„Ja. Aber das ist heutzutage auch nicht so selten. Viele haben keine Zeit mehr oder wollen sie für die Familie aufbringen. Es gibt wichtigeres im Leben der jungen Leute." Da musste Lynn Michael prüfend anschauen. Er sagte das so, als sei er selber viel älter. Aber so alt hatte ihn Lynn wiederum nicht eingeschätzt. Michael bemerkte Lynns prüfenden Blick nicht, oder wollte ihn nicht bemerken und redete weiter: „Und bisher ist noch keine der sechs Frauen wieder aufgetaucht."

„Was ist mit dem Blut in Chelseas Wohnung? Gibt es da schon genaueres zu? Ist in jeder Wohnung Blut gefunden worden?" wollte Lynn noch wissen. Nun schien auch Brad sich wieder einbringen zu wollen. Er war einfach nicht der Typ, der einer Frau so lange böse sein konnte. Jedenfalls nicht so einer Attraktiven, fand er.

„Sie sind ja gut informiert, Lynn", bemerkte er lächelnd.

„Erstens 'sie' und 'Lynn' klingt scheiße, also bitte 'du'. Und zweitens, ja, ich wurde sehr detailliert vom General unterrichtet was alles gesagt wurde."

„Warum nennen sie, 'tschuldigung, nennst du ihn immer nur General? Und nicht Dad oder wenigstens Jefferson?" Allmählich taute Brad immer mehr auf.

„Erst meine Frage beantworten, dann deine!", forderte Lynn. Sie hasste es, wenn sie keine Antwort bekam. Das war sie nicht gewohnt. Und daran ließ sie in ihrem Tonfall keinen Zweifel.

„Das Blut scheint von Chelsea zu sein. Es war aber nur ganz wenig. Sie kann sich zum Beispiel auch geschnitten haben. Die Nase hat vielleicht geblutet. Das können wir nicht sagen. Und bisher

haben wir nur bei einer anderen noch Blut
gefunden." Michael war mal wieder derjenige, der
versuchte die Situation vor einer Eskalation zu
retten.

„Und er ist nun mal nicht mein Dad, sondern der
General. Und Jefferson sagt nur meine Mutter zu
ihm."

„Aber Mrs Smith ist deine Mutter?" Das verstand
Brad nicht wirklich.

„Nein. Jedenfalls ja nicht meine Biologische.
Aber wenn ich jemanden Mutter nennen würde, dann
noch am ehesten sie", sagte Lynn leicht
grummelig.

„Was ist mit deiner richtigen Mutter?", fragte
Michael.

„Meine biologische Mutter, richtig war sie
bestimmt nicht, ach..., die war wie sie war."

„Wann ist sie gestorben?", fragte Michael wieder,
da er merkte, dass Lynn von ihr in der
Vergangenheit sprach.

„Da war ich zehn", antwortete Lynn ohne jedes
Bedauern in der Stimme.

„Oh, das tut mir leid. Auch, wenn euer Verhältnis
nicht so gut schien, ist es doch schwer für ein
Kind seine Mutter zu verlieren."

„Tja, war ihre Schuld. Sie hätte nicht dazwischen
gehen sollen, als ich mich gegen ihren
versoffenen Zuhälter gewehrt habe!" Jetzt wurde
Lynns Stimme ein wenig wütend.

Brad und Michael wussten gerade nicht mehr was
sie sagen sollten. Und es war selten, dass beiden
nichts mehr einfiel.
Aber Lynn redete weiter, als wäre nichts gewesen.
Was sollte sie auch weiter darauf eingehen. Sie
wollte nur ihre Schwester finden!
„Aber wenn noch keine oder nichts von ihnen
wieder aufgetaucht ist, besteht die Hoffnung,
dass alle noch leben?!" Sie ließ ein kleines
bisschen Hoffnung tief in sich aufkommen.
„Ähm..." Mehr bekam Michael im Moment nicht
heraus. Er überlegte noch, was genau sie gerade
über ihre Mutter und deren Tod gesagt hatte. Und
so wie er Brads Gesichtsausdruck deuten konnte,
dachte er das selbe.
„Ähm, was?" Wie sehr Lynn es hasste, abgrundtief
hasste, nochmal nachfragen zu müssen.
„Bisher wurde noch keine der verschwundenen
Frauen wieder gesehen, geschweige denn, dass sich
eine bei ihrer Familie oder Freunden gemeldet
hätte. Aber es wurde auch noch keine Leiche oder
Leichenteile gefunden. Von daher gehen wir lieber
von dem Fall aus, das noch alle leben." Diesmal
hatte Brad seine Fassung schneller wieder
gefunden und konnte Lynn antworten. „Da sind wir
auch schon bei der Wohnung deiner Schwester."
„Wenn du nicht mit uns hier wärst, was würdest du
denn dann jetzt machen?" fragte Michael noch
bevor sie ausstiegen.

„Wenn ihr nicht hier wärt und ich nicht in den USA wäre… Dann sind mir das zu viele 'wenns' und 'abers' für eine Antwort.

So und nun würde ich mir gerne erst einmal ihre Wohnung angucken. Ich weiß sehr genau, was da ihres wäre oder auch nicht. Ich will versuchen herauszufinden wer ihre Freunde sind, wo sie arbeitet und welche Kurse sie an der Uni belegt. Wobei, ich glaub, im Moment arbeitet sie nicht. Sie bekommt genug Geld von unseren Eltern und von daher hätte sich das erledigt. Dann würde ich die Nachbarn befragen." Lynn teilte ihr Vorhaben den beiden Detectives so bereitwillig mit um endlose Diskussionen zu vermeiden.

„Okay. Dann fangen wir mal an", sagte Brad, der aber gerade nicht so recht wusste was er und Michael überhaupt machen sollten.

„Irgendwer hat was gesehen oder was auffälliges bemerkt. Er müsste schon äußerst gut darin sein nicht aufzufallen. Und wenn, wüsste ich auch nach wem ich suchen müsste, wenn er solche Fähigkeiten hätte. Scheiße, ist das viel 'wenn' und 'würde'! Naja, egal." Es schien fast so als würde Lynn eher mit sich selber reden als mit Brad und Michael. Aber von den beiden wollte sie gerade auch keiner unterbrechen. Vor allem Brad war etwas zurückhaltend, er wollte nicht zweimal an einem Tag angegriffen werden. „Wie gesagt,", fuhr Lynn ohne Unterbrechung fort, „jemand muss was

55

gesehen haben und will es nicht sagen oder er ist sich noch nicht bewusst, dass er was gesehen hat. Und meine Art der Befragung ist garantiert nicht mit eurer Vorgehensweise zu vereinbaren. Oder halt mit den Gesetzen dieses Landes", ergänzte Lynn unbeeindruckt.

Brad machte unbewusst einen Schritt zurück. Ihm war die offene Gewaltandrohung möglicher Zeugen keineswegs recht, aber wirklich einschreiten wollte er jetzt auch nicht. Er hoffte einfach, dass sein Partner die Situation regeln würde.

Aber Michael war sich auch nicht sicher was er jetzt tun sollte. In ihm keimte Freude darüber auf, dass Lynn so offen mit ihnen sprach und sie scheinbar doch ernst nahm. Und das verwunderte ihn dann doch weitaus mehr als die Tatsache, dass Lynn gegen Gesetze verstoßen wollte.

Trotz alledem konnten die beiden Polizisten aber nicht tatenlos rumstehen, wenn vor ihren Augen das Gesetz gebrochen wurde. Also wollte Michael das dann doch klären. Langsam und vorsichtig, dachte er sich dabei.

„Ich geh mal davon aus, dass du uns nicht vertraust und alles selber überprüfen willst? Freunde, die Uni?" Michael wusste die Antwort, dennoch wollte er gefragt haben und etwas ablenken.

Und es gab auch nur ein trockenes „Ja" von ihr. Wenigstens war sie direkt, dachte er sich.

„Um ehrlich zu sein, will ich alleine in Chelseas Wohnung. Ich will mir in Ruhe ihre Sachen angucken. Die Spurensicherung wird ja wohl gründlich genug gearbeitet haben, so dass es egal ist, was und wie ich es anfasse?", fragte sie etwas stichelnd.

„Und dann willst du auch noch auf deine Weise die Leute befragen?" Brad war sich über seinen riskanten Vorstoß diesbezüglich bewusst, aber er wollte nun wirklich nicht Lynn einfach auf die Menschen loslassen.

„Ich werde ganz lieb sein und keinen Menschen anfassen! Aber fragen wird ja noch erlaubt sein, oder?!?", fragte Lynn mit einem verschmitzten Lächeln. Und der Sarkasmus dahinter war nicht schwer zu erahnen.

Brad und Michael sahen sich kurz an. Mehr als ein kurzer Blicke zwischen den beiden bedurfte es nicht um zu wissen was der andere dachte. Außerdem hatten die beiden genug anderes zu tun als eine erwachsene Frau zu beaufsichtigen. So jedenfalls redeten sie es sich ein. Denn als sie sich ansahen, mussten beide feststellen, dass keiner von ihnen den Mut hätte Lynn ernsthaft von ihrem Vorhaben abzuhalten. Und so konnten sie wenigstens ihre Haut retten indem sie nicht mit dabei waren. Also taten sie so als vertrauten sie auf ihr Wort und fuhren ohne Lynn wieder auf's Revier zurück.

Lynn öffnete die Wohnungstür und gleich kam ihre eine gewisse Vertrautheit entgegen. Dies war auf alle Fälle die Wohnung von Chelsea. „Das Genie beherrscht das Chaos", hätte Chelsea jetzt zu Lynn gesagt. Und hier herrschte das typische Chaos von ihrer kleinen Schwester. Außerdem stand überall unnützes Zeug herum. So viel überflüssiger Kram, der aber so viel über den Besitzer verrät. Ein großer Risikofaktor, dachte Lynn. Aber sie konnte nichts finden, was nicht zu ihrer Schwester gehörte. Sie lief in der Wohnung hin und her. Dabei erfasste sie alle Dinge, die herum standen und unaufhörlich analysierte sie, ob die Dinge ihrer Schwester gehörten und ob diese etwas ungewöhnliches verraten könnten. Aber die Wohnung war einfach Chelseas Wohnung. Da war nichts Ungewöhnliches. Lynn fing an die Schubläden und Schränke zu öffnen. Sie wühlte immer tiefer in den Sachen ihrer kleinen Schwester. Aber wo manch ein anderer Unbehagen empfunden hätte, ging Lynn einfach nur ihrer Arbeit nach. Nach langer Suche hatte sie immer noch keinen Hinweis entdeckt. Wenigstens konnte sie ihren Eltern sagen, dass Chelsea nicht wieder mit den Drogen angefangen hatte. Das würde sowohl ihre Mutter beruhigen als auch den General. Während sie immer noch auf und ab lief, warf sie immer wieder einen Blick aus den Fenstern. Und auf einmal wusste Lynn, dass sie eine gute Spur hatte. Sie verließ sofort die Wohnung, ging um den Häuserblock herum und hatte auch keine Mühe die Eingangstür von dem Haus hinter Chelseas Wohnung aufzubrechen. Wahrscheinlich hätte sie auch klingeln können, irgendjemand würde bestimmt die Tür aufmachen. Aber darauf wollte sie nicht warten. Im Hausflur lief sie zügig in den zweiten Stock und klopfte an die Tür.

Aber es war kein energisches Klopfen wie sonst von ihr, sondern ein Zartes. Dann rief sie verstellt zögerlich: „Ich bin ihre neue Nachbarin und wollte mich kurz vorstellen". Lynn versuchte dies in dem lieblichsten Tonfall, den sie hinbekam. Das Augenrollen konnte sie sich dabei nur nicht sparen und war froh, das das nicht von dem Menschen hinter der Tür gesehen werden konnte.

Dann sah sie am Schatten hinter der Tür, dass dort schon jemand stand, aber scheinbar noch kurz überlegte bevor er die Tür öffnete. Als die Tür auch nur den ersten Spalt offen war, warf sich Lynn dagegen und die Tür knallte dem Mann direkt in sein Gesicht. Es war nur ein Knacken zu hören und seine Nase war gebrochen. Das Blut lief sofort und bevor der Mann vor Schmerz aufschreien konnte und damit vielleicht die anderen Nachbarn alarmieren hätte, zog Lynn die Wohnungstür auch schon hinter sich zu.

Dann wollte Lynn gerade ausholen und mit einem Schlag auf die frisch gebrochene Nase den Mann vor Schmerzen zu Boden bringen, da fiel ihr ein, dass sie den beiden Detectives ja gesagt hatte, dass sie keinen anfassen wollte.

Also entschied sie sich kurzfristig um und zog ihre Waffe aus dem Halfter heraus um ihm mit dem Schaft auf die Nase zu schlagen. 'Ich hab ihn nicht angefasst', dachte sich Lynn mit einem Lächeln.

Der Mann sackte auch augenblicklich in sich zusammen. Er kniete vor Lynn, stütze sich mit einer Hand auf den Boden und mit der anderen versuchte er seine schmerzende Nase anzufassen. Jeglicher Versuch brachte ihn aber nur wieder dazu vor Schmerz aufzustöhnen und so bekam er auch nicht mit, dass Lynn ausholte und dann kräftig gegen seine Schulter trat. Den verursachten Schmerz wiederum spürte er sehr deutlich und dann plumpste er wie ein nasser Sack auf den Rücken.

Als er so da lag, musste Lynn unweigerlich an einen Käfer auf dem Rücken liegen. Aber das hinderte sie nicht daran ihren Fuß, der gerade noch den Mann auf den Rücken befördert hatte, nun auf seinen Penis zu stellen.

Der Mann versuchte sich, nachdem er das bemerkte, wegzudrehen aus Angst vor noch mehr Schmerzen, aber um das zu verhindern, übte Lynn starken

Druck mit ihrem Fuß aus. Sie machte es ihm
einfach und wenn er still lag, verringerte sie
den schmerzenden Druck oder brachte den Mann zum
stöhnen, da er sich wie ein Wurm winden wollte,
und sie fest zudrückte. Er lernte ihr nicht
schnell genug. Das taten viele nicht. Und
irgendwann hatte mal der General zu ihr gesagt:
„das ist klassische Konditionierung.". Lynn war
es eigentlich egal wie man es nannte. So etwas
hatte ihr schon oft geholfen, auch bevor es einen
Namen hatte.
Ihr machte es zwar Spaß ihn unter sich winden zu
sehen, aber das brachte sie nicht voran. Also
blieb ihr nichts anderes übrig als mit ihm zu
reden: „Bleib brav liegen und alles wird wieder
gut!"
„Wer sind sie?" stammelte der Mann.
„Nur ein neugieriger Nachbar" grinste Lynn ihn
an.
„Sie beobachten häufiger die junge Frau
gegenüber?" fragte sie.
„Wie kommen sie darauf?" Der Mann versuchte
überrascht zu klingen, aber Lynn merkte, dass sie
ihn erwischt hatte. Sie konnte gut die dauernden
Gaffer, die Perversen, von den zufälligen
Beobachtern unterscheiden.
„Also, haben sie mitbekommen wie die junge Frau
entführt wurde?" und bei der Frage erhöhte sie
den Druck auf sein bestes Stück und der Mann

stöhnte vor Schmerzen auf.

„Nein, hab ich nicht. Sonst hätte ich doch die Polizei angerufen!", stammelte er.

Lynn holte aus und trat kräftig in seine Genitalien. Der Mann schrie und krümmte sich vor Schmerzen.

„Wir können das gerne noch länger so weiter machen oder sie sind einfach ehrlich zu mir! Mir ist egal, ob sie ein kleiner Spanner sind, ich will nur die Wahrheit von ihnen wissen."

„Okay, okay. Ich habe nicht die Entführung gesehen."

„Aber?" Lynn wurde hellhörig.

„Am Abend war wieder ein Handwerker wegen der Fenster da. Eigentlich kommen die immer nur tagsüber."

„Immer? Weswegen?", fragte sie verdutzt.

„Drüben klemmen die Badezimmerfenster immer mal wieder und müssen neu eingestellt werden. Aber doch nicht so spät abends."

„Wie viel Uhr?"

„Das weiß ich doch nicht."

Lynn wollte gerade wieder mit ihrem Fuß ausholen, da rief er: „22 Uhr. Es war schon 22 Uhr."

„Und sie sind sich sicher, dass es ein Handwerker war?"

„Ja, er hatte die blaue Jacke mit dem großen gelben Aufkleber an. Das tragen die immer."

„Und was war dann?"

„Ich bin dann ins Bett gegangen. Ich war mir sicher, wenn der Mann das Fenster repariert, wird die Frau bestimmt nicht duschen", jammerte er. „Also haben sie nicht gesehen, was der Mann dann getan hat?", bohrte Lynn weiter nach, entspannte aber ihren Fuß um seinen Schmerz zu reduzieren. „Nein, ich sah nur wie er sein Werkzeug auspackte."

„Sonst irgendetwas ungewöhnliches?"

„Nein."

„Danke", sagte Lynn, drehte sich um und verschwand durch die Tür. Den Mann ließ sie da liegen. Er hatte ihr die Wahrheit gesagt und war nun nutzlos für sie.

Kapitel 8

Wieder wusste Chelsea nicht, wie lange sie
zusammengekauert die Wand anstarrte. Aber der
Schrecken, dass diese Frau noch lebte, saß noch
zu tief, als dass sie sich bewegen wollte.
Außerdem machte diese Frau ihr Angst, was
eigentlich völlig unbegründet war, da sie
angekettet war, dennoch wollte Chelsea sie nicht
noch einmal sehen.
„Hast du dich wieder beruhigt?" fragte Brittany
genervt.
„Wer ist das?" Chelsea wusste nicht so recht, ob
sie die Antwort überhaupt wissen wollte.
„Wer sie ist weiß ich nicht, aber sie war vor mir
hier und sah da schon so aus." Brittany wollte
eigentlich weiter reden, aber da hörten sie ein
Geräusch. Es klang wie ein schweres
Metallschloss, welches aufgeschlossen wurde.
Brittany versuchte sich ein wenig in die hintere
Ecke ihrer Matratze zu verstecken, aber da war
keine richtige Ecke und gebracht hätte es eh
nichts. Von der anderen Frau konnte Chelsea keine
Reaktion vernehmen, aber nachschauen wollte sie
auch nicht.
Dann hörten sie schwere Schritte auf dem
Felsenboden und ein fast schon keuchendes Atmen
wurde lauter. Brittanys Körper fing an zu
zittern, obwohl sie versuchte dies zu

unterdrücken. Sogar ein kleiner Schluchzer entglitt ihr und dieser versetzte Chelsea ihn Panik. Denn bisher schien Brittany abgeklärt und als hätte sie sich mir ihrer Situation abgefunden, aber das der herankommende Mensch ihr solche eine Angst machte, machte Chelsea mindestens genauso viel Angst. Das dachte sie zumindest. Und sie hoffte oder versuchte es sich eher einzureden, dass vielleicht nur jemand kommt und ihnen Essen und Trinken bringt. Oder das der Mann, der sie entführt hatte nun bemerkte, dass sie die falsche Frau war und sie wieder freilassen wollte.

'Dummes, naives Mädchen' musste sogar Chelsea über sich selber denken. Und bevor sie sich weiter Gedanken darüber machen konnte, wie sehr Lynn sie für ihre Hoffnung ausgelacht hätte, sah sie wieder Brittany. Sie war inzwischen kreidebleich und zitterte. Chelsea konnte sogar bemerken, dass Brittany sich so an die Wand presste, dass ihr scheinbar ein Stein in die Schulter bohrte, denn ein wenig Blut lief ihr am Arm hinunter.

Und dann stand er da. Ein groß gewachsener Mann, kräftig und ungepflegt. Seine Haare und sein Bart waren ein wenig filzig. Seine Hände schienen groß wie Bärenpranken zu sein und die Fingernägel waren schwarz vor lauter Dreck. Und den Gestank, der von ihm ausging, konnte Chelsea sogar aus der

Entfernung riechen.

Nun stand er da im Eingang des Höhlenraums und starrte sie völlig regungslos an. Seine Augen waren kalt und ohne jede Spur von Gefühlen. Nach einem kurzen Moment warf er einen Blick zu Brittany rüber und ging dann an den beiden Frauen vorbei zu der dritten Angeketteten. Obwohl Chelsea es wollte, aber sie konnte ihren Blick nicht von ihm abwenden. Im Augenwinkel konnte sie noch erkennen, dass sich Brittany ein wenig wieder entspannte. 'Aber warum? Ging er gleich wieder? Wollte er nur zu der anderen Frau?', fragte sich Chelsea. Der Mann betrachtete die Wunden der von ihr Totgeglaubten. Und zu Chelseas absoluten Verwunderung kniete sich der Mann hin, stellte einen Eimer auf den Boden, den Chelsea bis dahin noch gar nicht wahr genommen hatte, und nahm einen Schwamm aus dem Eimer. Diesen wrang er aus und strich damit sanft über eine eiternde Wunde. Dann tunkte er den Schwamm wieder in den Eimer mit Wasser und reinigte die nächste Verletzung. Dabei nahm er keine Notiz, dass sich die Frau vor Schmerzen versuchte zu winden. Jedenfalls soweit es ihre Kraft und die Ketten zuließen. Nachdem er alle Wunden gereinigt hatte, holte er aus seiner Jackentasche eine Tube und rieb mit deren Inhalt die eiternden Wunden ein. Was genau in der Tube war, konnte Chelsea nicht sehen. Sie hoffte nur, dass es der Frau helfen würde.

Dann musste sie wieder an Lynn denken. Die zuckte nie, wenn sie was hatte. Einmal hatte bei einer Auseinandersetzung ein junger Mann ihr die Schulter ausgekugelt. Im Krankenhaus kämpfte sie so vehement gegen eine Betäubung, dass der Arzt ihr die Schulter bei vollem Bewusstsein wieder einrenken musste. Selbst da schrie sie nicht einmal auf. Nachher hatte Chelsea sie gefragt, warum Lynn keine Narkose wollte. Sie sagte nur: „wenn du da liegst und deinen Körper nicht dazu kriegen kannst dich gegen das Arsch zu wehren was auf dir drauf liegt und seinen Schwanz in dich steckt, dann weißt du warum ich keine Betäubung wollte." Chelsea wollte damals eigentlich ihrer Schwester klar machen, dass der Arzt ihr nichts böses wollte, aber sie wusste auch, dass es einfach nur Zeitverschwendung war. Und nun kam der Gedanke ihn Chelsea hoch, ob sie wohl bald spüren würde, wie sich Lynn schon oft in ihrem Leben gefühlt haben muss.

Der Mann war inzwischen fertig mit der Versorgung der Wunden. Er drehte sich um und ging auf Chelsea zu. Sie sah nur noch, wie Brittany ihr Gesicht in ihren Knien vergrub und versuchte ihre Ohren zuzuhalten. Dann spürte Chelsea die großen Hände an ihrer Schulter. Er drückte sie problemlos auf den Boden. Sie wollte sich ja wehren, aber das Gewicht des Mannes, der sich immer mehr auf sie legte, drückte zu sehr auf ihren ganzen Oberkörper. Chelsea versuchte Luft zu bekommen, versuchte seine Hand von ihrem Oberkörper wegzudrücken. Sie versuchte mit ihren Beinen Halt zu bekommen um ihn vielleicht so von sich runter zu bekommen. Aber mehr als ihre Versuche konnte sie nicht erreichen. Der Mann war völlig unbeeindruckt von ihrem Widerstand. Ihre Lunge schmerzte inzwischen stark, weil sie so sehr nach Luft schnappte und keine bekam. Und dann schrie Chelsea auf. Ein noch viel größerer Schmerz durchfuhr ihren Körper. Ohne, dass sie es richtig bemerkt hatte, hatte er ihre Hose runter gezogen und drang in sie ein. Er stieß so heftig zu, dass Chelsea das Gefühl hatte, unten regelrecht aufgerissen zu werden. Und er tat es wieder und wieder. Und Chelsea schrie.

Kapitel 9

Seit dem die beiden Detectives da waren, hatte
Sarah nicht mehr richtig schlafen oder essen
können. Jefferson hatte schon mit ihr geschimpft:
„Lynn wird unsere Chelsea schon sehr bald finden
und der Typ, der sie hat, wird den Tag bereuen an
dem er geboren wurde. Und jetzt iss endlich mal."
Und schon wandte er sich wieder seiner Zeitung
zu. Aber so sehr Sarah auf das Geschick ihrer
Ziehtochter vertrauen wollte, genauso wusste sie
auch wie zerbrechlich ihr kleines Mädchen war.
Ihr Mann hatte Chelsea schon immer eher wie einen
seiner Soldaten behandelt. Es gab immer nur
Disziplin, Regeln und Gehorsam. Aber Sarah
wusste, dass er dies immer nur aus Liebe zu
Chelsea von ihr forderte. Dennoch war sie dadurch
zu einer kleinen Rebellin geworden, wie Sarah sie
gerne liebevoll nannte. Sie versuchte immer
wieder auszubrechen aus der strengen Erziehung
ihres Vaters. Und wenn ihr Vater sie zu sehr
maßregelte, verkroch sie sich tagelang weinend in
ihr Zimmer. Chelsea konnte einfach, genauso wie
Sarah selbst, kein Geschrei oder
Handgreiflichkeiten ertragen. Und jetzt war sie
in der Gewalt eines Mannes, der sonst was mit ihr
anstellen würde. Sarah wurde bei dem Gedanken
wieder übel. Sie lief ins Badezimmer und übergab
sich.

„Herrgott, Sarah. Was sollen denn die Leute denken, wenn sie dich so sehen?" raunzte Jefferson sie an.

Und nun fing Sarah an zu weinen und Jefferson verdrehte die Augen. Dennoch ging er zu ihr hin. „Es tut mir leid, Liebes" sagte er noch im Türrahmen stehend. „Lynn hat seit dem Tag, wo sie sich das erste Mal getroffen haben, schon immer auf unser Mädchen aufgepasst. Sonst wäre es damals auch anders ausgegangen. Und hätte sich Chelsea ihretwegen nicht so sehr gebessert, wären wir wohl auch nie auf die Idee gekommen, sie bei uns aufzunehmen. Weißt du noch, wie stolz Chelsea war als sie uns ihr Zeugnis mit lauter Einsen und Zweien vorgezeigt hat? Und das nur, weil sie so sehr wollte, dass Lynn in der Schule mit dem Unterrichtsstoff zurecht kommt und die beiden Tag und Nacht gelernt haben. Ihre rebellische Phase gegen uns war so schlagartig zu Ende, dass wir es selber kaum fassen konnten."

„Warum hast du ihr dann Lynn weggenommen, indem du sie auf die Militärschule geschickt hast?" platze es aus Sarah heraus.

Jefferson war über den scharfen Ton seiner Frau erschrocken.

„Erst drängst du mir ein fremdes Kind auf, weil du in ihr so ein großes Potential gesehen hast und in dem Moment, wo ich sie als mein Eigenes betrachtet habe, reißt du sie mir wieder weg! Und dadurch habe ich dann auch noch mein kleines Mädchen verloren, weil sie nicht damit zurecht kam!"

„Also bitte, Sarah! Das war nicht meine Schuld, dass Chelsea dann anfing mit dem Alkohol und den Drogen. Hättest du sie nicht an der langen Leine gelassen, hätte sie nicht diese ganzen komischen Männer, oder besser gesagt Jungs, getroffen. Die haben sie an die Drogen gebracht! Nicht ich!"

Jefferson atmete tief durch. Er wollte seine Frau nicht so anfahren. Nicht in solch einer Situation.

„Hätte ich Lynn nicht auf diese Schule geschickt, hätten wir sie auf eine viel schlimmere Art verloren. Ich musste ihre..." Jefferson war einen Moment bemüht die richtigen Worte zu finden.

„...Energie, ihre Wut und ihren Hass in geordnete Bahnen lenken. Das weißt du."

Und wie Sarah es wusste. Sie würde nie den Tag vergessen, wo sie mit Chelsea und Lynn nach Hause fuhr. Sie hatten Sarahs Schwester weit draußen vor der Stadt besucht. Chelsea musste auf dem Rückweg unbedingt auf die Toilette. Und Sarah hatte auch nichts gegen eine Pause einzuwenden. Lynn hatte den beiden immer wieder gesagt, dass es zu spät sei und die Rastplätze oft unübersichtlich und dunkel seien. Aber die beiden wollten nicht hören. Und so hatten sie Halt gemacht. Chelsea und Sarah hasteten auf die

Toilette, während Lynn lieber beim Auto warten
wollte. Als sie wieder hinausgehen wollten, stand
da dieser große, dicke Trucker. Er sagte nur:
„solche zwei hübschen Frauen sollten nicht so
spät abends alleine unterwegs sein."
Und da packte er auch schon Chelsea an die
Brüste. Ihrer kleinen Chelsea, die gerade erst 13
Jahre alt war. Die beiden Frauen waren starr vor
Schreck. In dem Moment viel der Mann auf seine
Knie. Lynn hatte ihm mit voller Wucht den
Radschlüssel von der Seite gegen die rechte
Kniescheibe gehauen. So wie es krachte, musste
die Kniescheibe gebrochen sein. Der Mann schrie
vor Schmerzen auf und dennoch zögerte Lynn nicht
einen Moment ihm nun mit dem Radschlüssel eins
über den Kopf zu ziehen. Er sackte in sich
zusammen und es war nur noch ein Keuchen aus
seinem Mund zu vernehmen. Dann nahm sie all ihre
Kraft zusammen und zog den Mann nach hinten. Als
er auf den Boden plumste, holte sie noch einmal
mit dem Radschlüssel aus und ließ diesen
ungebremst auf seine Genitalien niederschmettern.
Nach einem Aufschrei wimmerte der Mann nur noch
kläglich. Aber für Sarah war das schlimmste an
der ganzen Sache, dass sie bei Lynn währenddessen
keinen Funken Regung in den Augen sah. Sie waren
kalt und gefühllos. Chelsea und Sarah waren noch
so erstarrt, dass Lynn sie regelrecht anbrüllen
musste, damit sie sich bewegten und ins Auto

gingen. Da Sarah noch so sehr zitterte, setzte sich die 14-jährige Lynn ans Steuer und fuhr sie nach Hause. Auf dem ganzen Weg hinterfragte Sarah nicht, woher Lynn schon Auto fahren konnte. Geschweige denn die Fähigkeit hatte, diesen großen Mann so zuzurichten.

Zu Hause wurden sie schon gleich vom General empfangen, der sie schon längst erwartet hatte. Sarah und Chelsea waren noch immer nicht in der Lage einen klaren Gedanken zu fassen. Geschweige denn dem General verständlich zu erklären was passiert war. So schickte er die beiden ins Bett und unterhielt sich lange mit Lynn. Am nächsten Tag erzählte er dann Sarah, dass Lynn auf die Militärschule kommen wird. Sogar schon nächsten Monat. Ein Wechsel während des Schuljahres gefiel Sarah gar nicht und sie fing an Lynn und ihr Verhalten zu verteidigen. Jefferson beruhigte sie sofort und erklärte seiner Frau in Ruhe alles. Er wollte Lynn nicht bestrafen, im Gegenteil. Er hatte ihr „außergewöhnliches Talent", wie er es immer nannte, erkannt. Lynn hatte nämlich ohne großes Nachdenken, den Lastwagen in der hintersten und dunkelsten Ecke entdeckt. Da der Parkplatz ansonsten leer war, erschien ihr das merkwürdig. Also beschloss sie, lieber im Auto zu bleiben, sich dort zu verstecken und die ganze Sache zu beobachten. Als dann der Mann seinen Truck verließ und auf die Frauentoilette

zusteuerte, war Lynn schon klar, dass das kein
gutes Ende nehmen würde. Sie beschloss sich eine
Waffe, in dem Fall den Radschlüssel, hervor zu
holen und ihn damit gegebenenfalls angreifen zu
können. „Wie hätte ich sonst an den fetten Riesen
rankommen sollen?" hatte sie dem General gesagt.
Und ihm auch genau erklären können, warum sie
welche Körperstelle angegriffen hatte.
Außerdem hatte sie dem Mann noch gesagt, bevor
sie hinter Sarah und Chelsea zum Wagen gegangen
war, dass ihm niemand glauben würde, dass ein
Teenager ihm das angetan haben könnte. Seine
Kollegen würden ihn bestimmt bis an sein
Lebensende auslachen, hatte sie ihm noch grinsend
gesagt. Aber das hatte Lynn nur dem General
erzählt und der behielt das auch lieber für sich.
Und so sah er in ihr diese kleine unscheinbare
Waffe, die skrupellos und zielgenau arbeiten
würde. Man müsste es nur für die richtige Sache
verwenden. Und das wiederum hatte der General
keinem erzählt und ganz für sich behalten.

Nun versuchte sich Sarah an den Gedanken des
„außergewöhnlichen Talents" zu klammern und malte
sich aus, was Lynn diesem Mann, der jetzt Chelsea
bedrohte, antun würde. Denn auch, wenn Lynn ihr
und ihrem Mann nie richtige Gefühle entgegen
gebracht hatte, wusste sie, dass Lynn für Chelsea
alles tun würde.

Kapitel 10

Lynn stand schon vor dem ersten Handwerksbetrieb, den sie auf Anhieb finden konnte. Sie wollte nachfragen wer hier blaue Jacken mit gelbem Aufdruck trägt. Die verschiedenen Betriebe würden schon ihre Konkurrenz so weit kennen um zu wissen was die Handwerker tragen. Sie hätte erst einmal nett nachgefragt und wenn sie keine Antwort bekommen hätte, wäre sie zu ihrer üblichen Befragungstaktik übergegangen, überlegte sich Lynn kurz. Warum sollte sie auch davon abweichen, da es eigentlich immer klappte. Hatte bei dem Mann aus Chelseas Nachbarschaft ja auch gut geholfen. Irgendwann war auch der Härteste gebrochen. Wichtig war es bei so einer Befragungstaktik die Wahrheit von dem, was die Befragten sagten damit der Schmerz aufhört, zu unterscheiden. Die Wahrheit konnte Lynn aber sehr gut in den Augen von Männern lesen. Das Talent hatte sie schon immer. Selbst ihre Erzeugerin sagte das mal zu ihr.

Aber da stand sie nun und zögerte. Sie zögerte doch sonst nie. Was hätte sie sonst auch für eine Wahl, fragte sie sich. Sollte sie etwa zur Wache fahren und mit Brad und Michael reden. Die würden die Datenbanken durchstöbern und vielleicht was finden. Das würde aber wiederum kostbare Zeit verschwenden. Zeit die Chelsea vielleicht nicht mehr hatte.

Lynn zögerte, weil sie nicht wusste, wie sie allein schon erklären sollte, woher die Information über den Handwerker kamen. Und auf welche Art ihr die Information ausgehändigt wurde. Sie zögerte, weil sie das Gefühl hatte, dass Michael egal was sie tat, hinter ihre Fassade gucken konnte. Und das gefiel Lynn ganz und gar nicht.

Jedoch war Lynn aber auch ein wenig neugierig was Michael anbelangte, da sie ihn selbst nicht richtig einschätzen konnte. Das war ihr schon sehr lange nicht mehr passiert. Eigentlich noch nie. Brad war da deutlich einfacher. Der typische Polizist, der gerne im Recht war und dies auch auf seine Art zeigte. Er war stolz auf seine Dienstmarke, die er auch immer so trug, dass man sie sehen konnte. Außerdem war er stolz auf seine Muskeln, sein Aussehen und die Tatsache, dass er alle Frauen bekam, die er wollte. Wobei ihm nicht bewusst war, dass er sich auch nur die Frauen aussuchte, die er bekommen würde. Aber den Glauben an seine Unwiderstehlichkeit wollte Lynn ihm nicht nehmen. Brad hatte sie nach Sekunden analysiert. Aber Michael...da war sie sich einfach nicht sicher.

Aber sie war sich inzwischen sicher, dass es besser sein würde zum Revier zu fahren und mit den beiden zusammen zu arbeiten. Auch wenn sie im

Moment damit viel Zeit verlieren würde. Alleine
der Name des Handwerksbetrieb würde ihr aber
nicht viel nützen und dann wäre sie irgendwann
doch auf die beiden angewiesen. Und mindestens
Brad wäre dann eingeschnappt, wenn sie es erst im
Alleingang versucht hätte.

Also rief sie sich ein Taxi herbei und ließ sich
zum Revier fahren.

Auf dem Weg dahin musste sie einen Moment
wehmütig an die verpasste Chance einer weiteren
gebrochenen Nase denken.

Als sie angekommen war, hatte sie beim Betreten
der Polizeistation nicht mehr so ein mulmiges
Gefühl. Die Fluchtmöglichkeiten waren ihr schon
vertraut und sie wusste, was sie da drin
erwartete.

Bei den beiden Detectives angekommen, waren diese
gerade sehr ins Gespräch vertieft. Lynn konnte
schon von weitem erkennen, dass sie sich
stritten. Die Gesichter der beiden sprachen
Bände. Als sie jedoch Lynn kommen sahen,
schwiegen sie sofort.

„Entweder geht es um mich oder ihr habt meine
Schwester in keinem lebenden Zustand gefunden",
bemerkte Lynn trocken. Anders konnte sie sich ihr
abruptes Schweigen nicht erklären.

Brad antwortete offen: „wir haben wegen dir
gestritten. Du warst sehr lange unterwegs und ich
fand es keine gute Idee, dich an unserem Tatort

alleine zu lassen." Dabei baute er sich ein wenig
auf, um seine Unsicherheit zu überspielen. Auch
wenn es ihm keineswegs gefiel, aber Lynns
'Überfall' beim Kennenlernen saß ihm doch noch in
den Knochen.

„Ja, da hast du recht, jetzt ist es UNSER
Tatort", erwiderte Lynn grinsend.

Und Michael konnte sich ein leichtes Grinsen über
ihren Konter auch nicht verkneifen. Er wusste,
dass es Brad nicht gefiel, wenn eine Frau so gar
nicht auf sein gutes Aussehen ansprang,
geschweige denn ihn auch noch so unverhofft
überwältigen konnte, wie vormittags im Büro. Da
war Brad einfach doch ein kleiner, manchmal sogar
großer, Macho. Den Captain sah Brad wohl auch
immer eher als Mann und nicht als Frau, fand
Michael.

„Aber da wir ja jetzt auch zusammen arbeiten" und
wieder grinste Lynn Brad frech an: „hab ich am
Tatort einen Zeugen ausfindig machen können. Er
hatte zwar nicht die Tat gesehen, aber am Abend
einen Handwerker, der sonst nie so spät gekommen
war."

„Was für einen Zeugen?", fragte Michael sehr
verwundert. Sie hatten alle Nachbarn befragt in
der Hoffnung, dass doch irgendwer etwas gesehen
haben könnte. Aber sie blieben ohne Erfolg.

„Naja, sagen wir mal ein Mann, der gerne
ungefragt in andere Fenster guckt. Für längere

Zeit. Und zu unpassender Zeit.", Lynn machte sich einen kleinen Spaß daraus, die beiden auf die Folter zu spannen. Der General hätte sie dafür schon längst zusammen geschrien. Er wollte nur präzise und kurze Antworten.

„Was?" fragte Michael immer noch nicht verstehend was Lynn sagen wollte.

„Ein Spanner. Ich schätze, deswegen wollte er auch nicht mit euch reden", erklärte Lynn.

„Aber mit dir?" warf Brad ein.

„Nachdem er gemerkt hatte, dass ich nicht von der Polizei bin, war er doch sehr redefreudig." Lynn hoffte so sehr, dass Michael das jetzt nicht hinterfragte. Ihn anzulügen fiel ihr irgendwie schwer.

„Gemerkt, dass du nicht von der Polizei bist..." Michael sah sie prüfend an und warf dann nur einen kurzen Blick auf Brad. Dabei wollte er es dann auch belassen und das Herumdrucksen von Lynn ignorieren.

„Und was war das für ein besonderer Handwerker? Oder war es einfach nur ein Handwerker?"

„Was ist denn ein besonderer Handwerker, Michael?" Diesmal war Lynn etwas irritiert. Bevor sie aber eine Antwort abwarten konnte, erzählte sie weiter: „Er oder andere Handwerker der Firma kommen öfters wegen klemmender Badezimmerfenster. Also hatte er die Möglichkeit Chelsea zu beobachten ohne das es aufgefallen wäre. Und er trug eine blaue Jacke mit einem großen gelben Aufkleber. Wisst ihr, wie wir herausfinden, welche Firma das ist?"

Michael setzte sich gleich an seinen Computer. Und nach einem kurzen Moment konnte er den Namen der Firma sagen: „Helb hieß die Firma. Ich hoffe, der Besitzer heißt so und nicht, dass die sich beim Namen nur vertippt haben", rätselte Michael vor sich hin.

Da es aber schon spät und der Betrieb zu war, vereinbarten die drei für heute Feierabend zu machen und morgen früh gleich beim Öffnen vor Ort zu sein.

Vor dem Revier blieb Lynn kurz stehen und schaute in alle Richtungen. Michael tippte seinem Partner auf die Schulter und zeigte auf Lynn. Brad blieb etwas widerwillig stehen. Er wollte langsam nach Hause, was essen, seinen Sport machen und dann vielleicht noch ein Spiel schauen. Aber Michael musste ja immer alles mitbekommen, ärgerte er sich leise.

„Weißt du nicht wohin?", fragte Michael.

„Ja, ich hatte noch keine Zeit mich um ein Hotel oder so was zu kümmern. Hatte auch irgendwie gehofft, dass ich das nicht bräuchte und jetzt schon mit Chelsea im Flieger nach Washington sitzen könnte."

Die beiden Männer waren sehr verwundert über diese wohl doch ernst gemeinte Aussage.

Lynn war müde und dennoch versuchte sie sich zu erklären: „Hatte gehofft, dass ihr einfach nur Scheiß-arbeit gemacht habt und deswegen noch nichts erreicht hättet. Konnte ja nicht ahnen, dass der Typ so gut ist. Und ich hier nicht arbeiten darf wie ich will." Jetzt war ihr Ton wieder ein wenig gereizt. Ihr wurde schmerzlich klar, dass der General und ihre Mutter bestimmt schon Ergebnisse erwarteten. Sie würde wohl nachher telefonieren müssen, dachte sie sich.

„Willst du bei mir schlafen?" fragte Brad und war in dem Moment genauso überrascht über sich selbst wie die beiden anderen über das Angebot.

Und mehr als ein kurzes „Ja" kam auch nicht von Lynn, da sie in dem Moment schon ihre Tasche nahm und auf Brads Auto zusteuerte.

Während der Fahrt schwiegen beide. Geschafft vom Tag, aber auch nicht wissend, was sie mit dem anderen reden sollten. Gerade als Brad in seiner Einfahrt parkte, kam der erwartete aber auch gefürchtete Anruf. Eine Washingtoner Nummer, die Lynn nur zu gut kannte. Der General bestimmt. Lynn wusste, dass es einer Gehorsamsverweigerung gleichkam, aber sie konnte sich und dem General noch nicht eingestehen, dass sie bisher nichts erreicht hatte. Also starrte sie ihr klingelndes Handy an bis die Mailbox dran ging und ihr Handy wieder schwieg.

„Alles klar?" fragte Brad vorsichtig.

Selbst er hatte Lynns entsetzen Blick bemerkt als das Klingeln anfing.

Sie zögerte. Eigentlich wollte sie nicht mit Brad darüber reden. Aber sie hatte auch noch nie einen Befehl des General abgewiesen, auch wenn es nur ein Anruf war. Und so kam es, dass sie Brad doch antwortete, denn irgendwie musste sie mit der unbekannten Situation fertig werden.

„Der General hat angerufen." Sie schwieg einen Moment und starrte noch immer ihr Handy an. „Ich wusste nicht was ich sagen sollte. Ich mein, was hab ich bisher vorzuweisen. Da bin ich lieber erst einmal nicht ans Telefon gegangen. Er wird toben." Und nun schaute Lynn schuldbewusst nach unten. Brad war äußerst überrascht, wie zerbrechlich auf einmal Lynn wirkte.

„Vielleicht wird er jetzt auch hoffen, dass ich nicht konnte, weil ich gerade am Bett sitze und Chelseas Hand halte, während der Arzt sie untersucht. Oder so was", fuhr sie fort. Und prompt änderte sich ihre Körperhaltung. „Egal, ich bin müde. Lass uns reingehen", forderte sie in ihrem üblich harschen Ton.

Sie selbst konnte sich aber immer noch nicht recht erklären, warum sie das Brad erzählt hatte. Und sie wollte nicht, dass er mitbekam, dass sie vielleicht eine Schwachstelle haben könnte. Also konzentrierte sie sich und war einfach wieder die

Alte.

Das Haus war ordentlich aufgeräumt. Es stand nicht viel herum. Vor allem keine Deko oder anderes unnützes Zeug. Lynn fand das sehr sympathisch. Aber es war für einen Junggesellen ungewöhnlich sauber.

„Hast du eine Putzfrau?", fragte sie ihn deshalb sofort.

„Wieso? Kann ich nicht selber so ordentlich sein?", entgegnete er.

Lynn lachte. „Nein, das ist für einen Mann wie dich untypisch. Du kümmerst dich nicht um so was. Also, hast du eine Putzfrau oder eine besondere Freundin, die das für dich macht?"

„Was ist denn eine besondere Freundin?" Brad verstand nicht worauf sie hinaus wollte.

„Na, eine die du wahrscheinlich regelmäßig flach legst, aber nie deine feste Freundin nennen würdest um dir andere Optionen offen zu halten", erklärte sie ihm grinsend.

„Ich hab eine Putzfrau. Ich habe keine Zeit mich um den Haushalt zu kümmern", entgegnete Brad patzig.

Lynn lachte wieder. „Keine Zeit oder keine Lust?"

„Keine Lust", knurrte er nun.

„Und eine besondere Freundin hast du auch?"

„Was? Ach, lass mich." Er wollte sich gerade umdrehen und in die Küche gehen, da wurde Lynns Ton sanfter.

„Es tut mir leid. Ich wollte dir nicht zu nahe treten. Ich analysiere nur zu gerne."

„Aha", brummte er.

„Tut mir auch leid mit heute Vormittag. War einfach ein sehr stressiger Tag, beziehungsweise Tage...", versuchte sie weiter die Stimmung zu verbessern.

„Schon okay.", und auch seine Stimme wurde wieder ruhiger. „Ich kann verstehen, dass du unter Stress stehst. Ist immerhin deine Schwester, die entführt wurde."

Brad sah Lynn musternd an. Er fühlte sich schon ein wenig von ihr angezogen. Und nun stand sie da vor ihm, hatte ihre Jacke zum ersten Mal heute ausgezogen und er konnte ihren durchtrainierten und schlanken Körper, der oben herum nur noch von einem Top bedeckt war, sehen. Ihre Stärke und ihre Einstellung auf die Welt zu scheißen mit der im Auto offenbarten Verletzlichkeit, machten ihn an. Das musste er zugeben. Er zögerte einen Moment, denn eigentlich arbeiteten die beiden ja zusammen. Zwar nur für eine begrenzte Zeit, aber unter Kollegen wollte Brad nie was haben. Dennoch trat er nun direkt vor Lynn, schlang seinen Arm um ihre Taille und zog sie an sich ran. Lynn ließ ihn gewähren. Sie kannte das zu gut. Oft reagierten Männer so, wenn sie das Gefühl hatten, dass sich die Frau öffnete und verletzlich wirkte. Warum nur, fragte sie sich dann immer wieder. Aber in diesem Moment hatte sie nichts dagegen. Sie hatte schon lange keinen Sex mehr gehabt und ein bisschen Druck abzulassen, würde nicht schaden. Also ließ sie zu, dass Brad sie jetzt küsste. Erst war er sehr vorsichtig. Vielleicht hatte er Angst, dass sie ihm gleich wieder ein Messer an die Kehle oder an sein bestes Stück halten würde, aber als er keinen Widerstand von ihr spürte, küsste er sie leidenschaftlicher.

Er schob sie sanft zu seinem Sofa hinüber, wo sie sich bereitwillig hinlegte.

Dort fing er an ihrem Hals an ihren ganzen Körper zu küssen. Dabei vielen ihm immer mehr Narben auf. An den Handgelenken spürte er deutlich die Narben von Schnitten. Er war sich nicht sicher, ob Lynn mal versucht hatte sich umzubringen oder, ob sie sich nur zu doll gegen Fesseln gewehrt hatte. Wahrscheinlich hat sie deswegen nie die Jacke ausgezogen, dachte er sich.

Dann spürte er die Narben auch auf ihrem Rücken und teilweise an ihren Beinen. Er konnte und wollte sich nicht vorstellen, woher sie alle kamen. Also schob er diese Gedanken beiseite und konzentrierte sich auf den inzwischen ausgezogenen Körper unter ihm.

Lynn wiederum freute sich, dass sie bei Brad einen gut durchtrainierten Körper vor sich hatte, der nicht von Kampfspuren oder einfach dem Leben übersät war.

Aber noch mehr war sie froh, dass er nicht nach
Schweiß, Alkohol und Zigaretten stank. Sonst
hätte sie ihn wohl während oder nach dem Sex
töten müssen, dachte sie leicht lächelnd.

Als Brad am nächsten Morgen aufwachte, lag Lynn
aber nicht mehr neben ihm. Er wunderte sich,
hörte dann aber im nächsten Moment ein Klappern
in seiner Küche. Er zog sich schnell seine Hose
an und ging hinüber. Währenddessen fragte er sich
wie es zwischen den beiden weiter gehen sollte.
Da sah er Lynn auch schon komplett angezogen in
der Küche während sie scheinbar etwas suchte.
„Guten Morgen. Kann ich dir helfen?" fragte er.
„Hi. Ich such nur einen Kaffeebecher. Willst du
auch einen? Also Kaffee?" und dabei klang sie ihm
so neutral gegenüber, dass er sich schon fragte,
ob die beiden überhaupt zusammen Sex gehabt
hätten.
„Also willst du nun einen Kaffee? Und wir sollten
uns beeilen. Wir wollen uns schon bald mit
Michael bei dem Handwerker treffen."
„Da drüben im Schrank sind Thermobecher für den
Kaffee. Ich zieh mich an und dann können wir
los." Er deutete auf einen Schrank, drehte sich
dann langsam um und machte sich fertig. Er fragte
sich dabei noch immer, ob er die letzte Nacht nur
geträumt hatte. Aber eigentlich war er sich doch

recht sicher. Dennoch hatte sich Lynns Verhalten ihm gegenüber kein bißchen geändert. Und das fand er doch sehr merkwürdig.

„Ich wollte euch gerade anrufen und fragen wo ihr bleibt.", wurden Brad und Lynn von Michael leicht genervt empfangen.

„Sorry, kam nicht aus dem Bett." Brad war sich noch nicht sicher, ob er Michael von seiner Nacht erzählen sollte. Immerhin schien es ihm, als hätte Michael irgendein Interesse an Lynn. Wobei die beiden nun wirklich nicht in einer Liga spielten, dachte er sich.

„Alles klar?" Michael kannte seinen Kollegen und Freund einfach zu gut. Irgendetwas war doch im Busch.

„Können wir jetzt endlich?!", fuhr Lynn dazwischen und wurde schon wieder ungeduldig.

Als sie das Gebäude betraten, saß gleich vorne ein junge Frau. Sie lächelte die drei freundlich an.

„Was kann ich für sie tun?", fragte sie.

Brad und Michael zeigten gleich ihre Marken vor.

„Wir würden gerne mit ihrem Chef sprechen. Ist er da?", wollte Michael wissen.

„Oder können sie uns vielleicht weiter helfen? So eine hübsche junge Frau ist bestimmt schneller am Computer als der alte Chef." Brad flirtete sie ungeniert an. Das hatte den beiden schon so einige Male geholfen.

Lynn dachte währenddessen wie einfach es wäre aus dieser jungen zerbrechlichen Frau Informationen zu bekommen. Es bräuchte wahrscheinlich nicht mal viel Gewalt, einfach ein bisschen lauter werden, ihr die Waffe an die Schläfe halten… Aber sie musste wohl mal wieder Geduld haben und die beiden ihre Arbeit machen lassen. Wie viel Zeit das in Anspruch nahm, dachte sie gereizt.

„Was kann ich denn für sie tun?", lächelte die junge Frau Brad an. Dann warf sie einen skeptischen Blick zu Lynn hinüber, denn die Frau bei den beiden Polizisten kam ihr komisch vor.

„Wir suchen einen ihrer Handwerker, der vor ein paar Tagen in dieser Adresse Fenster repariert hat." Michael reichte ihr einen Zettel, wo die Adresse von Chelseas Wohnung drauf stand.

Die junge Frau tippte kurz, kontrollierte noch einmal die Adresse auf dem Zettel und sah denn bedauernd Brad an: „Es tut mir sehr leid, an dem Haus haben wir schon oft die Fenster wieder einstellen müssen, auch einmal die Haustür. Aber das letzte Mal war vor fünf Wochen ein Handwerker von uns da." Und nun lächelte sie ihn wieder augenklimpernd an.

„Hat vielleicht einer nebenher ein bisschen gearbeitet und es nicht eingetragen? Er soll sehr spät da gewesen sein", fragte nun Michael.

Sie lächelte Michael zwar auch an, aber nicht wie

Brad. Aber das war Michael gewohnt. Wenn Brad
dabei war, wurde er eh selten richtig beachtet.
Also schaute sie noch einmal in den Computer,
tippte irgendetwas. Aber ihre Mimik änderte sich
nicht.

„Es tut mir wirklich leid, aber hätte jemand
angerufen, wäre das hier notiert. Wir notieren
alles, damit nichts untergeht. Mein Chef ist da
sehr penibel und will das alles ordentlich
erledigt wird."

Brad wandte sich zu Lynn: „bist du dir sicher,
dass dein 'Zeuge' nicht von sich ablenken
wollte?" In seiner Stimme war nun ein bisschen
Hohn zu hören. Ihm würde es gerade nur zu gut
passen, wenn Lynn mit ihrer Art der
Zeugenbefragung unrecht hätte. Das würde trotz
der vergangenen Nacht sein Ego wieder aufbauen.
Oder gerade weil sie ihn trotz vergangener Nacht
immer noch nicht anders behandelte bräuchte er so
eine Genungtuung.

„Der hat die Wahrheit gesagt, dafür lege ich
meine Hand ins Feuer. Mein Gott, es geht um meine
Schwester! Warum sollte ich da wertvolle Zeit
vergeuden?" Lynn hätte Brad am liebsten gleich
eine reingehauen. Mitten auf seine hübsche Nase.
Aber warum hatte sie eigentlich Zeit vergeudet?
Das fragte sie sich gerade wirklich. Wär sie doch
gestern einfach zu dem nächstbesten Handwerker
gefahren, dann würde sie schon wissen, wer der

Typ an Chelseas Fenster war.

„Ein großer Mann. Kräftig. In seiner Gegenwart fühlst du dich nicht wohl. Habt ihr so einen hier?" fragte Lynn die junge Frau.

„Wieso muss sie sich unwohl bei ihm fühlen?", Brad war etwas genervt. Wieso redete Lynn über Dinge, die sie nicht über den Täter wissen konnte?, fragte er sich.

„Jedes Opfer hat berichtet, dass sie beobachtet wurden oder sich zumindest so gefühlt haben. Wäre es ein netter, sympathischer Mann, wäre das nicht allen Frauen aufgefallen. Er muss ein ungutes Gefühl verursachen, sonst würde das heutzutage nicht mehr jeder mitbekommen. Vor allem hätte es Chelsea nicht bemerkt. Sie wird ständig angestarrt. Da wäre einer mehr oder weniger nicht aufgefallen", erklärte sie ihm genervt.

Die junge Frau rutschte etwas nervös auf ihrem Stuhl herum.

„Also?", fragte Lynn an sie gerichtet mit Nachdruck.

„Wir haben einen, der sich manchmal etwas dazu verdient. Er arbeitet sehr unregelmäßig hier. Er kommt dann und wann mal vorbei und fragt nach Arbeit. Ich...", zögerte sie. „Ich mag ihn nicht. Selbst wenn er mit mir redet sieht er durch mich hindurch. Er guckt mich an, aber irgendwie auch nicht."

„Bist wohl nicht sein Typ", sagte Lynn trocken.

Die junge Frau, Brad und auch Michael schauten etwas erschrocken zu Lynn. Alle drei fanden ihren Kommentar unpassend. Aber entweder störte oder bemerkte Lynn es nicht.

Es war ihr einfach egal, also fragte sie weiter: „Und? Wie heißt er?"

„Thomas Archer." Bei der Antwort schien der jungen Frau ein Schauer über den Rücken zu laufen.

„Hast du auch eine Adresse?" Lynn hatte wie immer für so etwas keine Geduld.

„Darf ich die denn rausgeben?" fragte die junge Frau an Brad und Michael gerichtet.

„Ja", sagten beide gleichzeitig.

Die junge Frau wandte sich wieder ihrem Computer zu und tippte kurz.

„Oh, das tut mir leid. Wir haben scheinbar keine Adresse. Der Chef bezahlt ihn immer bar. Aber ich hab seine Sozialversicherungsnummer. Hilft die ihnen weiter?", fragte sie.

„Ja!", schoss es nun aus allen dreien heraus.

Während die junge Frau die Nummer aufschrieb, fragte Michael noch: „Wann war er denn das letzte Mal hier?"

„Das ist zum Glück schon ein paar Monate her. Wie gesagt, er arbeitet sehr unregelmäßig hier."

Auf dem Revier überprüfte Michael gleich die Sozialversicherungsnummer. Sie lief auch auf

einen Thomas Archer. Aber dieser Thomas Archer
war schon 88 Jahre alt und saß in einem
Altersheim in Florida.

Es wäre auch zu einfach gewesen, dachte sich
Michael. Brad griff zum Telefon: „Dann soll der
Chef herkommen und eine Zeichnung von dem Typen
anfertigen lassen. Dann wissen wir wenigstens wie
er aussieht."

„Vielleicht haben wir ja auch Glück und er kommt
bald wieder vorbei weil er Arbeit braucht" meinte
Lynn ironisch. Denn eins war sicher, Zeit hatte
Chelsea bestimmt nicht.

„Und dann? Dann nehmen wir ihn fest, weil er
nachts an einem Fenster war?", raunte Brad sie
an.

Lynn guckte nur zweifelnd zu ihm rüber. Was
sollte so eine dumme Frage? Und hatte er nicht
bemerkt, dass sie es nicht ernst gemeint hatte?
Manchmal zweifelte Lynn an seiner
Menschenkenntnis.

„Dann müssen wir ihn wieder laufen lassen, er
bekommt kalte Füße und bringt alle Frauen um?
Oder er kehrt gar nicht mehr zu den Frauen zurück
und sie müssen verhungern oder sowas?
Da sieht man, dass du von Ermittlungsarbeit keine
Ahnung hast", sagte Brad genervt.

„Erstens verdursten sie, bevor sie verhungern
würden. Jedenfalls solange sie keinen Zugang zu
Wasser haben. Das sollte auch ein Polizist

wissen, der noch nie in einer solchen Notlage war", entgegnete Lynn schnippisch. „Zweitens, lass mich mit ihm reden, dann erfahren wir schon alles was wir brauchen."

„Das könne wir nicht machen." Und mal wieder versuchte Michael alle zu beruhigen. „Ich kann gut verstehen, Lynn, dass du deine Schwester nur möglichst schnell wieder finden willst, aber wir können keinen potenziellen Täter einfach foltern bis er uns sagt was wir hören wollen.", versuchte er sie zu beschwichtigen.

„Und auch hier wieder: erstens, ich hinterlasse keine Spuren, zweitens erzählt er dann die Wahrheit und nicht das, was ich hören will!"

Und so diskutierte nun Lynn mit Brad und Michael darüber, ob nun gefoltert werden dürfte, was genau unter Folter zu verstehen sei und wann man wüsste was wegen der Folter gelogen sei. Als McNamara das mitbekam, versuchte sie den Streit beizulegen, aber es endete nur damit, dass Lynn wutentbrannt das Revier verließ.

Wie kamen diese Idioten nur dazu ihre Arbeit und ihr Können in Frage zu stellen, fragte sie sich wütend auf dem Weg nach draußen.

Auf der Straße schaute sie kurz nach rechts und dann nach links und ging dann zielstrebig nach rechts zur Straßenbahn.

„Warum nur habe ich es versucht den beiden Arschlöchern recht zu machen?", murmelte sie noch auf dem Weg.

Kapitel 11

Brittany versuchte Chelsea ein feuchtes Tuch zu
reichen. Aber wie sonst auch immer waren die
Ketten dafür zu kurz und sie warf es ihr auf die
Matratze.

„Mach dich bitte sauber so gut es geht. Es darf
sich nicht entzünden." Brittanys Ton war schon
fast flehend. Sie hoffte endlich eine Reaktion
von Chelsea zu erhalten.

Nachdem er mit ihr fertig war, ging er wie immer
wortlos weg. Und Chelsea hatte sich seit dem auch
kein bisschen gerührt. Es war auch noch kein
Schluchzen oder Wimmern von ihr zu hören.
Wenigstens das war sonst immer von den anderen
gekommen. An dem leichten Heben und Senken den
Brustkorbs wusste Brittany aber zumindest, dass
sie am Leben war.

Auf einmal rührte sie sich doch. Zwar ganz
langsam, aber stetig, suchte ihre Hand nach dem
feuchten Tuch. Als sie es endlich zwischen ihren
Fingern spürte, richtete sie sich auf und wollte
gerade anfangen sich das Blut von den
Oberschenkeln zu wischen, als sie sah was er ihr
angetan hatte. Beim Herunterziehen der Hose hatte
er mit seinen Fingernägeln tiefe Kratzer in ihre
Oberschenkel gerissen. Mit einer Hand hatte er
sich immer wieder auf ihre Hüfte abgestützt, so
dass dort schon jetzt ein dicker blauer Fleck

entstanden war. Chelsea schluchzte und versuchte wirklich sich sauber zu machen, aber ihr ganzer Körper zitterte. Und er zitterte immer mehr und aus dem Schluchzen wurde ein impulsartiges Weinen, welches zu einem Schreien anwuchs.
Brittany wurde dadurch wieder an ihr erstes Mal mit ihm erinnert. Sie hatte genauso reagiert. Und sie hatte geweint und geweint. Aber ihr hatte keiner gesagt, dass sie sich besser sauber machen sollte. Sie wollte auch nicht ihre zerrissene Vagina berühren und so blieb es alles blutig und verschmutzt und entzündete sich. Da nahm er beim nächsten Mal auch keine Rücksicht drauf. Ihn schien es sogar zu freuen, dass Brittany bei der kleinsten Berührung schon aufschreien musste weil alles so weh tat. Seitdem achtete sie genausten darauf alles sauber zu halten. Jedenfalls so gut es in diesem Loch ging. Und sie versuchte den anderen Frauen das selbe Leiden zu ersparen.
„Bitte, bitte mach dich sauber" nun flehte sie Chelsea wirklich an. „Wenn es sich entzündet tut es noch viel schlimmer weh."
Schlimmer?, fragte sich Chelsea. Wie sollte etwas noch mehr weh tun als das was er ihr vorhin angetan hatte? Aber sie wusste, dass es Brittany nur gut meinte und versuchte sich mit aller Macht zusammen zu reißen.
Nachdem sie das Blut von den Oberschenkel gewischt hatte, kippte sie immer wieder neues

Wasser aus den Flaschen über die Wunden am Bein.
Sie musste dabei jedes mal schreien, weil das
Wasser so brannte. Aber der Dreck musste raus.
Und da war sehr viel Dreck, fand Chelsea. Dann
versuchte sie ihren Intimbereich zu waschen. Sie
zögerte, denn sie war sich nicht mehr sicher, ob
sie das da unten war. Ihre Schamlippen waren dick
und an einer Stelle aufgeplatzt, weil er so
heftig und unkontrolliert zugestoßen hatte. Und
beim vorsichtigen Abwischen spürte sie auf
einmal, dass sie gerissen sein musste. Als er sie
vergewaltigte, hatte sie so große Schmerzen, dass
sie gar nicht bemerkt hatte, dass er sie auch
anal vergewaltigt hatte. Und an ihrem After war
nun eine tiefe aufgerissene Stelle in Richtung
ihrer Vagina. Als Chelsea das richtig begriff,
konnte sie nur noch schreien. Sie schrie und
krallte vor lauter Verzweiflung ihre Hände in ihr
Gesicht. Dabei kam sein Geruch an ihren Händen
wieder in ihre Nase und sie übergab sich. Sie
kotzte so lange bis nicht mehr als ein Husten aus
ihr heraus kam. Dann kauerte sie sich wieder
zusammen, starrte an die Wand und sagte immer
wieder: „Lynn! Lynn, wo bist du? Ich kann das
nicht mehr aushalten!"

Als Chelsea wieder aufwachte, wusste sie nicht,
ob es Morgen oder Abend war. Brittany hatte ihr
gesagt, dass sie das Gefühl schon vor langer Zeit

verloren hatte. Bei Chelsea war es jetzt auch so weit. Und dieser Gedanke ließ sie weinen. Aber durch das Weinen bewegte sich ihr Körper und sie stieß einen dumpfen Schrei aus. Zu mehr fehlte ihr die Kraft. Sie konnte einfach nicht laut schreien. Aber sie konnte den Schmerz fühlen. Überall wo er mit seinem Gewicht auf ihr gelegen hatte, hatten sich Prellungen und Blutergüsse gebildet. Ihre Vagina fühlte sich an, als wäre sie auf das doppelte angeschwollen. Und ihr aufgerissener After juckte und brannte. Jetzt schluchzte sie nur noch. In ihrer ganzen Verzweiflung hatte sie sich nicht mehr richtig zu Ende sauber gemacht und es hatte angefangen sich zu entzünden.

„Chelsea?", fragte Brittany vorsichtig. „Ich weiß, eine ziemlich dumme Frage, aber: geht es dir gut?"

„Ich glaub, es hat sich entzündet.", antwortete Chelsea krächzend. Ihr Mund und ihr ganzer Hals waren trocken. Sie versuchte nun eine der Wasserflaschen zu greifen, aber nur die kleinste Bewegung schmerzte so sehr, dass sie aufgab.

„Hast du Durst? Du musst trinken. Auch wenn alles weh tut, aber wenn du nicht trinkst, wird es nicht besser. Nur schlimmer. Glaub mir!", versuchte Brittany ihr zu helfen.

Da Brittany bisher mit allem recht hatte, riss sich Chelsea zusammen und beugte sich zu einer der Flaschen hinüber. Der Schmerz ließ sie weinen, aber Brittany sprach ihr die ganze Zeit gut zu und sie schaffte es endlich an das Wasser zu gelangen. Und dann trank sie und trank und trank, als hätte sie tagelang nichts getrunken. Vielleicht war es ja auch so, dachte sich Chelsea kurz.

„Wann kommt er wieder?", aber Chelsea war sich gar nicht sicher, ob sie die Antwort hören wollte.

„Das ist sehr unterschiedlich. Manchmal kommt er mehrmals am Tag oder er ist viele Tage nicht hier. Ich bin mir nicht so sicher, aber manchmal habe ich das Gefühl zu verhungern, bis er wieder da ist und manchmal geht er gar nicht richtig aus der Höhle."

Da merkte Chelsea was für einen riesengroßen Hunger sie hatte.

„Wo stellt er denn immer was zu Essen hin? Ich seh gar nichts." Chelsea sah sich suchend um und hoffte irgendwo was Leckeres zu finden. Oder wenigstens etwas essbares damit zumindest die Bauchschmerzen aufhörten. Aber sie konnte nirgends was sehen. In keiner Ecke, nicht auf oder unter dem Tisch. War es etwa möglich, dass Brittany schon alles gegessen hatte ohne ihr was abzugeben? Den Gedanken wollte Chelsea aber nicht wahr haben. Dafür war Brittany zu nett zu ihr.

„Er hat noch kein Essen gebracht. Das heißt, dass er bald wieder kommt."

Kapitel 12

Lynn hatte sich in die nächste Straßenbahn, die kam, gesetzt. Sie wollte zu keinem bestimmten Ort, sie wollte erst mal ein Gefühl für die Stadt bekommen.

Nach etwa zwei Stunden, die sie einfach in alle Richtungen gefahren war, hatte sie einen Drogendealer ausfindig gemacht. Bei ihm besorgte sie sich ein paar Drogen.

Dann setzte sich Lynn wieder in die Straßenbahn und fuhr diesmal in eine bestimmte Richtung. Hier hatte sie vorhin schon gesehen, was ihr Interesse geweckt hatte: Nutten! Sie fand sehr schnell den Straßenstrich und zu ihrem Glück war es genau was sie suchte. Es war eine helle beleuchtete Straße. Die Nutten standen beisammen und trennten sich nur, wenn ein Freier kam.

Lynn stellte sich in die dunkelste Ecke, die sie finden konnte, und beobachtete erst einmal die Frauen. Mit ein wenig Freude stellte sie fest, dass sie gut in ihrem Job waren, denn sie bemerkten die Gefahr. Lynn war zwar keine wirkliche Gefahr für sie, aber die Frauen merkten, dass sie beobachtet wurden. Hier tat sich eine Ältere von ihnen hervor. Sie schaute nach allen anderen und die, die etwas abseits standen, rief sie zu den Gruppen zurück. Genau diese suchte Lynn! Sie ging zielstrebig auf die

Frau zu und die anderen zogen sich gleich ein bißchen zurück. Aber die Ältere stand da und starrte Lynn an. Die hat Mut, dachte sich Lynn und wusste, dass das durch das lange Überleben auf der Straße kam. Aber es würde den Jüngeren helfen hier auch länger zu überleben. Das wusste Lynn nur zu gut.

„Hi", sagte Lynn zu ihr. „Ich hab eine Frage."

„Ich bin kein Lexikon", raunte die Ältere sie an. „Und wenn du was wissen willst frag das Internet, blöde Kuh."

Lynn lächelte die Frau immer noch an. Die Beleidigung störte sie nicht. Es gehörte bei Nutten oft dazu. Oder an sich bei Menschen die von anderen nichts Gutes gewohnt waren.

„Ich weiß aber, dass du die Beste bist, die mir das beantworten kann. Außerdem hab ich eine kleine Belohnung für dich." und Lynn zeigte ihr die vorhin gekauften Drogen. So schlug sie zwei Fliegen mit einer Klappe. Die Nutten wussten, dass sie keine Polizistin war und mit Bestechung redeten solche Frauen immer noch am ehesten. Schmerz waren sie oft gewohnt, daher half es nicht darüber an Informationen kommen zu wollen. Als die Ältere die Drogen sah, hellte sich ihr Gesicht etwas auf und sie fragte: „Was willst du denn wissen?"

„Ich suche einen Mann. Einen bestimmten. Und den finde ich garantiert nicht durch euch, aber du

wirst wissen wo ich die Nutten finde, die auch
die abscheulichsten Sachen machen würden.
Außerdem passen diese nicht gegenseitig auf sich
auf und sie würden zu jedem in den Wagen
steigen", kam Lynn gleich auf den Punkt.
„Und wenn ich dir das sage, was machst du dann
mit ihnen?", fragte die Ältere argwöhnisch.
„Ich werde sie auf die gleiche nette Art und
Weise fragen und entlohnen wie dich. Ich hab
keine Probleme mit ihnen. Ich will nur den Mann!"
Die alte Nutte überlegte kurz, griff sich eine
Tüte mit Kokain und beschrieb Lynn die Stelle
hinter dem Bahnhof wo sie solche Nutten finden
würde.
Lynn bedankte sich noch kurz und verschwand
wieder.

Als sie an der beschriebenen Stelle ankam, taten
ihr die Frauen schon fast leid. Die meisten waren
ausgemergelt durch zu wenig Essen, zu viel harte
Arbeit und definitiv zu viele Drogen. Aber das
war nicht ihr Problem. Sie wollte nur Chelsea
wieder haben und da war es ihr ziemlich egal,
dass sie die Situation der Frauen ausnutzen
würde.
Also ging sie nun wahllos zu der Nächstbesten.
„Hi. Ich suche jemanden und wenn du mir hilfst,
geb ich dir als Dank ein bisschen was." und Lynn
zeigte wieder die Drogen.

Die Frau, bei der Lynn es nicht wagte ihr Alter
zu schätzen, lächelte ein wenig. Dabei kamen die
gelben, schon fast braunen, fauligen Zähne zum
Vorschein.

„Was willst du denn wissen, Schätzchen?", fragte
die Frau in freudiger Erwartung auf die Drogen.

„Ich suche einen Mann. Sehr groß und kräftig. Er
wird sehr komische Vorstellungen haben. Perverse
Wünsche. Vermutlich einer, wo du nicht weißt, ob
er dich wieder gehen lässt."

„Ha", lachte sie. „Solche haben wir hier nur. Nur
nicht immer groß und kräftig."

„Gut. Dann...", Lynn musste kurz nachdenken. „Er
ist Handwerker. Manchmal. Er jobbt mal hier, mal
dort. Hat manchmal was mit alten Menschen zu
tun." Sie musste noch einmal kurz überlegen,
bevor sie ihn weiter beschreiben konnte: „Er wird
sehr geizig sein mit seinem Geld. Wahrscheinlich
auch eher ein ungepflegter Typ."

„Schätzchen, ich würde dir ja gerne helfen. Aber
nicht jeder redet über seinen Job. Und der Rest
trifft auch wieder auf fast jeden hier zu." Die
Frau wurde langsam ungeduldig.

Lynn musste etwas intensiver nachdenken. Was
könnte höchstwahrscheinlich noch auf ihn
zutreffen?, fragte sie sich.

„Er hat keinen bestimmten Typ. Also egal ob
blond, brünett oder so. Aber er sucht sich immer
die aus, die am wenigsten Kontakt zu den anderen

hat. Vielleicht kam die dann auch nie wieder. Und er beobachtet gerne die Frauen." So langsam gingen Lynn die Ideen zum Profil des Mannes aus. „Wenn ich dir helfen kann, bekomme ich auch was?" fragte plötzlich eine andere Nutte.

„Klar" sagte Lynn und hatte wieder ein wenig Hoffnung.

„Ich hab das von dir mitbekommen und musste irgendwie an einen Mann denken, der vor Jahren häufiger bei mir war. Er hat sich vor dem Sex immer in einen Stuhl gesetzt und ich sollte irgendetwas machen. Putzen, Wäsche zusammen legen, lesen oder so was. Und er beobachtete mich dann. Er saß einfach schweigend da und dann stand er plötzlich auf und warf mich auf das Bett. Er war äußerst grob und brutal beim Sex. Ich war ihm egal. Ich weiß auch gar nicht, ob es ihm Spaß machte. Er kam mir eher vor als wollte er immer nur wieder zustoßen, wie ein Stier. Aber das wirklich merkwürdige war, dass er immer wollte, dass ich ihn 'Bruder' nannte. Nix anderes. Nur Bruder. Manchmal sagte er beim Sex auch noch so was wie 'Siehst du? Ich kann sie doch ficken.' oder 'Jetzt kannst du nichts mehr dagegen machen.'." Während sie das schilderte, schien sie sich immer wieder ein bisschen zu schütteln. Als würde ihr ein kalter Schauer über den Rücken laufen.

„Und er nahm sich auch immer mal wieder eine

andere. Keine Ahnung, ob er Abwechslung brauchte. Mir war es recht. Und dann kam eine Neue hier hin. Er beobachtete sie immer, bevor er mich dann zu sich ins Auto holte. Irgendwann traute er sich doch sie zu fragen und sie stieg ein. Ich hatte kein gutes Gefühl. Wirklich nicht." Die beiden Nutten nickten sich zustimmend zu. „Sie kam dann auch nie wieder hier hin. Vielleicht hat er sie bei sich behalten oder sie hat nur noch das Weite gesucht." Sie stockte einen Moment und schien zu überlegen. „Er kam danach aber auch nie wieder."
„Hm...klingt nach einem Perversen, aber nach meinem?" Lynn zögerte. „Wie lange ist das her?"
„Sechs Jahre ungefähr. Krieg ich jetzt was von den Drogen?" die Nutte wollte ihren Stoff.
„Ja, schon gut. Was willst du denn? Heroin? Kokain? Crystal Meth? Vielleicht hilft es mir ja doch was du gesagt hast."
Nachdem Lynn ihr was von dem Heroin, was die Nutte wollte, gegeben hatte, drehte sie sich um und ging. Wahrscheinlich brauchte sie doch noch ein paar mehr Details um den Mann besser beschreiben zu können. Sie würde morgen zu dem Handwerksbetrieb fahren und sich eine genaue Beschreibung des Mannes geben lassen.
Da sagte die erste Nutte auf einmal: „War das der, der Grace mitgenommen hatte bevor sie verschwand?".
„Stimmt, Grace hieß sie. Nettes junges Mädchen.

Gehörte hier einfach nicht hin", sagte die Zweite.

„Den hatte ich auch mal. Aber bei uns kam es nicht zum Sex. Er wollte mit mir in ein Hotel. Das hatte aber geschlossen, warum auch immer. Er brach dann einfach eine Tür auf. Ganz ohne Probleme und hatte keine Spuren hinterlassen. Ich zögerte, wollte nicht in so was mit hinein gezogen werden. Da wurde er richtig wütend und schlug mich. Da hab ich ganz schnell das Weite gesucht. Ich wusste gar nicht, dass du ihn so oft hattest", wunderte sich die Erste.

Lynn hatte noch so eben alles hören können.

„JETZT bin ich mir sicher, dass wir den Gleichen meinen", sagte Lynn freudig. Als Dank gab sie der ersten Nutte den Rest vom Heroin.

„Grace hieß die Frau, die verschwand, als er auch nicht mehr kam?", fragte Lynn.

„Ja", antworteten beide.

„Könnt ihr ihn mir beschreiben? Aussehen, besondere Merkmale?"

„Was bekommen wir dafür?", fragte die Zweite.

„Wenn ihr mir alles beantwortet, gebe ich euch was ich noch habe." Dabei zeigte Lynn ihnen nochmal den Rest der vorhin gekauften Drogen. Die beiden Nutten überlegten kurz und willigten dann ein.

„Wie gesagt, groß war er. Mindestens 1,90m. Dunkle Haare. Kein Schwarz, sondern sehr dunkles

Braun. Ungepflegt. Dreckige Hände, immer Schmutz unter den Fingernägeln. Seine Augen waren blau. Aber so ein eisiges Blau. Vielleicht aber auch nur, weil er immer einen so kalt anstarrte. Und viele Narben. Ich hab ihn mal darauf angesprochen. Er sagte darauf nur, dass 'sein Alter' ein strenger Mann war", beschrieb die zweite Nutte ihn.

„Wie alt etwa?"

„Naja, da war er so ungefähr Ende 30", glaubte die erste Nutte zu wissen.

„Wisst ihr noch was er für ein Auto hatte?", wollte Lynn noch wissen.

„Einen dunklen Pick-Up. Weißt du noch, welche Farbe? Mir war das egal" fragte die zweite Nutte die Andere.

„Ne, keine Ahnung. Dunkel halt", sagte die Erste.

„Okay. Vielen Dank, ihr habt mir sehr geholfen!" Lynn gab den beiden alle Drogen und verschwand. Die beiden Nutten nach dem Namen des Mannes zu fragen, hatte sich Lynn gespart. Mehr als einen Vornamen, wenn dieser dann überhaupt stimmte, würden sie eh nicht wissen.

Lynn war sich nicht sicher, was sie jetzt machen sollte. Sie brauchte Zugang zu den Datenbanken der Polizei. Sie könnte einen alten Freund beim Militär anrufen, der sich in alles hacken könnte. Aber irgendwie hatte Lynn das Gefühl, dass sie doch Michael und Brad fragen sollte.

Also machte sie sich auf und fuhr diesmal zu Michael. Seine Adresse, genau wie die von Brad und alles andere, was in deren Akten stand, hatte sich Lynn im Flieger nach Seattle durchgelesen und behalten.

Es war inzwischen weit nach Mitternacht als sie bei Michael klingelte. Er wohnte in einem großen Haus mit insgesamt 10 Wohnungen, wie Lynn an den Klingelschildern feststellte. Nachdem sie geklingelt hatte, hörte sie nach einer Weile über die Fernsprechanlage ein völlig verwundertes und verschlafenes: „wer ist denn da?".

„Ich bin's, Lynn."

Es kam keine Antwort, aber der Türöffner summte und Lynn konnte die Haustür aufdrücken. Sie ging hoch in den dritten Stock und da stand Michael zerzaust und mit zusammen gekniffen Augen vor ihr. Er trug, und darüber musste Lynn ein wenig lachen, einen Pyjama, einen blau-karierten.

„Was um alles in der Welt treibt dich um diese Zeit zu mir? Und woher weißt du, wo ich wohne?" wollte Michael wissen.

„Ich muss mit dir reden. Und wundert dich das wirklich?" fragte Lynn zurück.

„Was wundert mich?", Michael rieb sich die Augen.

„Das ich weiß, wo du wohnst."

„Nein. Nicht wirklich. Wüsste ich trotzdem gerne.", Michael war etwas mürrisch.

„Ist nicht wichtig. Darf ich jetzt endlich rein kommen?"

„Klar. Sorry. Bin, unverständlicherweise, noch etwas müde" sagte Michael sakastisch.

Lynn stand nun direkt in seinem Wohnzimmer, das gleich nach der Wohnungstür folgte. Die Küche grenzte offen an das Wohnzimmer an und es ließ sich noch ein Schlafzimmer mit Bad vermuten. Die Wohnung war relativ aufgeräumt, jedenfalls für einen Junggesellen, dachte sich Lynn und musste an Brads Haus denken.

Sie setzte sich auf das Sofa, während Michael erst einmal Kaffee machte. Dann setzte er sich dazu und Lynn erzählte ihm von ihrem Treffen mit den Prostituierten. Sie verschwieg hierbei nur die Bezahlung mit den Drogen. Das brauchte Michael nun wirklich nicht zu wissen, fand sie. Der war einerseits höchst erfreut über den Fortschritt, aber auch verwundert, dass Lynn in so kurzer Zeit anscheinend einen Durchbruch nach dem anderen erreichte. Er zweifelte einen Moment an seiner Polizeiarbeit, rief sich dann aber ins Gedächtnis, dass Lynn inzwischen wahrscheinlich schon mehr Gesetze gebrochen hatte, als er überhaupt wissen wollte.

Da es zu spät oder zu früh war, je nachdem, um auf's Revier zu fahren und nachzuforschen, beschlossen die beiden bis zum Morgen zu warten um auch die Hilfe von Brad zu bekommen. Lynn hatte nämlich zwar viele Informationen bekommen, aber diese mussten nun durch sämtlich Datenbanken gejagt werden.

„Darf ich dich was fragen?", Michael fragte sehr zögerlich.

„Was?", reagierte Lynn etwas verwundert.

„Wieso bist du so wie du bist?"

Lynn musste lachen. „Soll ich meine Füße hochlegen und du holst noch ein Klemmbrett, Herr Doktor? Wenn du was wissen willst, müsstest du schon konkreter fragen."

„Okay. Wie kommt es, dass du bei der Familie Smith gelandet bist?"

„Ist mit der häufigste Nachname. Also ist die Wahrscheinlichkeit sehr hoch gewesen, dass ich bei einer Familie Smith lande" sagte Lynn schmunzelnd.

Michael musste auch ein wenig lächeln.

„Ich war zwölf, als ich eines Tages auf Chelsea traf. Da lief dieses kleine, hübsch angezogene Mädchen herum. Völlig naiv und schutzbedürftig. Und das ist sie bis heute geblieben." Lynn lächelte gedankenverloren. Dann wurde sie aber gleich wieder ernst. „Naja… Damals lief sie mit ein paar Freundinnen in dem Einkaufszentrum rum. Sie war gerade erst elf geworden und durfte mit ihren Freundinnen von ihrem Geburtstagsgeld ein bisschen shoppen. Sie nannte es ein bisschen, für mich war das damals ein Jahreseinkauf an

Klamotten."

„Warum warst du da?", fragte Michael dazwischen.

„Hab gehofft was zu essen zu kriegen. Da wird sehr viel weggeworfen. In so einem großen Zentrum fällt man auch nicht so schnell auf und es ist warm und trocken. Genug Gründe?" Lynn war ein wenig irritiert, für sie war das verständlich und war keine Frage wert.

„Wo waren deine Eltern? Oder zumindest deine Mutter?" Michael wiederum begriff nicht, warum Lynn seine Verwirrung nicht verstand und runzelte die Stirn.

„Meinen Vater, oder Erzeuger, habe ich nie kennengelernt. Und meine Mutter war da schon tot. Hatte ich dir doch schon mal gesagt, dass sie starb als ich zehn war!" Lynn hasste es Fakten zu wiederholen. Sie hatte erwartet, dass sich wenigstens Michael so etwas merken würde.

„Ja, stimmt. Aber irgendwie verstehe ich nicht, wie ein zwölfjähriges Mädchen da alleine rum läuft. Oder warst du nicht alleine?" Michael verstand das alles immer noch nicht so recht. Oder besser gesagt, wollte es nicht verstehen.

„Ha, da hakt es bei dir." und Lynns Gesicht hellte sich ein wenig auf. „Als meine Mutter gestorben ist, hab ich das Weite gesucht und mich so gut es ging alleine durchgeschlagen. Einmal war ich für fast sechs Monate in einem Heim, weil irgendeine Frau meinte mich bei den Behörden melden zu müssen. Das war vielleicht die Hölle in diesem Heim. Ich hab versucht so schnell es ging da wieder abzuhauen. Leider haben die mich zweimal wieder gefunden, bevor ich es ganz weg geschafft habe", erklärte Lynn genervt bei der Erinnerung daran.

„Woran ist deine Mutter gestorben?", bohrte er weiter.

„Wolltest du nicht eigentlich hören, wie ich zu den Smith's gekommen bin?", wich Lynn ihm aber aus.

Michael nickte.

„Dann lass mich ausreden."

Michael nickte mit leicht gesenktem Kopf. Wahrscheinlich konnte er überhaupt froh sein, dachte er sich, dass Lynn so offen mit ihm darüber redete.

„Also", fuhr sie fort. „ich beobachtete Chelsea und ihre Freundinnen ein wenig. Ich stellte mir vor, wie schön so ein Leben sein müsste. So sorgenfrei und wohl behütet… Dann sah ich wie ein Junge, vielleicht 15 oder 16, zu ihnen ging und sie ansprach. Er versuchte scheinbar mit ihnen zu flirten, sie lachten und kicherten. Vor allem Chelsea schien der Junge sehr gut zu gefallen. Und sie ihm. Er erzählte ihr wie hübsch sie sei und dass sein Vater eine Modelagentur hätte. Billigster Trick der Welt, sag ich dir. Zieht aber immer wieder." Lynn verdrehte dabei die

Augen. „Naja, er quatschte sie voll, dass er auch ein Auge für so hübsche Mädchen hätte, sie mal Fotos machen könnten und so weiter. Chelsea war, wie gesagt, sehr naiv und wollte wohl auch etwas machen was ihre Eltern unter allen Umstände verboten hätten. Eigentlich hätte sie mir egal sein müssen, aber ich wollte ihre Unschuld, ihre Sorglosigkeit beschützen. Sie war so rein. Wie ein kleiner Engel." Dabei klang Lynns Stimme einerseits erfüllt und glücklich von dem Gedanken an diese Reinheit, aber andererseits hörte Michael auch ihren Schmerz, den es verursachte so etwas beschützen zu wollen. „Chelsea war auch noch so dumm und ging gleich mit ihm mit. Ihre Freundinnen waren noch dümmer und ließen sie allein gehen. Ich folgte ihr, der Junge kam mir komisch vor. Sie gingen zusammen in die Parkgarage. Und hinten in der Ecke stand ein weißer Lieferwagen. Es war so klassisch, wie in einem Film. Aber Chelsea lief immer noch total unbedacht mit. Selbst die dunkle Ecke störte sie kein bisschen. Dann ging die Tür auf und ein älterer Mann beugte sich vor und zog Chelsea in den Lieferwagen. Sie war so perplex, dass sie nicht einmal schrie. Der Junge sprang in den Wagen, der Mann kletterte nach vorne und wollte losfahren. Da hab ich mich in den Weg gestellt und geschrien. So laut geschrien, wie ich nur konnte. Der Mann stieg aus und wollte mich auch

in den Wagen ziehen, da zog ich meine Waffe, noch
so ein guter alter Revolver." Nun bemerkte Lynn
aber den entsetzten Blick von Michael. „Ja, ich
hatte in dem Alter eine Waffe. Hatte sie vorher
einem alten, fetten Lastwagenfahrer geklaut, der
mich mitgenommen hatte." Lynn stockte einen
Moment. „War auch das mindeste was er mir danach
'geben' konnte, das perverse Schwein. Egal", fuhr
sie unbesonnen weiter. „Der Mann zögerte, ich
rief Chelsea zu, dass sie lieber aus dem Wagen
aussteigen sollte. Der Junge ließ sie auch gehen,
da er nicht wusste, was er machen sollte. Dann
lief Chelsea zu mir, ich nahm sie an der Hand und
wir gingen aus der Parkgarage. So lange wir die
beiden sehen konnten, hatte ich meine Waffe auf
sie gerichtet. Und dann liefen wir bis wir nicht
mehr konnten. So habe ich Chelsea und dann ihre
Eltern kennengelernt. Romantische Geschichte,
nicht wahr?!" Lynns Ton schwankte stark zwischen
Sarkasmus und der Liebe, die sie für Chelsea
empfand.
Michael starrte Lynn einfach nur ungläubig an.
„Du verarscht mich!", was anderes wollte er in
dem Moment nicht glauben.
„Tja, nein. Glaubst du wirklich, der General
würde mich bei sich aufnehmen nur weil er ein
gutes Herz hat? Du bist lustig. Nein. Da gehört
schon mehr dazu. Und glaub mir, bei dem was ich
schon alles erlebt hatte, war das kein allzu

ungewöhnlicher Tag", und Lynn grinste dabei, als
wäre es wirklich ein normaler Tag für sie
gewesen. „Meine Mutter, meine biologische, hat
sich nie um mich gekümmert. Seit ich denken kann,
musste ich alles alleine machen. Das höchste
ihrer Gefühle war, das irgendetwas im Kühlschrank
war was ich essen konnte. Ich hab mich auch oft
genug bei Nachbarn durch gefuttert. Oder ein
Freier meiner Mutter wollte mich mit Essen
ablenken, während er meine Mutter vögelte. Da
lernt man sehr schnell zu überleben", erklärte
sie nüchtern.

„Hat dich der Lastwagenfahrer, von dem du vorhin
erzählt hast, vergewaltigt?" Michaels Stimme
zitterte ein wenig.

„Ja" war Lynns trockene Antwort. Das rief keine
besonderen Gefühle mehr in ihr hoch. War so etwas
leider nicht das erste und auch nicht das letzte
Mal, dachte sie sich dabei.

„Ist dein Wissensdurst nun gestillt, Sherlock
Holmes?", fragte Lynn ein wenig genervt. Sie
wusste nicht, was Michael mit seiner Fragerei
bezweckte.

„Es tut mir leid. Ich wollte dir nicht zu nahe
treten. Aber irgendwie möchte ich gerne
verstehen, wieso du manchmal so...so bist wie du
bist. Ich weiß gar nicht genau, wie ich das
beschreiben soll", stotterte Michael verlegen
rum.

„Meinst du so..." Lynn wollte gerade was sagen,
da unterbrach er sie auch schon wieder.
„Du bist so eiskalt, wenn es um echt schlimme
Sachen geht. Es stört dich nicht, wenn anderen
Menschen Schmerz zugefügt wird. Egal ob durch
dich oder andere. Dir scheint es auch egal zu
sein, wenn dir Schmerz zugefügt wird. Aber bei
Chelsea scheinst du durchzudrehen, wenn ihr nur
Gefahr droht. Wenn du könntest, würdest du die
ganze Stadt in Schutt und Asche legen um sie zu
finden. Oder hab ich damit etwa unrecht?",
sprudelte es nun aus ihm heraus.
Lynn schluckte. Sie war schockiert, wie schnell
dieser bis vor ein paar Tagen unbekannte Mann sie
so gut analysieren konnte. Oder war sie
inzwischen so ein offenes Buch?, fragte sie sich
kurz.
Als sie sich wieder gefasst hatte, konnte sie
zuerst nur „Ja" sagen. Dann versuchte sie sich
doch zu erklären: „Ich hätte nicht überlebt, wenn
mir mein Schmerz nicht egal gewesen wäre. Dann
wäre ich daran zugrunde gegangen. Wäre mir der
Schmerz anderer nicht egal gewesen, hätte ich
auch nicht überlebt. Dann hätten die mir wieder
Schmerz zugefügt. Dann habe ich Chelsea
kennengelernt. Sie hat mich einfach von Anfang an
gemocht. Nie Vorurteile gehabt. Sie hat mich in
ihrer Familie aufgenommen, mich gleich wie eine
Schwester und Freundin behandelt. Sie hat mich

nie nach meiner Vergangenheit gefragt, weil sie
das wohl selber nicht ertragen hätte. Aber das
war mir auch lieber so. Sie hat mich nie versucht
zu ändern, sondern mich immer so akzeptiert wie
ich bin. Sie gab mir das Gefühl ein ganz normales
Leben führen zu können." Während sie das
erklärte, leuchteten ihr Augen und sie lächelte
friedlich. Aber dann wurde ihr Gesichtsausdruck
wieder ernst und finster: „Und dann kam ein Tag,
da habe ich gemerkt wie gut ich darin bin anderen
Schmerzen zuzufügen. Und der General hat es auch
gemerkt. Und er merkte auch, dass es mir Spass
machte." Lynn zögerte, sie sah das Entsetzen in
Michaels Augen. Aber sie wollte ehrlich zu ihm
sein. „Er schickte mich dann auf eine
Militärschule. Das war wohl das beste, was er
machen konnte. Er hat mich nicht dafür bestrafen
wollen, er wollte das auch nicht unterdrücken. Er
hat es damit in eine Bahn lenken wollen. Ob es
die richtige Bahn war, darüber kann man endlos
diskutieren. Aber ich habe gelernt, mein Können
und meine Lust am Schmerz anderer zu
kontrollieren und gezielt einzusetzen. Und
inzwischen bin ich die Beste bei dem was wir
machen. Aber Chelsea ist immer wieder diejenige,
die mich noch wie einen ganz normalen Menschen
behandelt. Der General sieht mich eher als eine
kleine Maschine, die er lenken und einsetzen
kann, wie er möchte. Beruflich mag das auch

zutreffen, aber privat wird es schwierig. Und meine Mutter, Chelseas Mutter, sie versucht mich zu lieben, als Tochter zu sehen. Aber sie sieht auch immer wieder das Monster in mir. Chelsea sieht das alles nicht." Lynn atmete kurz durch. „Deswegen würde ich alles für sie tun. Sie ist das einzige, was mich ein Mensch bleiben lässt!" Und du auch irgendwie, dachte sich Lynn während sie Michael ansah.

„Und warum auch immer, habe ich das Gefühl, dass ich zum ersten Mal in meinem Leben wirklich versage. Das ich nicht beschützen kann, was ich beschützen will", fügte Lynn zögernd hinzu.

„Nein, das tust du nicht!", Michael war bestürzt über ihre Aussage. „Du machst Fortschritte in diesem Fall, dass haben Brad und ich in den letzten 13 Monaten nicht geschafft."

„Der General erwartet bestimmt nur, dass ich Chelsea schon längst gefunden habe. Und normalerweise hätte ich so einen Auftrag schon längst durchgeführt. Oder hätte zumindest das Opfer lokalisiert. Aber hier ist alles anders", sagte sie mit etwas Verbitterung.

„Bist du eigentlich jetzt ein Navy Seal?", wollte Michael plötzlich wissen.

„Nein. Mit mir wurde eine Truppe ausgebildet. Alle genauso bescheuert wie ich. Wir sollten mal bei den Navy Seals eingegliedert werden. Aber das war nicht zu vereinbaren mit ein paar Dingen. Und

darauf kann ich nun wirklich nicht eingehen. So
richtig offiziell gibt es uns auch nicht. Und
wirklich offizielle Dinge tun wir auch nicht."
Und dabei klang Lynn wieder stolz. Stolz auf sich
und ihre Arbeit.
„Machst du denn oft so etwas? Menschen finden?",
fragte er neugierig.
„Ja, jeden Tag. Ist sehr einfach. Draußen auf der
Straße. In Geschäften. Überall findet man
Menschen." Lynn lachte los und Michael musste ihr
lachend zustimmen.

Danach redeten die beiden noch ein wenig und
stellten dann fest, dass die Sonne aufging.
Michael zog sich zügig an und Lynn machte sich
ein bisschen frisch. Dann fuhren die beiden auf
das Revier, nachdem Michael noch Brad angerufen
hatte, dass er früh kommen sollte.
Als die drei im Revier aufeinander trafen,
zögerte Brad. Ihm war nicht ganz klar was das
alles sollte und er fand es auch nicht gut, dass
Lynn am Tag zuvor einfach abgehauen war. So etwas
machte man nicht unter Kollegen, fand er.
Aber Michael und Lynn erzählten ihm ohne lange
Umschweife, was Lynn am Abend erfahren hatte. Und
so vergaß Brad seinen Unmut und nach einer kurzen
Besprechung setzen sich Brad und Michael an die
Computer um die Datenbanken zu durchsuchen. Lynn
bekam zur Aufgabe Captain McNamara einzuweihen

und zu besprechen, ob sie bei ihrer Suche Unterstützung bekommen könnten. Der Captain stimmte etwas widerwillig zu, da sie Zweifel hatte, wie zuverlässig die Aussagen der beiden Prostituierten waren. Aber da es die einzig heiße Spur war die sie hatten, orderte der Captain noch zwei Polizisten ab, die bei der Suche helfen sollten.

Lynn gefiel es keineswegs, dass sie jetzt nur untätig herumsitzen konnte. Aber sie kannte sich mit den Datenbanken nicht aus und die Suche am Computer war auch nicht ihre Sache. Das machten sonst andere wenn es mal nötig geworden war. Nach einer Weile beschloss Lynn sich hinzulegen und auszuruhen. Ihr fehlte Schlaf und sie brauchte neue Energie um richtig weiter arbeiten zu können.

Währenddessen suchten Michael, Brad und die beiden anderen Polizisten nach einer verschwundenen Grace vor etwa sechs Jahren aus der Gegend. Sie suchten nach Fällen, wo Opfer gestalkt wurden und die Täterbeschreibung auf einen großen dunkelhaarigen Mann passten. Sie suchten nach Sexualdelikten wo vielleicht ein Pick-Up erwähnt wurde. Jedes mal, wenn sie ansatzweise etwas hatten, überprüften sie, ob er eine Schwester hatte und ob seine Jobs etwas mit Handwerk zu tun hatten. Passte das nicht, wurde der Fall wieder aussortiert.

Nach einer Weile waren dann doch alle etwas schockiert, wie viele Fälle es von Stalking oder sexuellem Missbrauch gab. Aber sie konnten keinen Fall ausfindig machen, wo alles zusammen passte. Die Suche nach Grace weiteten sie inzwischen auf die angrenzenden Bundesstaaten aus, da sie nicht das passende Opfer finden konnten. Denn entweder wurde die verschwundene Grace wohlbehalten wieder gefunden oder die Grace, die einem Verbrechen zum Opfer gefallen war, hatte wenigstens Gerechtigkeit erfahren indem der Täter verhaftet wurde.

So langsam kam wieder die Verzweiflung hoch bis Michael ein Einfall hatte: „Hört mal, vielleicht ist der Typ ja wirklich so 'gut', dass er vorher nie geschnappt wurde. Außerdem würden die wenigstens Prostituierten jemanden anzeigen, weil er brutal zu ihnen war. Was ist, wenn er wirklich noch kein einziges Mal verhaftet wurde? Jedenfalls nicht wegen der Dinge, wonach wir jetzt suchen."

„Und was sollen wir deiner Meinung nach dann machen?", fragte einer der beiden anderen Polizisten.

„Vielleicht sollten wir uns auf viel ältere Fälle konzentrieren, wo der Vater seinen Sohn misshandelt hat. Die eine Prostituierte erzählte doch so etwas wegen der Narben und 'seinem

Alten'. Und vielleicht sollten wir auch mal nach Fällen suchen, wo der Bruder seiner Schwester was angetan hat. Vielleicht hätten wir da ein erstes Opfer. Er scheint auf jeden Fall ein gestörtes Verhältnis zu haben, wenn er beim Sex mit 'Bruder' angeredet werden will." Michael hoffte inständig, dass sie wenigstens darüber was finden könnten.

Kapitel 13

Seine Schritte hallten als er wieder kam. Chelsea
fing an zu zittern und zu weinen. Sie sah, wie
sich Brittany hinlegte. Die Hose herunter schob.
Vorher hatte Brittany ihr noch geraten, dass auch
zu machen. So würde sie sich wenigstens die
Verletzungen ersparen, die er ihnen zufügte um
die Hose herunter zu reißen. Aber Chelsea war so
voller Angst, dass sie es nicht konnte.
Ohne auch nur zu Seite zu schauen, ging er an den
beiden Frauen vorbei. Er ging geradewegs zu der
hinten angeketteten Frau. Chelsea konnte keine
Reaktion von der Frau erkennen. Sie wusste nicht
einmal, ob die Frau noch mitbekam, dass der Mann
da war. Er stellte einen Eimer ab. Wollte er
wieder ihre Wunden behandeln, fragte sich Chelsea
hoffnungsvoll. Aber dann konnte sie in dem Eimer
einen Schraubendreher erkennen, einen
Bunsenbrenner und eine Flasche mit Wasser. Oder
zumindest einer klaren Flüssigkeit. 'Der Mann
braucht das bestimmt und die Frau von den Ketten
loszumachen', war Chelseas Gedanke, an den sie
sich gerade klammerte. Sie hoffte, dass er zur
Besinnung gekommen wäre und nun alle drei
befreien würde. „Wie dumm, dass zu denken.", kam
ihr Lynns Stimme in den Kopf.
Er griff zu dem Schraubendreher, schaute einen
kurzen Moment an der Frau herunter, und stach den

Schraubendreher mit voller Wucht in ihren
Oberschenkel. Die Frau stöhnte vor Schmerzen auf,
für einen richtigen Schrei fehlte ihr die Kraft.
Im gleichen Moment schrie Chelsea auf, da sie
damit nicht gerechnet hatte. Dann zog er den
Schraubendreher wieder heraus und stach ihr ihn
wieder in den Oberschenkel. Dies machte er wieder
und wieder. Das Stöhnen der Frau wurde leiser und
leiser, sie hatte einfach keine Kraft mehr. Wie
Chelsea auch erst später realisierte, floss auch
kaum Blut, da der Körper der Frau so sehr
dehydriert war. Aber je leiser die Frau wurde,
desto mehr schrie Chelsea. Sie schrie den Mann
an, dass er es lassen sollte. Sie schrie Brittany
an, dass sie etwas machen sollte. Sie schrie!
Aber es brachte nichts. Der Mann reagierte nicht.
Es schien fast so, als würde er Chelsea nicht
hören. Er war in seiner eigenen Welt und
reagierte auf nichts.
Und Brittany hielt sich die Ohren zu und hatte
die Augen geschlossen. Und wenn Chelsea nicht
geschrien hätte, hätte sie bemerkt, dass Brittany
leise ein Lied vor sich her sang.
Dann nahm der Mann den Bunsenbrenner, machte ihn
an und hielt die Flamme an den Schraubendreher.
Als dieser heiß genug war, nahm er ihn und führte
ihn der Frau langsam in den Bauch ein. Ihre Augen
riss sie vor Schmerz auf. Es kam nur ein Gurgeln
aus ihrem Hals und ihr ganzer Körper sackte

zusammen. Sie war ohnmächtig geworden.

Und dann sah Chelsea die Augen des Mannes. Sie strahlten vor Zufriedenheit. Er guckte sogar befriedigt, fand sie. Und dann, nur einen kurzen Moment später, wich die Zufriedenheit völliger Wut und Verzweiflung. Er schmiss den Eimer an die Wand. Den Schraubendreher schmiss er gleich hinterher und er brüllte. Er brüllte so laut, dass Chelsea das Gefühl hatte als würden die Steine wackeln.

„Wieso? Wieso kannst du mich nicht einfach glücklich machen?", brüllte er.

Er wütete noch ein Weile vor sich hin, aber langsam beruhigte er sich. Dann nahm er die Flasche und versuchte der Frau etwas davon in den Mund zu träufeln. Sie verschluckte sich und spuckte. Aber sie kam dadurch wieder zu Bewusstsein. Dann trank sie in vollen und hastigen Schlücken, so lange der Mann ihr die Flasche an den Mund hielt. Sie verschluckte sich einige Male, hustete und spuckte das Wasser wieder aus. Aber das schien ihn keineswegs zu stören.

Als fast die ganze Flasche leer war, nahm er sie ihr wieder weg und schüttete das restliche Wasser über ihre frischen Wunden. Dabei schrie die Frau wieder auf und er murmelte: „besser so, als wenn ich das nachher reinigen muss."

Dann drehte er sich um, sammelte sein Werkzeug

auf, packte es in den Eimer, nahm die Flasche und
ging einfach wieder hinaus.

Chelsea hatte gerade ihre Fassung wieder erlangt.
Sie wollte eigentlich Brittany fragen, was das
eben war, da kam er auch schon wieder. Aber
diesmal hatte er drei Plastiktüten mit. Jeweils
eine warf er Brittany und Chelsea hin und mit der
dritten ging er zu der Frau. Brittany machte sich
gleich daran ihre Tüte aufzureißen und fing zu
essen, was sie in die Finger bekam. Ihr viel
dabei so einiges runter, aber das störte sie
nicht, da sie es gleich vom dreckigen Boden
wieder aufhob und aß.

Chelsea zögerte noch kurz, aber ihr Hunger war
auch so groß, dass sie sich selbst vergaß. In
ihrer Tüte fand sie Brot, trockenes Brot, belegte
Sandwiches von der Tankstelle, ein paar schon
leicht angegammelte Äpfel und Kekse. Sie fing
gleich an die Sandwiches zu essen und biss
zwischendurch immer wieder von den Äpfeln ab.
Auch ihr war egal was hinunter fiel, denn sie hob
es wieder auf und steckte es sich sofort wieder
in den Mund.

So bekam Chelsea nicht mit, dass der Mann der
Frau schon fast liebevoll versuchte ein bisschen
kalte Suppe zu geben. Die Frau verschluckte sich
und hustete. Was ihr sichtliche Schmerzen
bereitete, aber sie versuchte immer wieder die
Suppe zu schlucken. Sie kämpfte. Sie kämpfte

inzwischen nur noch mit sich und ihrem Körper. Eigentlich hatte sie sich schon vor langer Zeit aufgegeben, aber da war auch immer noch diese riesige Angst was er ohne sie noch alles machen würde.

Kapitel 14

Lynn wusste im ersten Moment nicht so recht wie lange sie geschlafen hatte. Nachdem sie aber den Stand der Sonne gesehen hatte, wusste sie, dass es inzwischen Mittag war und sie etwa zwei Stunden geschlafen hatte. Sie streckte sich kurz und ging dann wieder zu den anderen. Brad und einer der anderen beiden Polizisten saßen noch angestrengt vor den Computern, während Michael und der zweite Polizist sich Akten und Ausdrucke durchlasen.

„Kann ich helfen?", fragte Lynn.

Keiner reagierte, so vertieft waren alle.

Sie räusperte sich. Immer noch keine Reaktion.

„Habt ihr was?", brüllte sie nun schon fast.

Michael zuckte sogar ein wenig zusammen, so versunken war er in die Papiere vor sich.

„Michael und George durchsuchen immer noch die Datenbanken nach neueren Fällen von Stalking oder sexuellen Übergriffen, die unseren Täter beschreiben", sagte Michael und deutete auf die beiden Männer, die sich wieder den Computern zuwendeten. Jeder wäre um eine Ablenkung froh gewesen, aber da Michael zu erst geantwortet hatte, blieb ihnen nicht viel anderes übrig als weiter zu arbeiten.

„Derek und ich beschäftigen uns mit alten Fällen. Alles was so 30 bis 50 Jahre zurück geht und wo der Junge vom Vater misshandelt wurde. Außerdem haben wir nach Fällen von damals bis heute gesucht, wo was komisches zwischen Geschwistern gemeldet wurde. Übergriffe, Missbrauch, alles in die Richtung. Und erst mal hier im Raum Seattle. Da haben wir schon mehr als genug zum überprüfen." Michael und auch die anderen hatten nicht damit gerechnet so viel zu finden.

„Wieso habt ihr mich dann nicht geweckt? Ich kann euch doch helfen." Lynn war etwas verwundert aber auch sauer, dass sie ihre Hilfe scheinbar nicht wollten. 'Vergeudete Zeit', dachte sich Lynn.

„Du brauchtest etwas Schlaf", sagte Michael beschwichtigend, da er merkte, dass sich Lynns Laune schon wieder verschlechterte.

„Okay. Habt ihr denn schon was brauchbares gefunden?", fragte Lynn schon wieder etwas ruhiger.

„Mit aktuellen Fällen kommen wir kein bisschen weiter", warf Brad ein.

„Aber wir haben schon fünf ältere Fälle, wo der Junge vom seinem Vater misshandelt wurde und wo zumindest eine Schwester vorhanden war", ergänzte Michael. „Wir hatten zwar mehr, aber das haben wir schon aussortiert. Entweder leben die Männer inzwischen in völlig anderen Bundesstaaten oder alle haben zumindest eine feste Arbeit. Oder sie sind klein, wenn wir einen gültigen Führerschein finden konnten."

„Und was ist mit den verbleibenden fünf?", Lynns
Hoffnung stieg gerade sehr.

„Die müssen wir wohl mal befragen", warf wieder
Brad ein, der hoffte endlich von dem Bildschirm
weg zu kommen.

„Naja, einen werden wir wohl auch vorerst hinten
anstellen können, der ist nämlich blond. Einer
ist verheiratet, den würde ich auch nicht als
erstes befragen wollen." Michael überlegte noch
kurz, ob noch jemand ausgeschlossen werden
konnte, wollte dann aber doch nicht zu weit
gehen.

Darauf hin entbrannte eine Diskussion, wer zu
welchem der möglichen Verdächtigen fahren sollte,
bis sie beschlossen, dass Lynn, Brad und Michael
zusammen alle befragen würden. So konnten sie
sich ein besseres Bild machen. Außerdem hatte
Michael das Gefühl, dass Lynn ein ganz gutes
Gespür für mögliche Arschlöcher hatte, aber
alleine wollte er sie auch nicht auf die Männer
loslassen.

Das bedeutete aber auch, dass die anderen beiden
Polizisten auf dem Revier bleiben mussten und
noch weiter suchen. Diese nahmen murrend ihren
Auftrag an.

Als erstes fuhren Lynn, Brad und Michael in die
Innenstadt. Dort war ein Mann gemeldet, der als
Junge von seinem Vater misshandelt wurde.

Irgendwann hatte es die Mutter aber doch geschafft sich vom Vater zu trennen und war mit ihren beiden Kindern, einem Mädchen und einem Jungen, zu ihren Eltern gezogen. Obwohl alle wohl sehr bemüht waren den Kindern ein normales Leben zu ermöglichen, war die Tochter in den Drogenkonsum abgestürzt und verdiente sich ihr Geld zeitweise mit Prostitution. Und der Sohn lebte immer noch bei seinen Großeltern und versuchte mit Gelegenheitsjobs um die Runden zu kommen. Er war auch immer mal wieder wegen kleiner Delikte wie Diebstahl festgenommen worden, aber eine Vorliebe zu sexuellen Misshandlungen oder ähnlichem war nicht zu erkennen. Lynn war auch nicht sehr zuversichtlich, aber es gab auch kein eindeutiges Ausschlusskriterium für diesen Mann.

Als sie ankamen, standen sie vor einem kleinen Reihenhaus. Die Fensterrahmen benötigten dringend einen neuen Anstrich genauso wie die Haustür. Auf dem Dach konnte man eine undichte Stelle erkennen, die notdürftig geflickt worden war.

„Ich glaub nicht, dass das unser Mann ist", merkte Lynn an. „Handwerklich soll er doch einigermaßen geschickt sein. Dann sollte er das Haus der Großeltern wohl nicht so verkommen lassen."

„Und wenn das ihm egal ist?" entgegnete Brad.

Lynn verdrehte nur kurz die Augen, ließ aber das Argument stehen. Und so klingelten die drei. Nach einem kurzem Moment kam ein alter Mann zur Tür und öffnete diese. Er war sehr alt und konnte sich nur schwer auf seinen Beinen halten. Und als Brad und Michael ihre Marken zeigten, sprach sein Blick Bände. Ohne weiteres Nachfragen, bat er die drei einzutreten und rief nach seinem Enkel. Im Wohnzimmer saß eine alte Frau zusammen gesunken auf dem Sofa.

„Was hat unser Enkel denn schon wieder angestellt?", fragte sie mit einer sehr müden und erschöpften Stimme.

„Entschuldigen Sie meine Frau", sagte der alte Mann. „Es ist doch immer wieder das gleiche. Nachdem unsere Tochter diesen...diesen Mann kennengelernt hatte, lief alles nur noch schief. Sie musste alles für ihn tun, Geld verdienen, den Haushalt machen und trotzdem schlug er sie ständig. Aber sie hoffte, dass er sich besserte. Dann bekamen die beiden ihre zwei Kinder und dann wurde es noch schlimmer. Er trank nur noch und wenn er nicht zu betrunken war, dass er sich nicht mehr bewegen konnte, verprügelte er alle einfach grundlos." Der alte Mann atmete tief durch und rief noch einmal nach seinem Enkel.

„Dann hatte unsere Tochter es endlich geschafft sich von ihrem Mann zu trennen und kam zu uns zurück. Wir hatten alle gehofft, dass es wieder gut wird. Das alles in Ordnung kommt. Aber die Kinder waren schon zu verkommen. Der Junge suchte ständig Streit in der Schule. Er prügelte sich mit den älteren Jungs. Einmal verprügelte er sogar einen Lehrer, weil der mit ihm schimpfte. Und das Mädchen. Sie erstickte ihren Kummer in Alkohol und Drogen. Wie ihr Vater. Unsere Tochter kam damit irgendwann nicht mehr klar und nahm sich das Leben. Da war dann alles verloren", sagte er betrübt.

Die alte Frau schien dabei noch ein bisschen mehr in sich zusammen gesackt zu sein. Sie schüttelte ein wenig den Kopf und starrte voller Kummer ihren Mann an.

Lynn spürte, wie die beiden alles gegeben hatten, um ihre Enkel zu retten. Aber manchmal war es einfach nicht möglich Menschen zu retten. Das wusste Lynn. Und nun war den beiden bewusst, dass sie alles verloren hatten und nur noch mit ansehen konnten, wie alles weiterhin schlimmer wurde.

Und da kam endlich ihr Enkel die Treppe herunter. Als er die Polizisten und Lynn im Wohnzimmer stehen sah, zögerte er kurz und schien es in Betracht zu ziehen abzuhauen. Aber dann entspannte sich seine Haltung ein wenig und er ging doch zu ihnen rüber.

„Was soll ich diesmal angestellt haben?", fragte er gereizt.

„Wir können gehen", sagte Lynn auf einmal und wollte sich schon umdrehen.

„Was?", schoss es zeitgleich aus Michael und Brad heraus.

„Die Augen. Da ist nichts kaltes. Nichts brutales, wie die Frauen es beschrieben haben. Außerdem scheint er sich nur mit Männern zu prügeln. Versucht halt auf seine Weise zu verarbeiten, dass sein Vater ihn immer durchgelassen hat. Aber so wie er auf mich reagiert, nämlich ziemlich normal, hat er kein bestimmtes Problem mit Frauen." Lynn wollte das hier beenden und keine Zeit verschwenden. Denn sie war sich absolut sicher, dass dies nicht ihr Täter war. Der Mann vor ihr war fertig mit sich und der Welt und er wäre bestimmt nicht im Stande einen Einbruch und auch noch eine Entführung durchzuführen ohne gesehen zu werden und Spuren zu hinterlassen.

Ohne sich von den alten Leuten und ihrem Enkel zu verabschieden, drehte sich Lynn um und ging hinaus zum Auto. Sie war sich sicher, dass sie noch länger auf Michael und Brad warten müsste. Zumindest Brad würde sich selber eine Meinung bilden wollen, bis auch er feststellen würde, dass dies nicht ihr gesuchter Mann wäre. Aber so lange wollte Lynn nicht da drinnen bleiben und die beiden alten Menschen sehen. Sie musste bei der alten Frau an ihre Mutter denken. Wie sie jetzt auch zu Hause sitzt und daran zerbricht, dass Chelsea immer noch da draußen in der Gewalt eines Mannes war. Und genau wie der alte Mann dort im Haus würde der General alles versuchen um die Gesamtsituation zu retten. Je mehr Lynn daran dachte, desto mehr hatte sie das Gefühl nicht nur Chelsea nicht aus den Händen des Mannes retten zu können sondern auch ihre Eltern im Stich zu lassen und diese dann auch zu verlieren.

Lynn versuchte auf andere Gedanken zu kommen und suchte schon einmal den nächsten potenziellen Täter heraus. Sie wollte gerade die Adressen vergleichen, wer am nächsten wohnte, da kamen auch schon Brad und Michael heraus.

„Wir hatten Sorge, dass du hier draußen Blödsinn machst, deswegen sind wir lieber schnell hinterher gekommen", sagte Brad etwas gereizt. Irgendetwas passte ihm nicht.

Michael verdrehte dabei die Augen und erklärte Lynn kurz, dass sie beschlossen hätten ihr zu glauben ohne selber weitere Befragungen durchzuführen. Die Zeit wäre ohnehin schon knapp genug und da wollten sie lieber auf ihr Gefühl vertrauen. Lynn merkte, dass sich wohl Michael im Haus entgegen Brads Meinung durchgesetzt hatte. Ihr war es recht. Zum einen vergeudeten sie so keine Zeit und sie hatte auch das Gefühl, dass es für Michael das erste Mal war, dass er sich gegen Brad behauptete. Oder zumindest nicht seiner

Meinung war.

So stiegen alle wieder ins Auto und Michael suchte die nächste Adresse heraus. Er brauchte kein Navi um zu wissen, welche am nächsten dran war.

Kapitel 15

Sarah Smith saß auf der Veranda und starrte in den Garten. Eigentlich war es ein schöner Tag. Die Sonne schien, die Vögel zwitscherten, die Blumen blühten und Bienen und Schmetterlingen flogen umher. Aber Sarah sah das alles nicht. Sie konnte nur an ihre Tochter denken. Sie malte sich den ganzen Tag aus, was mit Chelsea gerade passierte. Zwischendurch begann sie zu weinen, weil sie nicht ertragen konnte, dass ihrer kleinen Tochter gerade vielleicht Schmerzen, große Schmerzen, zugefügt wurden. Die ganze Situation wurde dadurch verschlimmert, dass Jefferson ständig versuchte Lynn zu erreichen und sie einfach nicht ans Telefon ging. Jefferson war erst nur wütend, aber inzwischen fluchte und schimpfte er über Lynn. Und auch wenn es Sarah immer schwer gefallen war Lynn als Tochter zu sehen, so tat es ihr doch weh, wenn ihr Mann so über sie schimpfte. Es gab bestimmt gute Gründe, dass Lynn keine Zeit hatte ans Telefon zu gehen, versuchte sich Sarah einzureden. Sie konnte nicht darüber nachdenken, dass Lynn vielleicht verschweigen wollte, dass sie noch keine heiße Spur hätten. Zu gut wusste Sarah, dass ihr Mann dafür kein Verständnis gehabt hätte. Er hätte so lange auf Lynn eingebrüllt, bis sie jegliche moralische Bedenken beiseite geschoben hätte um so Chelsea zu finden. Auch wenn Sarah ihr eigenes Leben geben würde um Chelsea wieder zu haben, aber sie hatte zu große Angst, dass Lynns restliche Menschlichkeit verloren gehen würde, wenn ihr Mann sie zu solch einem Handeln trieb. Sie wollte kein Monster aus Lynn gemacht haben. Wobei sie sich auch manchmal fragte, ob Lynn das nicht schon lange bevor sie zu ihnen kam geworden war. Sie hatte das ein oder andere Mal gesehen, wie Lynn reagierte, wenn sie sich bedroht fühlte. Oder Chelsea in Gefahr sah. Lynn schien schon fast Spaß daran zu haben dann den anderen Schmerzen zuzufügen. Und sie war gut darin. Schnell und effektiv. Das musste sogar Sarah eingestehen.

Und dann kam das Gefühl wieder in Sarah hoch, dass es ihr egal war, was mit Lynn passierte so lange sie Chelsea zurück brachte. Und wenn Lynn später in der Todeszelle sitzen würde, wegen der Verbrechen die sie beging um Chelsea wieder zu holen. Das war Sarah egal. Und dann weinte Sarah wieder, weil es ihr leid tat, dass sie so dachte.

Drinnen im Haus stand der General und sah seine Frau auf der Veranda sitzen. Auch wenn sie es nicht mitbekam, aber er sah oft, dass sie weinte.

Immer und immer wieder versuchte er Lynn zu erreichen. Aber entweder ging die Mailbox nach

langem Klingeln dran oder das Handy war ganz
ausgeschaltet. Er hatte es inzwischen auch orten
lassen und war wenigstens etwas beruhigt als
festgestellt wurde, dass zumindest das Handy
zwischendurch auf dem Revier in Seattle benutzt
worden war, bevor es wieder ausgeschaltet wurde.
Daraufhin rief er dort auch an und sprach mit
Captain McNamara. Sie wollte ihm trotz Drohungen
nicht wirklich etwas zum Ermittlungsstand sagen.
Sie versprach ihm nur, dass sie sich sofort
melden würde, sobald sie wüssten wo Chelsea ist.
Und sie sagte ihm auch, dass Lynn wohl auf ist
und sie sich erfolgreich auf ihre Weise in die
Ermittlungsarbeit einbringen würde.
Nach dem Telefonat stand er da und wusste nicht
wie und was er seiner Frau sagen sollte. Auf die
Frage, warum Lynn nicht mit ihnen sprechen
wollte, hatte er noch immer keine Antwort. Wo
ihre Tochter war, konnte er Sarah auch nicht
beantworten. Ob sie lebte oder tot war, wusste er
auch nicht. Er wusste eigentlich nichts. Also
warum sollte er zu seiner Frau gehen und ihr
sagen, dass er nichts wusste? Es war äußerst
ungewohnt für den General sich so macht- und
hilflos zu fühlen. Er mochte diese Gefühle nicht
und er wusste nur sicher, dass er Lynn dafür
bestrafen würde, dass sie sich nicht zurück
meldete. Ein guter Soldat hatte zu gehorchen!

Kapitel 16

'Ein guter Soldat hat zu gehorchen!', schoss es
Lynn durch den Kopf als sie mal wieder den Anruf
vom General ignorierte. Sie wusste, dass er sehr
sauer war und sie das auch spüren lassen wird,
wenn sie wieder nach Hause kommt. Andererseits,
und da war sich Lynn sehr sicher, würde sie nie
wieder nach Hause gehen, wenn Chelsea bei der
ganzen Sache sterben sollte. Nichts in der Welt
würde sie dann dazu bringen, das Haus oder die
Menschen, die sie mit Chelsea verband je wieder
zu sehen. Vielleicht würde sie dann auch die
Staaten für immer verlassen und nur noch einen
Auftrag nach dem nächsten ausführen, dachte sie
sich.
Egal wie konnte sie jetzt aber nicht mit dem
General reden. Was hätte sie auch sagen sollen?
Sie wussten immer noch nicht, wo Chelsea war und
ob sie überhaupt noch lebte. Und dann würde der
General ihr nur einen langen Vortrag halten, wie
ein guter Soldat zu handeln hätte.
Aber hier konnte sie kein Soldat sein. Hier war
weder Krieg noch eine Katastrophe. Außer ihrer
Persönlichen. Hier hatte ein Soldat keinen
Bestimmungszweck. Dennoch war sie hier und sollte
handeln.
Lynn haderte sehr mit sich selbst. Als Soldat
hätte sie sehr einfach gewusst was zu tun ist.

Bei ihren Aufträgen kümmerte es aber keinen, wenn es Kollateralschäden gab. Dafür arbeitete sie zu versteckt oder es interessierte eh keinen. Hier in Seattle würde es aber sehr viele interessieren, wenn jemand ernsthaft durch sie zu Schaden kommen würde. Und auch der General würde es nicht gut heißen, wenn das auf ihn zurück fallen würde.

Und als Schwester wusste sie nicht so recht was sie tun konnte. Eine Schwester hatte auch selten das Problem, dass ihre eigene Schwester entführt wird und sie dann noch selber ermitteln sollte. Es hatte Gründe, dass man sich aus solch persönlichen Fällen heraus halten sollte. Das verstand Lynn jetzt nur zu gut.

„Alles in Ordnung?", fragte plötzlich Michael. Er hatte im Rückspiegel des Autos bemerkt, dass Lynn tief in Gedanken versunken war und ihr Ausdruck immer verzweifelter wurde. Er konnte sich gar nicht vorstellen wie ihr zumute war. Nach dem ersten Treffen mit Sarah Smith und dem General hatte er das Gefühl, dass „diese Lynn" Superwoman war und alles richten würde. Und dann stand sie in Seattle im Revier und er musste feststellen, dass sie doch auch nur ein Mensch war. Er bemerkte auch, wie Lynn ihr Telefon anstarrte, wenn es wieder klingelte. Ein Ausdruck von Schmerz schoss dann durch ihr Gesicht.

„Ja", war Lynns gewohnt knappe Antwort. „Was für

einen Typen treffen wir denn gleich an?",
versuchte sie möglichst entspannt zu klingen.
„Das willst du wissen?", Brad war verwundert.
„Willst du nicht unvoreingenommen an die Sache
ran gehen?"
„Manchmal ist es auch nett zu wissen, was auf
einen zukommt", antwortete Lynn patzig.
„Der Mann, zu dem wir jetzt fahren, wurde als
Kind oft von seinem Vater verprügelt. Es stand
oft was in Krankenhausberichten oder vom
Kinderarzt wurde mal wieder was in der Richtung
gemeldet. Aber sowohl der Vater als auch die
Mutter stritten das immer wieder ab und hatten
komische Ausreden parat. Von wegen 'der Junge ist
gestürzt' oder 'das waren ältere Jungen aus der
Nachbarschaft'. Außerdem hat er zwei jüngere
Schwestern, die wohl nie vom Vater geschlagen
wurden. Jedenfalls wurde nie was gemeldet",
erzählte Michael.
„Naja, ein paar Motive Frauen scheiße zu finden,
hätte er ja", bemerkte Lynn. „Arbeitet er?"
„Nicht wirklich. Hält sich wohl eher mit
illegalen Sachen über Wasser."
„Da sind wir auch schon", stellte Brad fest und
sie stiegen aus.
Nun standen sie vor einem Mehrfamilienhaus. Das
schönste war es nicht, aber das Haus war in einem
gepflegten Zustand.
Lynn wunderte sich ein wenig, wie er sich mit ein

paar illegalen Sachen so eine Wohnung leisten
konnte. Sie hatte mit einer dreckigeren Absteige
gerechnet.

Als sie klingelten, passierte eine Zeitlang
nichts. Brad klingelte noch einmal. Und wieder
keine Reaktion.

„Und nun?", fragte er.

Da hatte Lynn schon etwas aus ihrer Jackentasche
heraus gekramt, was Brad nicht richtig erkennen
konnte, und öffnete damit die Tür.

„Wir sind ja nicht umsonst hierhin gefahren",
sagte sie und verschwand auch schon in den
Hausflur. Brad und Michael sahen sich kurz
zögernd an und folgten ihr.

Als sie vor der Wohnungstür standen, klopfte Lynn
an. Sie versuchte es mal wieder auf die nette Art
und flötete ein: „Hallo, ich bin ihre Nachbarin
und bräuchte dringend ihre Hilfe."

Aber im Gegensatz zu dem Spanner bei Chelseas
Wohnung tat sich hier nichts.

Da hörte Lynn ein leises Knacken in der Wohnung
und ohne abzuwarten, zog sie ihre Waffe und
schoss auf das Schloss. Das war damit geöffnet
und Lynn rannte gegen die Tür und in die Wohnung.
Brad und Michael wussten gar nicht so recht was
da geschah, aber sie wussten, dass sie ihrer
Partnerin zur Not Deckung geben mussten. Dafür
waren die beiden zu sehr Polizisten um jemanden
im Stich zu lassen. Aber obwohl sie Lynn gleich

auf den Fersen in die Wohnung gefolgt waren, hatten sie Probleme hinterher zu kommen. Zu schnell und gewandt lief sie um die Ecken in der Wohnung. Die beiden Männer wussten noch nicht einmal warum sie so rannte. Sie hatten im Gegensatz zu Lynn nichts gesehen oder gehört. Dann liefen sie ihr zum Fenster hinterher. Sie war schon auf der Feuerleiter auf dem Weg nach unten, als die beiden den Mann sahen, der inzwischen schon fast auf dem Boden war. Zuerst machte sich Brad und direkt hinter ihm Michael daran die Feuerleiter auch hinunter zu klettern. Aber der Mann und Lynn hatten schon einen sehr großen Vorsprung.

Die letzten Sprossen sprang Lynn herunter und rannte hinter dem Mann hinterher. Er lief geradewegs zur Straße und überquerte sie. Dabei wäre er beinahe von einem Auto erfasst worden, aber der Fahrer konnte im letzten Moment noch ausweichen. Dadurch hatte Lynn aber ihre Mühe dem Auto auszuweichen und kostbare Sekunden gingen deswegen verloren. Als sie auf der anderen Straßenseite ankam, beschleunigte sie wieder. Sie achtete auch nicht darauf, ob Brad und Michael hinterher kamen. Bei den Männern aus ihrem Team konnte sie sicher sein, dass diese sich nicht abhängen ließen. Sie hätte sich immer darauf verlassen können.

Aber Brad und Michael waren zwar sehr bemüht mit

zu halten, konnten jedoch weder das Tempo halten
noch die Situation so schnell überblicken. Als
die beiden die Straße überquert hatten, waren
Lynn und der Mann schon aus ihrem Blickfeld
verschwunden.

Der Mann rannte nun über einen Hinterhof, eine
schmale Straße entlang und bog dann in ein
verlassenes Fabrikgelände ein. Lynn war ihm die
ganze Zeit dicht auf den Fersen. Zwischendurch
war sie auch versucht zu schießen, aber ihre
Angst ihn vielleicht ungünstig zu treffen, war
ihr zu groß. Wenn er dann aufgrund von zu hohem
Blutverlust sterben sollte, würde sie nie
erfahren können, wo er vielleicht Chelsea hatte.
Also rannte sie ihm hinterher und hoffte, dass er
stolperte, in eine Sackgasse rannte oder einfach
eine schlechtere Kondition als Lynn hatte.

Und noch immer hatte sie nicht realisiert, dass
Brad und Michael schon längst nicht mehr hinter
ihr waren.

Und verdammt, hatte der Mann eine gute Kondition,
fluchte Lynn. Er rannte über das Fabrikgelände
und bog plötzlich durch ein offenes Tor in eine
Lagerhalle. Von dort lief er weiter, ein paar
Stufen hinauf und verschwand durch eine Tür in
das angrenzende ehemalige Bürogebäude.

Lynn musste etwas langsamer werden um wenigstens
mit einem Blick ihre Umgebung zu sichern.

Inzwischen überkam sie auch das Gefühl, dass Brad

und Michael nicht mehr hinter ihr waren. Aber um sich umzudrehen und sich zu zu vergewissern, fehlte ihr die Zeit. Der Mann hatte seinen Vorsprung schon ausgebaut und schien auch sehr genau zu wissen, wo er hinlief. Nicht ein Mal zögerte er wohin er abbiegen musste. So blieb Lynn nicht viel anderes übrig als dem Mann hinterher zu rennen und zu hoffen, dass die beiden anderen doch noch aufschließen würden. In dem Gebäuden war es zu allem Überfluss auch nicht sehr hell. Viele Bürotüren waren zu oder nur einen Spalt geöffnet, so dass kaum Licht in den Flur drang, den Lynn die ganze Zeit entlanglief. Sie stolperte auch ein- oder zweimal über irgendwelche alten Dinge, die keiner mitgenommen hatte.

Der Mann schien auch absichtlich mal wieder hoch oder runter zu laufen, einfach um Lynn zu verwirren oder heraus zu finden, ob doch noch Verstärkung von ihr da war. Denn nachdem Lynn das dritte mal um die selbe Ecke gebogen war, musste sie feststellen, dass sie den Mann nicht mehr sehen konnte. Abrupt blieb sie stehen und versuchte alle noch so geringen Geräusche um sich herum zu wahrzunehmen. Alle Türen dort waren zu und sie konnte in der Dunkelheit nur Umrisse erkennen. Also verließ sich Lynn um so mehr auf ihre anderen Sinne.

Sie konnte sich so noch im letzten Moment

wegducken, als die Tür hinter ihr aufging und sie
etwas durch die Luft zischen hörte. Der Mann
stand mit einer Holzlatte in der Hand im
Türrahmen und hatte versucht Lynn damit
bewusstlos zu schlagen. Da er sie aber verpasst
hatte, zögerte er keine Sekunde und holte erneut
aus. Diesmal traf er ihre Hand in der Lynn ihre
Waffe hielt und gerade auf ihn zielen wollte. Die
Waffe flog auf den Boden und Lynn gab einen
kurzen Aufschrei von sich als die Holzlatte ihre
Hand traf. Der Mann zögerte wieder nicht und
holte zum nächsten Schlag aus. Lynn konnte sich
noch so gerade wegdrehen und verschwand in einem
anderen Büro. Die Tür versuchte sie noch
zuzudrücken, aber der Mann warf sich mit aller
Kraft dagegen und Lynn flog auf den Boden. Sie
konnte sich zwar gut abrollen, aber durch den
Aufprall musste sie kurz nach Luft ringen. Den
Moment nutze der Mann und warf sich auf sie. Mit
seinem ganzen Gewicht drückte er sich auf Lynn
und sie hatte Mühe noch zu atmen. Sie fragte sich
gerade, ob sie den richtigen Mann hatten. War er
der Entführer der Frauen? Er schien zu wissen,
wie man jemanden, dazu noch so eine
kampferfahrene Frau wie Lynn, außer Gefecht
setzt. Und er ging mit einer extremen Härte und
ohne Zögern vor.
Während Lynn noch nach Luft schnappte, konnte sie
ihr kleines Messer, was sie immer am Hosenbund

hatte, greifen und stach es ihm gezielt zwischen den Rippen in die Seite. Der Mann schrie auf, vor allem weil er nicht mit so einer Reaktion gerechnet hatte.

Diesen Moment nutze Lynn und brach ihm mit einer Kopfnuss das Nasenbein. Er schrie wieder auf und Lynn versuchte sich unter seinem Körper wegschieben.

Der Mann wollte sie noch festhalten, aber Lynn zog ihr Messer wieder aus ihm heraus und stach es in seinen Oberarm. Dann zog sie es langsam herunter und schnitt ihm so den Oberarm auf. Der Mann schrie wieder vor Schmerzen. Und wäre Lynn in einem Einsatz, wo sie keine weitere Aufmerksamkeit bräuchte, hätte sie alles getan um ihn zum Schweigen zu bringen. Aber in der jetzigen Situation war sie froh, dass er so laut war. So konnten vielleicht Brad und Michael sie finden.

Nun hatte Lynn sich ganz unter ihm heraus geschoben und trat kräftig mit ihrem Fuß gegen seinen Kiefer. Sie hörte nur ein Knacken und der Mann brach vor Schmerzen bewusstlos zusammen.

Lynn nahm jetzt einen kräftigen Atemzug und ging in den Flur um ihre Waffe zu holen.

Als sie die Waffe aufhob, sah sie eine Gestalt um die Ecke biegen und Lynn zielte sofort darauf, schoss aber noch nicht.

Die dürre Gestalt starrte sie an. Einen Sekunde

später drehte sie sich um und rannte los.

Lynn zögerte nur kurz, ob sie hinterher laufen sollte. Aber das Risiko, den bewusstlosen Mann im Büro dadurch zu verlieren, der ja auch ihr primäres Ziel war, war ihr zu groß. So ließ sie die seltsame Gestalt laufen und ging wieder in das Büro. Der Mann lag immer noch auf dem Boden und war nicht wieder bei Bewusstsein. So konnte ihn Lynn schnell mit zwei Kabelbindern, die sie auch immer in ihrer Jackentasche dabei hatte, an den Händen fesseln.

Dann nahm sie ihr Handy und versuchte Michael anzurufen. Aber in dem Büro hatte sie keinen Empfang. Lynn fluchte.

Nun trat sie dem Mann unsanft in die Seite, in der Hoffnung, dass ihn das wieder zu Bewusstsein kommen lassen würde. Aber er reagierte nicht.

Lynn wartete noch einen Moment und trat wieder zu.

Immer noch keine Reaktion.

Also holte sie wieder aus und bevor sie ihn treffen konnte, raunte der Mann: „Wenn du mich noch einmal trittst, du blöde Schlampe, dann mach ich dich fertig!"

Lynn lachte kurz auf: „Du vergisst, dass DU gefesselt am Boden liegst."

Er schnaufte verächtlich.

Aber Lynn ignorierte das und fragte ihn stattdessen: „Warum bist du weggelaufen? Warum gerade hier hin? Woher wusstest du, wer wir sind? Und wer was das eben im Flur?"

„Warum sollte ich dir irgendetwas sagen?", fragte der Mann herablassend.

Lynn nahm ohne zu zögern seine linke Hand, die auf dem Rücken zusammen gebunden war und brach ihm den kleinen Finger.

Der Mann schrie wieder auf.

Nun war Lynn doch am überlegen, ob es so gut war, dass der Mann so laut schrie. Wenn Brad und Michael sie finden, würden sie das bestimmt unterbinden. Aber sie wollte ihm jetzt nicht noch den Mund knebeln, da sie den Knebel doch immer wieder zur Befragung lösen müsste. Und dann könnte er auch wieder schreien. Also ersparte sie sich das und ließ ihn schreien und fluchen. Und fluchen konnte er gut, musste Lynn amüsiert feststellen.

„Du solltest mir antworten, da du noch neun weitere Finger hast und dann noch zehn Zehen. Insgesamt zehn Fingernägel und zehn Fußnägel zum herausziehen. Einige Rippen zum Brechen, Gelenke zum Auskugeln...", Lynn listete die Dinge auf und versuchte gar nicht zu unterdrücken wie viel Spaß ihr das bereitete.

Der Mann sah sie entsetzt an. Er war sich einen Moment lang unsicher, ob sie das wirklich ernst meinte. Aber da hatte Lynn schon seinen Ringfinger genommen und brach diesen.

Er schrie wieder, aber als sie seinen Mittelfinger nahm, rief er: „Stopp! Stopp! Hör auf! Ich antworte ja schon!"

Er atmete tief durch. „Was willst du von mir?"

„Vielleicht die wichtigste Frage zuerst: wer war das draußen im Flur?", fragte Lynn.

„Weiß ich doch nicht. Ich hab keinen gesehen."

Er schrie wieder. Lynn hatte ihm den Mittelfinger gebrochen.

„Komm mir nicht so. Wenn du was wirklich nicht weißt, sag es, aber komm mir nicht so blöd!", Lynn würde ihm die richtige Art zu antworten schon beibringen. Und zwar schnell.

„Wüsstest du irgendjemanden, der hier auch rumlaufen könnte?", sie hoffte so eine aussagekräftigere Antwort zu bekommen.

„Nein."

Lynn sah, dass er log. Seine Augen zuckten kurz zur Seite.

Und so war dann auch sein Zeigefinger gebrochen.

„Schon gut", stöhnte er unter Schmerzen. „Ich hatte gehofft, dass er anders reagieren würde und nicht wie eine Pussy wegläuft, wenn er dich sieht."

„Wer ist er?", fragte Lynn leicht gereizt.

„Ich kenn seinen Namen nicht."

Und Lynn nahm den Daumen in die Hand.

„Stopp!", schrie er. „Ich rede doch!"

„Ja, aber du redest drum herum. Komm auf den Punkt. Ich hab keine Zeit für deine Spielchen", sagte sie trocken.

„Hier wird heute eine Übergabe stattfinden. Ein paar der Typen sollen aufpassen, dass nichts schief läuft und ansonsten dafür sorgen, dass es keine Zeugen gibt. Ich hatte gehofft, dass sich einer von denen um dich kümmert."

„Jetzt kommen wir doch mal voran. Der Typ eben war aber keiner, der sich um unliebsame Zeugen kümmern würde. Dafür war er viel zu feige."

Der Mann überlegte kurz: „Dann war es vielleicht ein Kunde, der sich die Ware anschauen wollte."

„Was für Ware?"

„Die bringen mich um, wenn ich darüber rede."

„Bla, bla, bla. Soll ich jetzt heulen?", fragte Lynn sarkastisch. „Entweder die oder ich. Ich hab dich schon, damit wäre dein Tod unausweichlich. Wenn du lieb zu mir bist, lass ich dich gehen und du hast eine Chance vor ihnen zu flüchten. Hört sich doch eigentlich super an", grinste ihn Lynn an.

Der Mann verdrehte die Augen. Wäre er doch im Bett mit der Nutte geblieben und hätte sich eine ordentliche Line reingezogen, dachte er sich einen Moment. Der Moment war einen Moment zu lange und Lynn brach seinen Daumen.

„Du dreckige, beschissene Hure", schrie er sie an.

„Sei lieb und ich bin auch lieb", lächelte Lynn
ihn wieder eiskalt an. „Also?"

„Ein paar Mädchen sollen heute übergeben werden",
antwortete er leise.

Bisher war sich Lynn laut der Beschreibung der
beiden Prostituierten vom Bahnhof sicher, dass
sie den falschen Mann hatte, aber das ließ sie
aufhorchen.

„Was für Mädchen?", Lynns Ton wurde sehr
fordernd.

„Keine Ahnung, wo genau sie die herbekommen. Von
der Straße. Oder da wo sie halt keiner vermisst."

„Bestimmte Mädchen oder nur welche, die einfach
nicht vermisst werden?", Lynn bekam ein ungutes
Gefühl bei der Sache.

„Soweit ich weiß, alles was nicht vermisst wird.
Abnehmer gibt es immer."

Das ungute Gefühl hatte recht.

„Bring mich zur Übergabe!", forderte Lynn.

„Die sind schon längst weg", sagte der Mann.

Lynn atmete tief durch. Wenn wirklich Chelsea
dabei sein sollte und sie einem professionellen
Menschenhändlerring zum Opfer gefallen wäre, ist
sie verloren, dachte Lynn. Da eine Spur wieder zu
finden, war mehr als schwierig. Sie hatte oft
genug mit solchen Typen Erfahrungen gemacht. Und
zu oft hatte sie Familien getroffen, die ihre
Töchter und Frauen für immer verloren hatten.

„Was hast du mit denen zu schaffen? Warum bist du

vor uns weggelaufen?", fragte Lynn scharf.

„Die beiden Typen, mit denen du gekommen bist, waren Cops. Das hat man ja schon drei Kilometer gegen den Wind gerochen. Nur du, du bist kein Cop." Der Mann überlegte kurz. „Wer bist du?"

„Du stellst keine Fragen! Was hast du mit denen zu schaffen und warum bist du weggelaufen?", fragte sie fordernd.

„Ich erledige für die manchmal Botengänge. Fahr 'nen Kunden zu einem Treffpunkt. Verteile Drogen. Manchmal darf ich eine von den neuen mit einreiten." Und der Mann grinste etwas.

„Falsche Antwort!", und Lynn zögerte auch jetzt nicht, zog ihre Waffe und drückte ab.

Der Schuss wurde etwas gedämpft, da sie den Lauf ihrer Waffe fest auf seinen Penis drückte. Aber in dem leeren Büroraum hallte es doch sehr.

Und dann hörte sie schon fast panische Schreie: „Lynn! LYNN!"

Sie erkannte Michaels Stimme. Der hatte ihr gerade noch gefehlt, dachte sie etwas genervt.

Da der Mann durch sein gerade verloren gegangenes bestes Stück wieder bewusstlos zusammen gebrochen war, zögerte Lynn kurz, ob sie antworten sollte.

Michael würde das hier nämlich bestimmt beenden.

Aber sie wollte ihn auch nicht im ungewissen lassen, was mit ihr war, also antwortete sie ihm.

Einen kurzen Moment später kam Michael auch schon in das Büro gestürmt. Und hinter ihm folgten zwei uniformierte Männer.

Alle schienen etwas bestürzt über das Bild, was sich ihnen da bot. Das kannte Lynn nur zu gut. Ging es um das Wertvollste der Männer, hatten alle auf einmal Mitgefühl mit den größten Arschlöchern der Welt. Lynn verdrehte die Augen. Michael ordnete den einen Polizisten an, den Notarzt zu rufen, machte aber auch keine Anstalten dem Mann am Boden zu helfen. Stattdessen wandte er sich Lynn zu und erzählte ihr, was passiert war, nachdem sie sie verloren hatten.

Brad und er waren etwas umhergeirrt und waren sich nicht sicher, wohin der Mann und Lynn gelaufen waren. Dann sahen sie aber einen stadtbekannten Verbrecher an ihnen vorbei in Lynns Richtung fahren und beschlossen ihm zu folgen.

Als sie das verlassene Fabrikgelände sahen und feststellten, dass dort mehrere Autos standen, beschlossen sie Verstärkung anzufordern. Gerade als die Verstärkung eintraf, kam auf einmal in dem Gebäude scheinbar Hektik auf. Sie sahen ein paar Männer wild gestikulieren und dann wie zwei junge Frauen in eins der Autos gestoßen wurden. Das nahmen sie dann zum Anlass einzugreifen. Es kam zum Schusswechsel, aber zum Glück kam von der anderen Seite schnell weitere Verstärkung, so dass sich die Männer dann doch ergaben. Ein Polizist wurde nur leider dabei verletzt.

Dann stellten sie fest, dass sie per Zufall die Übergabe von entführten Mädchen verhindert hatten. Sie konnten sogar einen hochrangigen Verbrecher festnehmen, viele andere kriminelle Männer und scheinbar auch ein paar Kunden des Menschenhändlerrings. Die Kunden waren teilweise sogar sehr einflussreich, erzählte ihr Michael. Als alle festgenommen waren und die Situation gesichert, machten sich Brad und Michael auf um Lynn zu suchen. Hierbei stellten sie fest, dass das Gelände doch um einiges größer war als gedacht und aufgrund seiner vorherigen Bestimmung teilweise extra dicke Wände für das Bürogebäude gebaut wurden. So sollte gewährleistet werden, dass die Mitarbeiter in Ruhe vor dem Fabriklärm arbeiten konnten. Und Lynn konnte so ungestört den Mann foltern und dadurch hatte sie auch nichts von den Geschehnissen der Festnahmen mitbekommen. Erst als Michael das Bürogebäude betreten hatte, konnte er Lynns Schuss und die Schreie des Mannes hören.

Lynn hatte nun nur noch eine Frage: „War Chelsea dabei?"

„Nein", sagte Michael und war darüber selber enttäuscht.

Auf dem Weg zum Revier sprachen Michael und Lynn

kein Wort. Brad, der mit anderen Polizisten mitgefahren war, kam direkt hinter Lynn und Michael ins Gebäude.

Als die Drei oben angekommen waren, lief gleich Captain McNamara raschen Schrittes auf sie zu.

„Gute Arbeit, Brad und Michael! Und sie, Lynn...was war denn das? Sie können nicht in meiner Stadt fröhlich tun und lassen was sie wollen! Das nennt man hier foltern und ist gegen das Gesetz!", brüllte McNamara außer sich.

„Wieso foltern?", fragte Lynn und tat dabei ganz verdutzt.

McNamara schnappte nach Luft. „Das muss ich ihnen noch erklären?"

„Ach, den Mann meinen sie?", Lynn spielte weiterhin die Unschuldige. „Er hatte versucht zu fliehen. Als ich ihn dann endlich hatte, widersetze er sich der Festnahme und wehrte sich. Da ich alleine war und er ein großer Mann, bin ich vorsichtshalber etwas härter ran gegangen. Dabei hab ich wohl seine Hand gebrochen. Beziehungsweise eher die Finger, wenn ich mich recht erinnere. Vielleicht ist auch die ein oder andere Rippe angeknackst. Der hat sich sehr hartnäckig gewehrt." Lynn versuchte mehr oder weniger überzeugend zu lügen. Aber eigentlich war es ihr egal, ob McNamara ihr das glaubte oder auch nicht.

Die schäumte noch immer vor Wut. „Und wie

erklären sie den nicht mehr vorhandenen Penis?
War das auch Notwehr?"

„Klar. Selbst als ich ihn dann gefesselt hatte,
wehrte er sich noch. Ich wollte meine Waffe auf
ihn richten, um ihn damit ruhig zu bekommen. Aber
dann versuchte er mich gegen eine Wand zu
drücken. Er presste sich mit seinem gesamten
Gewicht gegen mich. Da muss sich der Schuss
gelöst haben. Leider hat ihn das ziemlich dumm
getroffen, würde ich jedenfalls sagen." Lynn
brauchte keinen Moment zu überlegen um Ausreden
für die Verletzungen zu finden. Das hatte sie
schon sehr oft gemacht.

Brad und Michael wussten nicht so recht was sie
sagen sollten. Das ein Kollege versuchte seine
Haut zu retten indem er log, hatten sie mehrmals
erlebt. Aber das war was völlig anderes.
„Ich werde das ihrem Vorgesetzten melden und sie
hier abziehen lassen!", zischte McNamara sie an.
„Das könnten sie tun. Oder...", Lynn legte eine
kurze Pause ein, damit jeder durchatmen konnte.
„Oder sie akzeptieren meine Ausführung und alle
gehen beruhigt schlafen. Wenn sie das melden,
wird der Mann vielleicht eine saftige Klage auf
Schmerzensgeld gegen die Stadt einreichen.
Immerhin gehöre ich ja gerade zu ihnen. Meinem
direkten Vorgesetzten wird mein Verhalten hier
außerdem egal sein. Ich bin ja nun mal privat

hier und was anderes wäre er auch nicht gewohnt. Und dann ist da der letzte Punkt. Solange der General lebt und seine Tochter nicht wieder zu Hause ist, werden sie es nicht schaffen mich abziehen zu lassen", Lynn grinste sie breit an. „Also leben sie damit, akzeptieren sie es und keiner wird dem Schwanz dieses Typen hinterher weinen." Lynns Ton wurde zwar weicher, aber er war immer noch ein wenig herablassend. Sie wollte und würde nicht weiter darüber diskutieren. „Feiern sie doch einfach ihren Erfolg, dass sie ein paar richtig böse und perverse Männer festgenommen haben. Und das noch auf frischer Tat. Hätte doch nicht besser laufen können. Also bitte sehr." Und Lynn drehte sich um und ging einfach. Die anderen hatten ihrer Meinung nach nun genug mit dem Papierkram zu tun und würden sich bestimmt auch selbst feiern wollen. Lynn hatte keine Lust dazu.

Außerdem hatte sie die Adressen der anderen Verdächtigen.

Kapitel 17

Chelsea war nach dem Essen einfach auf ihrer
Matratze umgekippt und eingeschlafen. Sie wusste
auch nicht, wie lange sie geschlafen hatte. Das
Zeitgefühl hatte sie völlig vergessen. Aber
Brittany war schon wach.

„Na, Schlafmütze", wurde sie von ihr begrüßt.
Brittany war satt und guter Laune. Sie schien
sich darauf zu verlassen, dass der Mann nach dem
Essen erst einmal nicht wieder kommen würde.

„Haben wir jetzt etwas Ruhe?", fragte Chelsea
etwas besorgt.

„Ja, es dauert ein paar Tage, bis er wieder
kommt. Aber glaub mir, irgendwann wünscht du,
dass er kommt. Dann gibt es nämlich endlich
wieder was zu essen."

Chelsea konnte sich im Moment nicht vorstellen,
dass ihr Hunger so groß sein sollte, dass sie
sich wünschen würde, dass der Mann wieder kommt.
Selbst, wenn er dann nur zu der anderen Frau
gehen würde. Ihre Schreie könnte sie nicht
nochmal ertragen. Andererseits war ihr das doch
lieber als wenn der Mann sich an ihr vergehen
sollte.

„Macht...macht der Mann das immer mit ihr?
Also...", Chelsea wusste nicht recht wie sie
fragen sollte.

„Du meinst, ob er sie auch vergewaltigt oder nur

wie vorhin 'bearbeitet'?"

„Ja."

„Nein. Er...er macht immer nur diese komischen
Sachen mit dem Schraubendreher. Immer und immer
wieder. Manchmal streichelt er sie auch vorher.
Schon fast zärtlich, wenn man das bei ihm so
sagen kann. Aber dann holt er wieder den
Schraubendreher raus und sticht sie damit.
Durchbohrt sie. Ich weiß nicht genau, wie man das
nennen soll", versuchte Brittany zu erklären.
Chelsea schaute zu der Frau hinüber. Sie wollte
gerne der Frau irgendetwas nettes sagen. Etwas,
damit es der Frau wieder besser gehen würde. Aber
was sagt man zu einer, die mehr tot als lebendig
aussieht und wo auch keine Rettung in Sicht zu
sein scheint?
Also blieb Chelsea nichts anderes übrig als mit
Brittany darüber zu reden.
„Hast du schon mal mit ihr geredet?", fragte
Chelsea.
„Nein. Ich hab es versucht, aber sie antwortet
nicht. Sie reagiert auch kaum. Oder halt nicht
mehr. Als ich hier hin kam, schaute sie mich mal
an wenn ich versuchte mit ihr zu reden. Aber seit
längerer Zeit scheint sie dafür auch keine Kraft
mehr zu haben. Mich wundert es inzwischen auch
sehr, dass sie noch lebt. Ihr Körper hat schon so
viel mitmachen müssen. Sie hat aus irgendeinem
unvorstellbaren Grund einen ziemlich starken

162

Lebenswillen." Und während sie das Chelsea erzählte, klang Bewunderung für die Frau mit. Brittanys Lebenswille oder eher die Schwelle den Schmerz zu ertragen, waren bei ihr geringer. Beide schauten zu der Frau hinüber. Aber da war wie immer keine Regung. Nur ihr leiser, keuchender Atem.

Brittany und Chelsea versuchten sich ein wenig die Zeit zu vertreiben, indem sie von früher erzählten. Brittany versuchte Chelsea zu erklären, wie das Haus ihrer Eltern aussah. Aber es wurde jedes mal etwas schwerer, stellte sie fest, da sie schon so lange nicht mehr da war. Denn schon bevor sie entführt wurde, war Brittany lange nicht mehr da gewesen. Das Verhältnis zu ihren Eltern war nicht das einfachste gewesen. Manchmal fragte sie sich auch, ob ihre Eltern sie überhaupt richtig vermissten. Oder hatte sich durch ihr Verschwinden im Alltag ihrer Eltern nichts geändert? Bei dem Gedanken wurde Brittany sehr traurig und Chelsea, die das bemerkte, versuchte das Thema zu wechseln. Chelsea wollte gerade von ihrem Elternhaus erzählen, da unterbrach Brittany sie.

„Erzähl mir lieber von deiner Schwester Lynn. Du hast sie schon so oft erwähnt, dass sie dich retten würde. Ist sie ein Cop?"

„Nein.", und Chelsea lächelte. „Sie arbeitet bei

der Armee. Genau wie mein Dad. Aber sie ist schon...sehr besonders. Sie hat viel mitgemacht in ihrem Leben." Und Chelsea erzählte ihr die Geschichte, wie Lynn zu ihnen kam. Und von den vielen, vielen Malen wo Lynn sie aus den unterschiedlichsten Situationen gerettet hatte. Und von dem einen Abend, der dazu führte, dass Lynn von ihrem Vater auf die Militärschule geschickt wurde. Das hatte Chelsea ihrem Vater nie verziehen und würde es auch nie. Sie verstand nur nicht, warum Lynn nicht sauer auf den General war. Damals nicht und auch später nie.

„Wollte sie vielleicht weg von euch?", fragte Brittany zögerlich. Sie merkte, dass das Thema wiederum Chelsea sehr traurig machte.

„Nein, Lynn würde nie von mir weg wollen", sagte Chelsea energisch.

„Aber warum ist sie dann nicht wieder gekommen, als sie volljährig war? Da konnte dein Vater doch nichts mehr machen. Oder?", hinterfragte sie. Chelsea zögerte. Ja, warum war Lynn nicht wieder gekommen? Diese Frage hatte sie sich nie bewusst gestellt. Vielleicht hatte Chelsea deswegen danach nie eine richtige Bindung zu jemanden eingehen können, weil sie nicht verstanden hatte warum Lynn sie so freiwillig verlassen konnte und auch nie mehr richtig wiederkam. Aber um das zu verstehen, hätte sich Chelsea eingestehen müssen, wer Lynn eigentlich wirklich war.

Kapitel 18

Lynn wollte sich gerade in das Auto von Brad setzen, seinen Autoschlüssel hatte er einfach auf seinem Schreibtisch liegen gelassen, als Michael neben ihr stand.

Lynn war überrascht, dass er ihr Gehen bemerkt hatte.

„Was willst du?", raunte sie ihn an.

„Mitkommen", entgegnete er ihr unbeeindruckt.

„Nein", sagte Lynn noch immer unglücklich über den von ihr empfundenen Störenfried.

„Doch. Ich werde dich nicht aufhalten, aber du könntest einen Stadtführer gebrauchen. Einen, der besser als jedes Navi ist. Und ja, davon bin ich überzeugt. Bevor du fragen solltest...", Michael versuchte sie aufmunternd anzulächeln. „Und vielleicht würde dir ein bisschen Hilfe auch mal gut tun."

„Hilfe? Wobei brauche ich denn Hilfe?", Lynn schwankte zwischen Lachen und Unverständnis.

„Weiß ich noch nicht. Du scheinst wirklich gut auf dich aufpassen zu können. Aber jeder Mensch braucht irgendwann einmal Hilfe. Und dann will ich wenigstens für dich da sein", sagte er leise.

„Ja, vielleicht braucht jeder Mensch mal Hilfe, aber nicht jeder Mensch bekommt dann auch Hilfe. Also komm ich auch sehr gut weiterhin ohne Hilfe aus", entgegnete Lynn schroff.

„Soweit ich das verstanden habe, hat dir Chelsea geholfen und auf eine komische Art auch der General als er dich zum Militär brachte. Und jetzt bin ich da", versuchte Michael sie doch noch zu überzeugen. „Und mein Argument, dass ich besser als jedes Navi bin, sollte doch auch ein wenig ziehen, oder?"

Lynn verdrehte die Augen, wollte aber immer noch nicht, dass er mitkam.

„Wir können jetzt noch lange diskutieren oder du nimmst mich mit und wir sparen kostbare Zeit", sagte nun Michael ungeduldig und hoffte inständig, dass wenigstens das Lynn überzeugen würde. Und das tat es.

„Wo willst du als erstes Hin? Die nächstgelegene Adresse?", fragte Michael.

„Nein. Zu Thomas Flynn", sagte sie knapp.

Lynn brauchte keine Akten, sie hatte sich alles eingeprägt und wollte gerade schon Michael über alles was darin gestanden hatte informieren, als er sie unterbrach. Denn auch Michael hatte sich nach einmaligem Lesen alles gemerkt. Und er wusste, wo dieser Thomas Flynn lebte. Er wusste auch, dass Thomas eine Schwester hatte, keinen festen Job und auf dem sehr alten Führerscheinfoto mehr als furchterregend aussah.

„Warum gerade der?", fragte er.

„Mein Bauchgefühl. Und diese Augen. So kalt", erwiderte sie.

Beide schwiegen einen Moment. Michael war sich nicht sicher, ob ihm das reichen sollte. Aber irgendwo mussten sie ja weiter machen.

„Außerdem scheint seine Schwester verschwunden oder sie ist verdammt gut abgetaucht", warf Lynn ein.

„Wie kommst du denn darauf? Sie ist nicht als vermisst gemeldet."

„Ja, aber wer sollte sie auch vermisst melden? Die Mutter ist schon kurz nach der Geburt des Bruders gestorben. Und nachdem der Vater krank wurde, gab sie ihren Job auf um zu ihm zu ziehen und ihn zu pflegen. Dann starb der Vater. Und seit dem ist nichts mehr von ihr zu finden. Sie ist nirgendwo gemeldet. Weder zum Wohnen noch zum Arbeiten. Vielleicht haben wir da ja das erste Opfer womit alles anfing", warf Lynn in dem Raum.

So langsam waren es für Michael genug gute Argumente. Zwar würden sie einen eventuellen Unschuldigen mitten in der Nacht stören, aber die Wahrscheinlichkeit, dass er wirklich unschuldig war, schwand in seinen Augen.

Als sie an der Adresse ankamen, die in den Akten stand, starrten die beiden auf ein frisch abgerissenes Gebäude. Für einen Moment sah Michael alle Beweise und möglichen Frauenleichen in diesem riesigen Haufen Schutt begraben und er verzweifelte ein wenig.

Dann tippte ihm aber Lynn auf die Schulter und deutete auf ein Schild. Neben den großen Werbeplakaten an dem Baustellenzaun und der Beschreibung des hier neu entstehenden Wohnkomplexes, war ein Zeitungsartikel. Es wurde von der langwierigen Suche eines Mieters berichtet. Obwohl er einige Monatsmieten im Voraus bezahlt hatte und auch noch viele Gegenstände und Möbel in der Wohnung hatte, konnte er nicht erreicht werden. Die Hauseigentümer wollten aber keine Klage riskieren und verschoben so den Gebäudeabriss. Nachdem die Frist abgelaufen war, wurden seine Sachen eingelagert. Unter einer angegebenen Telefonnummer konnte man den Verantwortlichen erreichen und der Mieter hätte seine Sachen abholen können. Aber auch diese Frist war verstrichen und die Sachen wurden inzwischen versteigert.

Am Ende des Artikels waren noch Grüße der Hauseigentümer an den Mieter der Wohnung 5f gerichtet, da er wohl nie Probleme gemacht hatte und sie ihm trotz unbekannten Verbleibs alles Gute wünschten.

Michael und Lynn wollten zur Wohnung 5f.

„Und jetzt?", fragte Michael enttäuscht.

„Fahren wir zu dem Haus seines Vaters."

„Hast du denn die Adresse?"

„Natürlich", antwortete Lynn grinsend.

Es war inzwischen weit nach Mitternacht als sie auf einer unbefestigten Straße Seattle verließen und zu einem kleinen Haus im Wald kamen. Das Haus war in einem heruntergekommen Zustand, was selbst in der Dunkelheit gut zu erkennen war. Dennoch stiegen die beiden aus und wollten sich das etwas genauer ansehen.

Die Haustür war nicht abgeschlossen, was in ihrem Zustand auch nichts mehr gebracht hätte. Bevor sie aber das Haus betraten, schauten sich Michael und Lynn kurz an und zogen beim Betreten des Hauses beide ihre Waffe.

Die alten Holzdielen knarrten unter ihren Tritten. Nichts deutete im Flur oder im Wohnzimmer, wo sie jetzt standen, darauf hin, dass hier jemand lebte oder das Haus überhaupt in den letzten Jahren betreten hatte.

Dennoch blieben die beiden sehr wachsam und sicherten erst jedes Zimmer, bevor sie eintraten. Eine bedrückende Stimmung lag auf dem ganzen. Irgendetwas stimmte hier nicht, dachten sich Lynn.

Nachdem unten dennoch nichts auffälliges war, ging Lynn langsam nach oben. Michael folgte ihr und drehte sich immer wieder um, als würden sie beobachtet werden. Ihm lief ein kalter Schauer den Rücken hinunter, obwohl er sich das nicht erklären konnte.

Die Treppe knarrte laut unter ihren Schritten.
Oben angekommen war auch nichts besonderes in den
ersten beiden Zimmern zu sehen. Ein Schlafzimmer
müsste von dem Vater gewesen sein, denn es
standen noch medizinische Geräte herum. Michael
wunderte sich sehr, denn diese kosteten viel Geld
und meistens versuchten die Angehörigen nach dem
Tod des kranken Menschen diese wenigstens noch
wieder verkaufen zu können.
Auf einmal sah er Lynn in der dritten Tür stehen
bleiben. Sie hob ihre Waffe und suchte den Raum
ab. Dann gab sie Michael zu verstehen, dass er
weiterhin die Treppe sichern sollte. Er verstand
nicht, was passiert war oder was sie da gesehen
hatte, aber er tat was sie wollte.
Nachdem Lynn wieder aus dem Zimmer trat, ging sie
zu dem letzten verbleibenden Zimmer, prüfte auch
hier ob sich nicht doch jemand versteckt hätte
und kam dann zu Michael.
Leise sagte sie zu ihm, dass hier wohl doch ab
und zu jemand vorbei kommen würde. Das Bett war
nicht gemacht, wie die anderen auch, aber der
Staubdreck war teilweise aufgewirbelt. Außerdem
sollte sich Michael das Zimmer genauer anschauen.
Als Lynn das sagte, schaute sie ihn etwas
verstört an. Michael wurde immer unruhiger bei
dem Gedanken, was sie da gesehen haben musste.
Dann betraten sie zusammen das Zimmer. Es musste
vorher das Zimmer des Jungen der Familie gewesen

sein. An den Wänden hingen Poster von Autos und diversen Comichelden. Und dazwischen teilweise sehr neue Fotos von den vermissten Frauen. Auf den Fotos waren die Frauen beim Einkaufen zu sehen, beim Essen oder auch in ihren Wohnungen. Durch die Art und Weise der Aufnahmen konnte man erkennen, dass die Fotos heimlich und teilweise aus einer großen Entfernung gemacht worden waren. Lynn fand auch Fotos von Chelsea, genauso heimlich aufgenommen wie die anderen.

„Bevor wir hier mehr anfassen oder vielleicht irgendwo drauf treten, sollten wir die Spurensicherung holen", sagte Michael.

„Da haben wir keine Zeit für", entgegnete Lynn frustriert. Einerseits wollte sie losstürmen und alle Ecken des Hauses durchsuchen, aber ihr war auch klar, dass hier keine einzige Frau versteckt sein würde. Und sie wusste auch, dass sie zwar gut war, aber die Spurensicherung doch weitaus gründlicher und genauer. Entgegen ihres Gefühls stimmte sie Michael doch zu und die beiden verließen das Haus. Lynn war schmerzlich klar, dass sie im Moment schon wieder nichts machen konnte.

Draußen rief Michael sofort bei Brad an und erklärte ihm alles.

„Morgen früh, sobald die Sonne aufgeht, wird die Spurensicherung hier sein", sagte Michael aufmunternd zu Lynn. Ihm war aber auch bewusst, dass das nicht die Antwort war, die Lynn hören wollte und es ihr viel zu lange dauern würde. Stattdessen kam nur ein: „Sie sollen auch die Leichenspürhunde mitbringen." Und Lynn setzte sich ins Auto.

„Alles okay?", fragte Michael als er sich neben sie setze.

„Ja", raunte sie.

Er schaute sie prüfend von der Seite an.

„Ach, wir finden ständig was, aber wirklich näher kommen wir ihm und vor allem Chelsea nicht." Dabei starrte sie hinaus auf das Haus.

„Und der Leichenspürhund?", fragte Michael vorsichtig.

„Wenn, für die Schwester von dem Typen", entgegnete sie trocken.

Die beiden saßen eine Zeitlang schweigend nebeneinander im Auto und starrten nun zusammen auf das Haus.

„Glaubst du er kommt wieder und wir sollten das Haus lieber nur observieren?", fragte Michael unerwartet.

„Nein. Also ja. Er würde bestimmt irgendwann wieder kommen. Aber wann? Bis dahin ist für meine Schwester vielleicht schon alles zu spät. Wir können doch jetzt nur hoffen, dass irgendwelche Hinweise im Haus sind und wir dann vielleicht, aber auch nur vielleicht, wissen, wo wir weiter suchen können." Lynn war schon kurz davor die

Hoffnung aufzugeben Chelsea überhaupt wieder zu finden.

Beide starrten wieder schweigend auf das Haus. Rings herum standen die Bäumen und wiegten sich vom Wind hin und her. Diese Idylle machte das Gesamtbild nur noch gruseliger.

„Wir könnten die Nachbarn befragen?!", warf Michael ein.

„Welche Nachbarn? Hier sind nur Bäume und noch mehr Bäume und vielleicht mal ein Reh oder ein Hase", sagte Lynn etwas schnippisch.

„Auch wenn der nächste Nachbar etwas weiter weg sein sollte, kennt man sich auf dem Land. Und auch wenn das hier noch zu Seattle gehört, so weit draußen ist das mehr Land als Stadt. Nur bevor du jetzt mit mir darüber diskutieren willst.", versuchte er die Stimmung wieder aufzuheitern.

„Jetzt?", fragte Lynn skeptisch.

„Was jetzt?"

„Sollen wir jetzt los und die Nachbarn fragen?", dabei machte Lynn den Eindruck als würde sie es ernst meinen. Denn sie meinte es ernst.

Als Michael das verstand, antwortete er entschieden: „Nein. Jetzt garantiert nicht. Die Leute reden nicht gerne nachts um drei Uhr. Auch wenn es dir schwer fallen mag, aber auch damit müssen wir bis morgen früh warten. Aber dann können wir wenigstens was sinnvolles machen, während die Spurensicherung hier beschäftigt ist."

Das war ein guter Vorschlag, fand Lynn. Auch wenn sie, egal wie spät oder früh, schon jeden zum Reden bekommen hätte. Aber sie war auch sehr müde und wollte mit Michael deswegen nicht streiten. Also beschlossen beide, dass sie wenigstens ein wenig im Auto schlafen würden.

Die ersten Sonnenstrahlen brachen durch die Bäume durch als Lynn wach wurde. Sie hatte das Gefühl beobachtet zu werden, konnte aber nichts und niemanden sehen. Dann wandte sie sich zu Michael, um ihn zu wecken, aber auch er starrte schon aus dem Fenster und suchte die Umgebung ab.

„Alles klar?", fragte Lynn.

„Hm...", Michael war noch zu sehr beschäftigt etwas zu finden.

„Ich werd das Gefühl nicht los beobachtet zu werden", sagte er endlich. „Heute Nacht war mir auch schon so. Ständig hab ich mich umgedreht und gedacht, da steht gleich jemand. Erst hab ich das auf das komische Haus und den Wald geschoben, aber..." stoppte er und starrte wieder sehr angestrengt auf einen Punkt.

„Selbst wenn wir beobachtet werden, können wir jetzt nichts machen." Lynn schien die Situation nicht zu beunruhigen. „Wir sitzen hier im Auto auf dem Präsentierteller, so mitten am Wegesrand.

Wenn wirklich jemand in den Büschen sitzt und uns beobachtet, sehen wir ihn erst, wenn er sich bewegt. Und warum sollte er sich bewegen? Wenn er uns was antun wollte, wäre er wohl gekommen, als wir geschlafen haben. Ist er nicht. Also will er nur beobachten und wird spätestens abhauen, wenn die Spurensicherung da ist. Bis dahin ist es fast unmöglich hier jemanden ausfindig zu machen", erklärte sie ihm.

„Na, das ist mal ein gutes Argument, dass er uns JETZT wohl nichts mehr tun wird. Hattest du keine Sorge, als wir geschlafen haben?", Michael war etwas wütend über Lynns Gleichgültigkeit.

„Wenn ich jedes Mal schlecht schlafen würde, weil mir vielleicht jemand was tun wollte, würde ich ja gar nicht mehr schlafen können", entgegnete sie schroff. Dann wurde ihr Ton aber wieder freundlicher: „Jetzt mal ehrlich, wenn das unser gesuchter Täter ist, wäre er entweder schon längst über alle Berge als er uns hier gesehen hat oder er hätte versucht uns auch zu entführen oder umzubringen. Das hätte er vermutlich im Affekt schon im Haus getan oder nach kurzer Zeit im Auto. Er wäre bestimmt nicht so besonnen gewesen und hätte gewartet, bis wir vielleicht einschlafen. Außerdem hab ich erst seit dem Aufwachen das Gefühl, dass wir beobachtet werden. Und ich schätze dein Gefühl trügt dich eher, da das Haus wirklich einen gruseligen Eindruck erweckt", versuchte sie Michael zu beruhigen. „Vielleicht ist es nur ein Jäger, der hofft gleich eine kleine Sexshow von uns gezeigt zu bekommen oder wenigstens einen von uns beim Pinkeln zu beobachten. Keine Ahnung." Lynn verdrehte die Augen und konnte sich ein Schmunzeln nicht verkneifen. Ihr Gefühl hatte sie noch nie im Stich gelassen. Und beunruhigt war sie nun wirklich nicht über den eventuellen Spanner.

Sie konnte aber Michaels Nervosität deswegen spüren und schlug ihm vor, sich vom Auto wegzuschleichen und die Umgebung nach dem Menschen im Busch zu suchen.

Zuerst wollte Michael ihr vorschlagen, dass er das doch besser machen sollte, aber er überließ diese Aufgabe doch lieber Lynn. Ihre Fähigkeiten waren in diesem Bereich bestimmt deutlich besser. Also stieg Lynn aus dem Auto aus, streckte sich, und sagte laut zu Michael, dass sie mal kurz in die Büsche müsste um sich zu erleichtern und vorher noch aus ihrer Tasche im Kofferraum ein paar Taschentücher holen wollte. Sie ließ absichtlich die Kofferraumklappe offen um sich besser unbemerkt in die Büsche verkriechen zu können. Nun bewegte sie sich langsam und leise zwischen dem Gestrüpp der Büsche hindurch. Sie bahnte sich ihren Weg um in der nächsten Kurve die Straße zu überqueren. Immer wieder hielt sie an und beobachtete ihre Umgebung. Dabei lauschte sie dem Zwitschern der Vögel, die sich nicht stören ließen, ebenso jedem Knacken oder Knarzen der Äste. Sie legte sich auch manchmal hin und versuchte mögliche auf dem Boden stehende Füße zu erkennen.

Als sie fast schon so weit durch die Büsche gekrochen war, dass das Haus eine mögliche Sicht auf das Auto versperrte, hörte sie nur ein paar Meter von sich entfernt ein tiefes Schnaufen. Derjenige musste erregt oder aufgeregt sein, denn die Atemfrequenz war relativ hoch. Lynn legte sich flach auf den Boden und versuchte etwas zu erkennen. Nur zwei Meter vor sich sah sie ein großes Schuhpaar stehen. Der Mann war zwischen ihr und dem Auto und schien dieses auch immer noch zu beobachten. Lynn ärgerte sich ein wenig über sich selbst, da sie doch etwas unvorsichtig geworden war und beinahe in den Mann gelaufen wäre.

Dann zuckte sie kurz zusammen, denn neben den Schuhen sah sie das Ende eines Gewehrschaftes auf dem Boden stehen. Sie zog ihre Waffe aus der Halterung und entsicherte sie. Danach versuchte sie herauszufinden, von welcher Seite sie sich am besten dem Mann nähern könnte. Aber er war so tief in dem Busch drin, dass es unmöglich war sich ihm weiter zu nähern ohne ein Knacken der Äste zu verursachen.

In dem Moment fuhren drei Autos der Spurensicherung auf der Straße zu dem Haus. Diesen Augenblick nutze Lynn aus, sprang auf ihre Füße und drückte sich mit aller Kraft in den Busch hinein. Noch bevor der Mann das realisieren konnte, hatte Lynn ihre Waffe an seinen Kopf gehalten, sein Gewehr zur Seite getreten und sagte: „Keine falsche Bewegung oder ich schieße." Wie klischeehaft, dachte sie kurz.

„So, und jetzt gehst du ganz brav nach vorne zu den Autos", befahlt sie ihm.

Michael war inzwischen schon sehr nervös geworden, dass er noch kein Zeichen von Lynn bekommen hatte. Und als dann noch die anderen Autos kamen, wollte schon Panik in ihm aufsteigen, ob nicht doch vielleicht was passiert war.

Dann sah er aber wie erst ein sehr großer Mann und dann Lynn dahinter sich durch die Äste und Zweige ihren Weg bahnten und auf ihn zukamen. Ist das der Täter?, schoss es Michael sofort durch den Kopf.

Brad, der mit der Spurensicherung gekommen war und nun neben Michael stand, war die Verwirrung ins Gesicht geschrieben. „Soll ich überhaupt noch fragen, warum und wem du da deine Waffe ins Gesicht hältst?", fragte er Lynn.

„Tja...wem? Keine Ahnung. Warum? Er hat Michael und mich beobachtet. Außerdem hat er ein Gewehr dabei." Lynn drehte sich ein wenig, so dass Brad und Michael das Gewehr, welches sie sich über die Schulter gehängt hatte, sehen konnten.

Brad zögerte kurz, ob er seine Waffe ziehen sollte, aber genauso wie Michael entschied er sich, dass Lynn den Mann voll und ganz alleine im Griff hatte.

„Und? Wer sind Sie?", fragte Brad nun direkt den Mann.

Er war groß und kräftig gebaut. Hatte Tarnkleidung an und einen dichten Vollbart. Seine Haare waren zottelig und voller Blätter und Spinnweben. Brad überlegte kurz, ob er schon so lange im Wald umher gestreift war und deswegen so aussah oder ob er einfach auf dem Weg raus aus den Büschen alles mitgenommen hatte was da so herumhing. Aber erst einmal war diese Frage nebensächlich, befand er.

„Ich würd dem netten Herren sofort antworten, sonst...", Lynn brauchte gar nicht ausreden, da unterbrach der Mann sie schon.

„Schon gut, schon gut. Ich habe verstanden. Sie müssen nicht gleich wieder so schroff werden", versuchte er Lynn zu besänftigen.

Brad und Michael sahen sich kurz an. 'Wieder'? , aber die beiden wollten gar nicht wissen was auf dem Weg zu ihnen in den Büschen passiert war.

„Ich heiße Harry O'Donald. Ich bin Jäger und auf der Jagd nach einem schönen Hirschbraten", antwortete er.

„Weder Michael noch ich sind Hirsche", stellte Lynn fest. „Also, warum saßen Sie in den Büschen und haben uns beobachtet", bohrte Lynn nach.

Der Mann wurde sichtlich nervös. Er fing an von einem Fuß auf den anderen zu treten und wich ihren Blicken aus.

„Also?", fragte nun auch Michael.

„Ich wusste ja nicht, dass Sie da sind", druckste er herum.

„Deswegen haben Sie auch direkt in die Richtung des Autos gestarrt?!", fuhr Lynn ihn an.

Währenddessen drehte sich Michael zu den Kollegen der Spurensicherung um und wies sie an alles im Haus aufzunehmen und zu untersuchen.

Lynn wiederum wusste nicht recht, wie sie handeln sollte. Vor aller Augen konnte sie den Mann schlecht schlagen. Aber auf ein ewiges Frage- und Antwortspielchen hatte sie auch keine Lust. Zumal der Mann vom Aussehen her zu ihrer Täterbeschreibung passen könnte. Nur die Augen stimmten nicht. Sie waren nicht kalt sondern eher die eines verunsicherten Jungen.

„Also?", entfuhr es nun Brad entnervt.

„Ich war auf der Jagd nach einem Hirsch. Dann bin ich an dem Haus der Flynns vorbei gekommen und habe das Auto gesehen. Erst dachte ich, dass Thomas mal wieder hier wäre, aber dann habe ich sie gesehen." und er deutete auf Lynn. „Da hab ich mir Sorgen gemacht", sagte er bekümmert.

„Was für Sorgen?", wollte Lynn wissen. Sie hatte langsam das Gefühl, dass der Mann die Wahrheit sagte.

„Ich will hier keinem Stress verursachen. Was machen Sie hier draußen bei dem alten Haus eigentlich? Hat Thomas Probleme?", der Mann blickte neugierig zu den Männern, die nach und nach das Haus betraten.

Lynn reichte es, sie nahm seine Hand und drehte sie blitzschnell nach hinten. Der Mann schrie auf, da sie ihm beinahe das Handgelenk ausgekugelt hätte. Was auch ihre Absicht war.

„So, jetzt antworten Sie einfach mal brav und direkt auf unsere Fragen. Und dann, vielleicht dann, beantworten wir ihre. Also, warum haben Sie uns beobachtet?", Lynn war inzwischen sichtlich genervt von seinen Versuchen den Fragen auszuweichen.

„Schon gut. Thomas, er ist...ich dachte, er wäre mal wieder raus gefahren zu seinem Elternhaus. Ich hatte mich versteckt. Ich wollte ihn nicht treffen. Und dann sah ich, dass eine Frau, also Sie, im Auto waren. Ihren Kollegen konnte ich nicht richtig erkennen und ich war mir nicht sicher, ob es nicht doch Thomas war. Ich hatte Angst, dass ihnen was zugestoßen war oder noch zustoßen könnte. Also entschloss ich mich, das ganze ein wenig zu beobachten.

Dann sah ich, dass Sie das Auto verließen und ihr Kollege halt nicht Thomas war. Das machte mich noch mehr stutzig. Nach hier draußen verirrt sich keiner. Na und dann standen Sie plötzlich hinter mir und bedrohten mich", erklärte er leicht verängstigt.

„Ja, ja. Armer kleiner Mann", sagte Lynn sarkastisch.

„Woher kennen Sie Thomas?", fragte Brad.

„Wir sind früher mal zusammen zur Schule gegangen. Ich kannte seine Familie ein wenig. Man kennt sich hier nun mal", antwortete er.

„Und warum machen Sie sich generell Sorgen, wenn eine Frau bei Thomas ist?", fragte nun Michael.

„Er...er hatte ein komisches Gemüt was Frauen angeht."

„Ein komisches Gemüt?", Michael verstand den Mann nicht.

„Er fing schon früh an… Ich weiß nicht, wie ich das beschreiben soll. Er hatte eine schwere Kindheit. Ich will ihm nicht noch mehr Probleme machen." Dem Mann war das ganze sichtlich unangenehm.

In dem Moment wollte Lynn schon wieder ausholen, um den Mann zum reden zu kriegen, aber Michael konnte sie im letzten Moment noch davon abhalten.

„Wir suchen ein paar vermisste Frauen und bisher haben uns so einige Hinweise zu Thomas Flynn geführt. Also helfen Sie uns bitte das ganze hier zu verstehen und vielleicht so die vermissten Frauen wieder zu finden", versuchte Michael den Mann auf die nette Art zum Reden zu kriegen. Harry spielte nervös an seinen Fingern herum und wich den Blicken aus, dann holte er tief Luft und erzählte: „Thomas verlor schon früh seine Mutter. Sie starb an Krebs. Sein Vater, er verlor manchmal die Kontrolle, und das bekam dann Thomas zu spüren. Seine ältere Schwester, Margot, bildhübsches Mädchen, versuchte ihn zu beschützen. Der Vater hätte ihr nie was getan. Aber irgendwann wurde es komisch. Als Thomas in die Pubertät kam...ich mein, seine Schwester war wirklich sehr hübsch und jeder von uns Jungs fand sie toll. Aber es war seine Schwester", sagte der Mann irritiert.

„Hat er sie belästigt? Angefasst? Also sexuell?", Brad war sich noch nicht sicher, ob er Antworten nicht schon wusste.

„Erst hat er sie immer nur so angestarrt. In den Pausen, auf dem Weg zu Schule und wieder zurück. Wir hatten den gleichen Weg. Ein anderes Mädchen und ich gingen mit ihnen. Dem Mädchen wurde das schnell zu unheimlich und sie ging lieber alleine. Als ich mal drüben bei den Flynns war, sah ich, dass Thomas seine Schwester auch zu Hause so anstarrte. Er beobachtete alles was sie tat und er musterte sie immer von oben bis unten. Sein Vater hat ihn dafür manchmal ganz schön

angefahren und auch mal geohrfeigt. Aber Thomas
ließ es einfach nicht sein. Dann kam Thomas ein
paar Tage nicht mehr zur Schule und ich hörte von
meiner Mutter, dass Thomas im Krankenhaus war.
Man erzählte sich, dass er wollte, dass Margot
seinen...sie wissen schon...seinen...", und dabei
genierte er sich während er in Richtung seiner
Genitalien zeigte.

„Schwanz?!", Lynn war irritiert, dass dieser
erwachsene Mann Probleme mit dem Benennen des
Penisses hatte.

„Ja, sein... Ding sollte sie wohl anfassen. Das
hat ihr Vater mitbekommen und ihn übelst
verprügelt. Einen gebrochenen Arm und mehrere
gebrochene Rippen hatte er. Aber das hielt ihn
trotzdem nicht davon ab sie weiter anzustarren.
Es wurde eigentlich immer schlimmer. Sie
versteckte sich irgendwann vor ihrem Bruder und
er schlich ihr dann heimlich hinterher. Dann
erwischte ihr Vater ihn dabei, wie er sie
heimlich beim baden beobachtete und verprügelte
ihn wieder. Thomas soll sie versucht haben
anzufassen, der Vater verprügelte ihn wieder. Oft
landete er im Krankenhaus. Aber dennoch hörte
Thomas einfach nicht auf. Ich verstand ihn nicht.
Keiner verstand es. Margot war das alles total
unangenehm und sie zog sich von den anderen in
der Schule immer weiter zurück. Einmal soll er
wohl versucht haben sie zu vergewaltigen. Danach

lag er zwei Tage auf der Intensivstation." Dabei nickte Harry mit dem Kopf um seinen Wort mehr Nachdruck zu verleihen.

„Warum ist da nie einer eingeschritten? Die Polizei oder jemand von der Schule?", Michael verstand das nicht.

„Damals war das noch eine etwas andere Zeit. Thomas hatte ein äußerst abartiges Verhalten, was auf den frühen Verlust der Mutter geschoben wurde, und die Leute meinten, dass sein Verhalten halt bestraft werden müsste. Aber eher vom Vater als von der Polizei. So etwas ist Familiensache. Außerdem gab der Vater oft an, dass sich Thomas bei Hilfsarbeiten ums Haus oder im Wald verletzt hätte. Und Margot widersprach nie dem Vater", erklärte Harry.

„Und was geschah dann?", fragte Michael.

Harry O'Donald überlegte einen Moment: „Als seine Schwester erwachsen war, zog sie in die Stadt. Nicht Seattle. Weiter weg. Aber wohin weiß ich nicht. Sie hatte zwar Kontakt zum Vater, aber sprach nie wieder ein Wort mit Thomas. Kein Jahr später verschwand Thomas. Erst wusste keiner so recht wohin. Dann wurde er aber ab und an bei verschiedenen Jobs in der Stadt gesehen. Handwerklich war er wohl recht geschickt. Oder ist es immer noch… Dann wurde sein Vater schwer krank und Margot kam zurück und pflegte ihn. Sie war hübsch wie eh und je. Aber selbst später auf der Beerdigung des Vaters war von Thomas weit und breit nichts zu sehen. Dann zog Margot wieder fort nach Hause und plötzlich tauchte dann und wann Thomas hier auf. Er schien jagen zu wollen, so wie er aussah. Dafür wohnte er dann wohl hier und übernachtete ein paar Tage in dem Haus. Dennoch lässt er das Haus zerfallen. Schade eigentlich." Sein Blick wanderte über das Haus und er schien ein wenig traurig darüber.

„Woher wissen Sie, dass Margot wieder nach Hause gezogen war?", fragte Lynn.

„Naja, wissen tue ich es nicht. Nach der Beerdigung hatte sie keiner mehr gesehen. Und mit dem Haus geschah auch nichts. Wurde nicht verkauft oder so was. Wir gingen davon aus, dass ihr das zu viel geworden war und sie nur noch weg wollte. Wo sollte sie denn sonst hin als nach Hause?" Harry kam es nicht in den Sinn, dass damals vielleicht etwas schlimmes geschehen sein könnte.

Lynn aber verstand, warum sie vorhin in seinen Augen nur einen kleinen Jungen gesehen hatte. 'Diese Hinterwäldler. Keine Ahnung vom Leben', dachte sich Lynn genervt.

„Also erst sieht man keinen, weder Bruder noch Schwester. Dann taucht die Schwester auf, aber der Bruder nicht. Dann verschwindet die Schwester und der Bruder taucht auf. Und Sie sehen hier eine Frau mit dem vermeintlichen Thomas und machen sich gleich Sorgen. Richtig?", versuchte Brad auch verwundert die Naivität von Harry zusammmen zu fassen.

„Ja", sagte Harry, der immer noch nicht verstand, worauf die anderen anspielten. „Thomas hatte nie Interesse an anderen Frauen außer seiner Schwester, da fand ich es schon komisch, dass hier plötzlich eine auftauchte."

„Vielen Dank, Mr. O'Donald. Sie haben uns sehr geholfen." Michael wurde das zu bunt und er wollte nur noch, dass der Mann wieder verschwand und sie ihrer Arbeit nachgehen konnten.

Harry schien irritiert, aber wollte sich auch nicht einem Polizisten widersetzen und zog langsam davon.

„Wer will eine Wette eingehen, dass wir den Richtigen haben?", fragte Brad sarkastisch und rollte mit den Augen.

„Tja, ist ja schön, dass wir jetzt einen Namen, seine Vergangenheit und ein Haus haben. Aber wir haben noch keine einzige Frau", stellte Lynn fest. „Leichenspürhunde wären wohl mal endlich hier angebracht."

Lynn drehte sich von Michael und Brad weg und ging ein paar Schritte um Luft zu holen. Währenddessen telefonierte Brad und forderte die Hunde an.

Michael und Brad sahen sich im Haus um, wo die

Spurensicherung schon fertig war. Bis jetzt waren noch keine brauchbaren Spuren zu den entführten Frauen gefunden worden.

„Wenn er so besessen von seiner Schwester war, warum die anderen Frauen? Keine sieht der anderen ähnlich", fragte Lynn, die plötzlich hinter ihnen stand.

Brad und Michael hatten darauf auch keine Antwort. Das passte nicht so recht ins Profil.

„Vielleicht geht es ihm nicht um ein identisches Aussehen, sondern nur um die Gelegenheit. Einfach ein leichtes Opfer", meinte Brad.

„Dann hätte er sich weit aus einfachere Opfer suchen können. Nuten, Junkies, Obdachlose. Die vermisst keiner. Oder zumindest wird deren Verschwinden selten ernst genommen", entgegnete Lynn.

„Vielleicht reicht ihm das gleiche Verhalten der Frauen. Oder nur ein bestimmtes Verhaltensmuster. Immerhin war zwar keine der Frauen völlig aus der Gesellschaft zurück gezogen, aber ihr Verschwinden wurde auch nicht gleich bemerkt", warf Michael ein.

„Das könnte passen. Die Schwester, diese Margot, vermisst bis heute auch keiner", sagte Michael.

„Für so was müsste er die Frauen aber eigentlich sehr lange beobachten", entgegnete Lynn wieder.

„Er scheint ja nicht so lange ein und dem selben Beruf nachzugehen. Dann hat er ja Zeit", schlug

Brad vor. „Und vielleicht hat er auch ein 'Händchen' dafür. Einen sechsten Sinn oder so.“

Kapitel 19

Die beiden Frauen saßen länger schweigend
gegenüber. Beide waren in Gedanken versunken. Da
hörten sie plötzlich die dumpfen schweren
Schritte und das tiefe Atmen des Mannes. Er kam
zurück.

„Zu früh! Warum?", murmelte Brittany.

Chelsea fing an zu zittern und hoffte einfach
nur, dass er zu Brittany oder der Frau gehen
würde.

Am Eingang zu dem großen Höhlenraum, wo sie
saßen, blieb er kurz stehen.

Da stand er nun. Breitbeinig. Die Arme ließ er
einfach hängen. Und auch seine riesigen Hände,
die voller Dreck waren, hingen ohne Regung
herunter. Er hätte gerade auch gelangweilt an
einer Bushaltestelle auf den Bus warten können,
so wirkte er.

Sein Gesicht war auch seit Tagen oder gar Wochen
nicht richtig gewaschen worden. Seine Haare waren
zottelig und teilweise schon leicht verfilzt.
Seine dicken Augenbrauen und der ungepflegte
Vollbart bedeckten einen Großteil seines
Gesichts.

Aber seine Augen. Diese kalten glasklaren Augen
starrten erst Chelsea und dann Brittany an. Er
fixierte sie, als wollte er gleich wie ein Löwe
über seine Beute herfallen. Und das tat er dann

auch.

Mit einem Mal drehte er sich zu Chelsea um, beachtete weder Brittany noch die andere Frau einen Augenblick länger und drückte Chelsea ohne Probleme mit einer Hand auf den Boden. Und obwohl sich Chelsea angesichts seiner großen Kraft schon fast fallen ließ um so dem Schmerz zu entgehen, drückte er seine riesige Hand weiter auf ihren Brustkorb. Chelsea rang nach Luft, sie hatte das Gefühl ihre Rippen würden gleich brechen. Da ließ der Druck ein wenig auf ihrer Brust nach. Und Chelsea machte die Augen auf und sah direkt in seine kalten reglosen Augen. Er starrte sie an und machte einen Moment gar nichts.

Dann riss er mit der anderen Hand Chelseas Hose runter, schob ein Bein zur Seite und drückte gleich seine Knie dazwischen, sodass Chelsea gar nicht die Möglichkeit hatte, ihre Beine wieder zudrücken zu können.

Er legte sich nun mit seinem Oberkörper auf ihren und starrte ihr die ganze Zeit dabei weiter in die Augen.

Sein Atem stank so sehr, dass Chelsea davon schlecht wurde und sie kurz davor war sich zu übergeben.

Und trotz all dem versuchte sie sich zu entspannen, damit das was gleich kommen würde, nicht so weh tat. Es gelang ihr aber nicht und sie schrie auf, als er seinen Penis in sie drückte. Er drückte ihn mit so viel Kraft hinein, dass Chelsea merkte, wie ihre Verletzungen wieder aufrissen und er wahrscheinlich sogar noch mehr aufriss. Es brannte und sie schrie. Aber das kümmerte ihn nicht, als er wieder und wieder mit aller Kraft in sie eindrang.

Dann war er fertig und er ließ von ihr ab.
Er ließ sie einfach blutend da liegen und schaute sie nicht noch einmal an. Er stand mit dem Rücken zu ihr und machte sich die Hose zu.
Aber anstatt wie beim letzten Mal zu gehen, stand er noch einen Moment da und starrte Brittany an.
Sie wurde nervös. Versuchte sich immer weiter in die Ecke zu verstecken und drückte sich an die Wand, als könnte sie gleich darin verschwinden.
„Nein, nein. Bitte nicht!", stammelte sie. Als er dann auf sie zu ging wurde sie immer lauter.
„Nein! Lass mich!", schrie sie. Dabei versuchte Brittany ihn mit Händen und Füßen abzuwehren.
Aber sie hatte keine Chance gegen den großen, kräftigen Mann.
Er nahm einen Schlüssel aus seiner Hose, löste damit die Kette um ihr Handgelenk und packte sie an den Haaren.
Brittany schrie und versuchte sich irgendwo festzuklammern. Aber als der Mann kräftig an ihren Haaren riss, ließ sie unter Schmerzschreien los. Dabei fiel sie auf den Rücken und versuchte

sich so schnell es ging wieder aufzurichten. Oder
wenigstens auf alle Vier zu kommen. Denn der Mann
zog sie an ihren Haaren einfach weiter. Er
schleifte sie in Richtung Ausgang der Höhle.
Und nun begriff auch Chelsea. Sie fing wie wild
an zu schreien: „Nein! Du darfst sie nicht
wegbringen! Nein! Lass sie!"
Aber auch ihre Schreie ließen ihn keinen Moment
zögern.
Chelsea versuchte noch die Beine oder Füße von
Brittany zu greifen und sie festhalten zu können.
Aber ihre Fesseln hinderten sie daran.
Und als Brittany es gerade geschafft hatte, sich
zu drehen um sich aufzurichten, prallte ihre
Schulter gegen einen Felsvorsprung. Es knackte
laut. Ein Knochen war mindestens dabei gebrochen
worden. Brittany schrie vor Schmerzen. Blut floss
an ihrem Arm und Rücken entlang. Und auf einmal
sackte Brittany in sich zusammen und war
bewusstlos.
All das störte den Mann nicht. Unbeirrt schleifte
er sie weiter und verschwand mit Brittany in dem
Tunnel nach draußen.
Chelsea aber schrie noch eine zeitlang. Flehte,
dass er Brittany wieder bringen sollte. Aber
nichts passierte. Chelsea hörte nun gar nichts
mehr außer ihrem eigenen Schluchzen.
Nach einer Weile brach Chelsea vor Erschöpfung
zusammen. Ihr letzter Gedanke dabei war: „Bitte,

Lynn! Ich kann nicht mehr!"

Kapitel 20

Die Durchsuchung des Hauses hatte bis jetzt immer noch nichts neues ergeben. Und auch die Leichenspürhunde waren ohne Erfolg. Dieser Umstand war einerseits sehr positiv, andererseits hatten sich alle von einer Leiche einen Ermittlungsfortschritt erhofft. Niemand von ihnen zweifelte am Tod der Schwester von Thomas Flynn. Und es hätte ihnen sicherlich weiter geholfen zu wissen, was er mit seiner Schwester angestellt hatte.
Aber so blieb Brad, Michael und Lynn nichts anderes übrig als bei einsetzender Dunkelheit wieder auf das Revier zu fahren.

Dort angekommen, zögerte Lynn einen Moment bevor sie eintrat. Sie hatte ein komisches Gefühl. Ihr schien als wären die herauskommenden Polizisten ein wenig verunsichert, aber auch ein Gefühl von Vertrautheit lag in der Luft. Michael und Brad schienen von all dem nichts zu bemerken. Und Lynn wollte es im Moment auch nicht ansprechen.
Als sie die dritte Etage des Reviers betraten, brauchte Lynn nicht lange suchen um zu wissen, was die anderen verunsichert hatte. Da stand er in seiner Stärke und Härte, die er immer ausstrahlte. Der General.
Als Michael und Brad ihn neben ihrem Captain

stehen sahen, zögerten sie wiederum einen Moment.
Dann bemerkten sie, dass Lynn einfach weiter auf
ihn zuging und sie folgten ihr. Michael stellte
fest, dass sich Lynns Körperhaltung geändert
hatte. Sie streckte den Rücken mehr durch, hielt
den Kopf gerade und wirkte an sich steifer.
Dann stand Lynn vor dem General und salutierte.
Er erwiderte fast beiläufig die Geste um seine
ranghohe Position zu unterstreichen. Er beendete
dann in Ruhe sein Gespräch mit McNamara und ließ
die ganze Zeit Lynn still stehen. Auch das diente
ihm zum Untermauern seiner Überlegenheit.
Erst jetzt wandte er sich ihr zu: „Rühren
Soldat!", bellte er ihr schon fast entgegen.
Noch bevor Lynn wirklich ihre Position geändert
hatte, fuhr der General sie in dem gleichen
harschen Ton wieder an: „Ein Soldat hat zu
gehorchen!"
„Ja, Sir", entgegnete Lynn ihm. Ihre antrainierte
Unterwerfung war deutlich zu spüren.
„Ich habe schon vor Tagen eine Rückmeldung
erwartet, Soldat!"
„Ja, Sir." Lynn hätte zu gerne ihren Blick
gesenkt oder wenigstens vom General abgewandt,
aber sie wusste wie sehr ihn das zusätzlich
verärgern würde. Sie wollte ihn nicht verärgern.
Und noch weniger enttäuschen. Das wollte sie nie!
Immerhin kannte er ihr innerstes Ich und
verabscheute sie deswegen nicht.

Nun drehte sich der General weg und deutete mit einer kleinen Geste an, dass Lynn ihm folgen sollte.

Der General ging einfach in das Büro von McNamara. Ihm wäre es nicht in den Sinn gekommen vorher um Erlaubnis zu fragen. Aber das brauchte er auch nicht, denn keiner der Anwesenden hätte sich getraut ihm zu widersprechen.

Nachdem Lynn hinter sich die Tür geschlossen hatte, setzte sich der General in den Schreibtischstuhl und schaute sie eine Weile an. Lynn blieb gerade und mucksmäuschenstill stehen.

„Setz dich!", sagte er nun ruhig.

„Ja, Sir." Und sie tat es.

„Wieso hast du dich nicht gemeldet?", die Enttäuschung darüber war dem General deutlich anzuhören.

„Ich weiß es nicht, Sir", sagte Lynn kleinlaut.

„Lüg mich nicht an!", sein Ton wurde wieder härter.

„Was hätte ich denn sagen sollen? Das wir hier nicht weiter kommen? Das ich immer noch nicht Chelsea gefunden habe? Das ich das erste Mal einen Auftrag nicht ausgeführt bekomme?", Lynn starrte den General trotzig an. Sie hoffte regelrecht, dass er sie nun in aller Deutlichkeit darüber aufklären würde, wie enttäuscht er von ihr war. Dann hätte sie es hinter sich. Aber da kam nichts. Er schaute Lynn nur an. Sie konnte nicht mal seinen Blick deuten. Und das verunsicherte sie sehr.

Dann stand der General auf, drehte sich zum Fenster und schwieg eine Weile.

Lynn traute sich gar nichts zu sagen. Für sie war das Schweigen eine Qual, aber dennoch würde sie es nicht wagen, den General einfach anzusprechen. Also blieb ihr nichts anderes übrig als die Stille zu ertragen und zu warten.

Ohne sich umzudrehen, sagte er dann nur: „Ich habe dir jemanden mitgebracht. Sie warten draußen auf dich. Geht jagen und bring uns Chelsea wieder! Und ich will den Mann, der ihr das angetan hat!"

„Ja, Sir!" und Lynn stand auf und verließ das Büro. Sie wusste genau was der General nun von ihr erwartete.

Vor dem Büro standen Michael, Brad und McNamara. Alle hatten einen fragenden Blick und bevor Michael was sagen konnte, hatte Lynn schon entdeckt, was sie suchte. Sie ging ohne ein Wort an ihnen vorbei und steuerte geradewegs auf die beiden wartenden Männer zu.

Da sahen auch Michael, Brad und Captain McNamara, dass inzwischen zwei Soldaten ihr Revier betreten hatten.

Der eine von ihnen war groß, gut durchtrainiert, aber schien keinen unnötigen Muskel zu viel zu haben, so dass er doch wendig und schnell genug blieb. Auf den zweiten Blick konnte man eine dicke Narbe sehen, die sich vom linken Auge über die Nase bis zur unteren rechten Wange zog.

Der zweite Mann war kleiner, schlanker. Aber dennoch sehr drahtig und zäh gebaut.

Was erst jetzt den Dreien auffiel, dass die beiden Männer zwar ihre Feldanzüge anhatten, aber sonst nicht wie typische Soldaten wirkten. Der größere der beiden hatte einen Dreitagebart und seine Haare lockten sich ein wenig. Der andere, kleinere, war zwar rasiert, aber hatte statt der typischen kurzen Haare einen Irokesenschnitt.

Als Lynn sie erreichte, umarmten sie sich kurz zur Begrüßung und dann drehten sich alle zur Tür weg. Michael konnte noch

ein „Gehen wir jagen" von Lynn hören oder fast eher erraten, als sie schnellen Schrittes verschwanden.

„Was...was soll das denn?", fragte Michael sichtlich irritiert.

Brad starrte auch noch völlig perplex zur Tür und wusste keine Antwort.

McNamara seufzte, denn sie wusste die Antwort: „Der General sagte mir nur, dass Lynn ab sofort nicht mehr mit uns arbeiten wird. Sie würde 'für das was sie am besten kann' benötigt werden. So sagte der General das jedenfalls. Und ehrlich gesagt, schwant mir da nichts Gutes."

Brad und Michael konnten ihr nur nickend
zustimmen.

Sie waren schon fast mit dem Auto raus aus der
Stadt als einer der Männer anfing zu reden:
„Scheiße, was hast du getan, dass der General uns
abkommandiert?". Er war sehr überrascht.
„Ach..." und Lynn atmete tief durch. Ihr tat es
sichtlich gut in der Gesellschaft wenigstens zwei
ihrer Teammitglieder zu sein. Tief in ihr drin
kam das Gefühl des 'zu-Hause-Seins' wieder.
„Was wisst ihr denn überhaupt?", fragte sie, um
sich eine zu lange Erklärung zu ersparen.
„Irgendwas hat deine Schwester wieder angestellt
und du kriegst sie diesmal nicht alleine aus der
Scheiße gezogen", fasst der Kleinere von beiden
zusammen.
„Ja, so würde ich das nicht sehen, Han." Und ein
wenig musste Lynn trotz allem dabei schmunzeln.
Schon oft war sie los oder musste jemanden von
ihrem Team schicken, damit sie Chelsea aus
kleinen oder großen Problemen helfen konnten.
Dafür war ihre kleine Schwester inzwischen
bekannt.
„Diesmal kann Chelsea nichts dafür. Sie wurde
entführt", sagte Lynn ruhig und dennoch besorgt.
„Was? Und dann werden wir erst jetzt geholt?",
fragte der Größere entrüstet.
„Ich weiß auch nicht, Mark, warum der General nur

mich holen lies. Vielleicht überschreitet das auch seine Kompetenz."

Die beiden Männer verdrehten die Augen. „Seine Kompetenz überschreiten? Wann würde das denn mal passieren? Selbst wenn, wer würde ihn davon abhalten?", fragte Han.

„Hast du auch wieder recht", stimmte Lynn ihm zu. „Jedenfalls wurde Chelsea von einem Thomas Flynn entführt, der schon mehrere Frauen geholt hat. Wir wissen immer noch nicht, was er mit ihnen macht, beziehungsweise gemacht hat. Leichen wurden noch nicht gefunden. Lebende Frauen auch nicht. Er scheint eine absolut unnatürliche sexuelle Lust auf seine Schwester gehabt zu haben und neigte bei Nutten zu sehr grobem Sex. Außerdem taucht er manchmal in seinem alten Elternhaus im Wald auf. Da fahren wir jetzt auch hin."

Lynn klärte sie während der Fahrt noch über weitere Details auf, die sie bisher über Thomas Flynn heraus gefunden hatten.

Sie hatten mindestens zwei Kilometer vor dem Haus geparkt. Dort stiegen sie aus, nahmen ihre Rucksäcke aus dem Kofferraum und verließen die Straße.

Han und Mark hatten einen Rucksack für Lynn mit eingepackt. Dort war Proviant für mehrere Tage drin. Außerdem Waffen und Munition. Ein Seil, ein

Feuerzeug, Regenkleidung, ein Schlafsack und
weitere Dinge um eine Zeitlang in der Wildnis zu
überleben.
Außerdem hatte Lynn sich auf der Fahrt noch
umgezogen. Sie trug jetzt wie die anderen beiden
ihren Feldanzug.
Und obwohl alle drei schwer bepackt waren, liefen
sie sehr leise und geschickt durch das Unterholz
im Wald in Richtung des Hauses.

Etwa einen Kilometer vor dem Haus teilten sie
sich auf. Ein kurzer Blickkontakt und ein
Handzeichen von Lynn genügte, damit Mark und Han
wussten, was zu tun war.
Mark bog nach rechts ab und Han nach links um das
Haus von allen Seiten zu umrunden.
Lynn fühlte die frische Luft in ihren Lungen. Das
Adrenalin durchströmte ihren Körper, aber ihr
Herzschlag wurde auch trotz der Anstrengung kaum
schneller. Sie fühlte im Moment vor allem das
Glücksgefühl wieder jagen zu können.
Und das taten sie. Jeder von Ihnen lief schnell,
aber auch sehr aufmerksam durch das Unterholz.
Den Tierspuren schenkten sie keine Beachtung.
Aber nach breiteren Trampelwegen, wie Menschen
sie hinterlassen würden, danach hielten sie
Ausschau. Außerdem versuchten sie so leise wie
möglich zu sein, um alle anderen Geräusche wahr
zu nehmen.

Lynn stützte sich gerade mit einer Hand auf einen umgefallenen Baumstamm um darüber zu springen, als sie an der Rinde eine sehr glatte Stelle spürte. Sie hielt inne und schaute sich erst einmal um. Nach einem kurzen Moment, konnte sie nichts verdächtiges sehen und auch nichts anderes hören als die nächtlichen Geräusche des Waldes. Nun konnte sie sich in Ruhe der möglichen Spur zuwenden.

Vor dem Baumstamm war der Boden platt gedruckt. Hier muss jemand gestanden oder vielleicht auch gekniet haben.

Lynn trat genau auf die Stelle und stellte sich auf die Zehenspitzen um ungefähr die Größe von Thomas Flynn zu erreichen. Das gelang ihr zwar bei weitem nicht und sie musste feststellen, dass direkt vor ihr ein dicker Ast mit vielen Blättern im Weg hing. Aber viel zu sehen war hier sowieso nicht.

Nun hockte sie sich auf den Boden. Mit der einen Hand fasste sie auf die glatte Stelle des Stamms und mit der anderen fühlte sie ein wenig rechts und links und fand die zweite glatte Stelle. Sie legte ihre andere Hand da ab und schaute nach vorne. Ob durch puren Zufall oder Thomas Flynn sich extra den Weg frei gemacht hatte wusste Lynn nicht, aber hier hatte sie einen sehr guten Blick auf das Haus. Wahrscheinlich hatte Flynn hier längere Zeit gesessen und war mit seinen Armen

und Händen nervös immer wieder über die gleiche
Stelle am Stamm gerutscht, so dass sie mit der
Zeit abgerieben wurden.

Er hat bestimmt die Spurensicherung bei ihrer
Arbeit an seinem Haus beobachtet, schoss es Lynn
durch den Kopf. Und nun ärgerte sie sich, dass
sie, bevor sie mit Brad und Michael wieder in die
Stadt gefahren war, nicht noch einmal um das Haus
gegangen war um die Umgebung abzusuchen.

Jetzt musste aber Lynn versuchen herauszufinden
wohin Thomas Flynn gegangen war.

Und dann sah sie die abgebrochenen Äste, wo er
sich seinen Weg durch das Unterholz gebahnt
hatte. Lynn folgte der Spur und stellte fest,
dass er sich keine Mühe gemacht hatte, seine
Spuren zu verwischen. Entweder ging er davon aus,
dass ihn hier im Gebüsch keiner suchen würde oder
ihm war es egal, ob er verfolgt werden würde. Das
wiederum würde für Chelsea nichts Gutes bedeuten
befürchtete Lynn.

Sie war der Spur von abgebrochenen Ästen, platt
getretenem Boden und zerdrückten Pflanzen fast
zwei Kilometer gefolgt, als sie an eine
unbefestigte Waldstraße kam. Deutlich waren die
tiefen Radspuren eines geparkten Autos zu
erkennen.

Lynn setzte sich ein bisschen entfernt davon in
das Unterholz und wartete. Als sie nach mehreren
Minuten nichts hörte, meldete sie sich über ihr

Funkgerät bei Mark und Han. Sie gab ihnen die Koordinaten ihres Standortes durch und wartete.

Als die beiden bei ihr ankamen, meldeten sie nur kurz Lynn, das sie nichts gefunden hatten und dann machten sich die drei auf und folgten den Reifenspuren.

Kapitel 21

Nachdem Lynn mit den beiden anderen Soldaten gegangen war, fasste Michael all seinen Mut zusammen und betrat das Büro in dem immer noch der General war.

Michael räusperte sich laut, nachdem er eingetreten war, da der General ihn scheinbar nicht bemerkt hatte. Aber auch jetzt stand der General noch am Fenster, starrte hinaus und regte sich nicht.

„Ähm...Sir...General...geht es Ihnen gut?",
stotterte Michael.

„Wer sind Sie, dass Sie meinen mir so eine Frage stellen zu dürfen?", raunte der General, drehte sich aber immer noch nicht um.

„Ich...ich bin Michael Rodriguez. Detective Rodriguez. Mein Partner, Detective Nolan, und ich waren bei Ihnen zu Hause um Ihnen von der Entführung Ihrer Tochter zu berichten. Wir arbeiten hier mir Lynn zusammen."

Immer noch keine Reaktion vom General.

„Warum haben Sie die beiden anderen Soldaten geschickt? Glauben Sie, dass es Lynn nicht schafft?", fragte Michael.

Keine Reaktion vom General.

„Lynn hat eine so tolle Arbeit abgeliefert. Ohne sie wären wir immer noch nicht wirklich weiter",
erklärte er ungefragt.

Keine Reaktion.

„Sie wollte Sie nicht enttäuschen. Deswegen hat sie sich nicht bei Ihnen gemeldet. Sie hat aber Tag und Nacht gearbeitet", verteidigte Michael Lynn.

Keine Reaktion.

„Na, mich wundert es langsam immer weniger warum Lynn sie nicht angerufen hat und Chelsea auch keinen richtigen Kontakt zu Ihnen hatte!", sagte Michael trotzig und wollte sich gerade umdrehen und raus gehen.

„Sie wissen gar nichts!", raunte der General ihn wieder an und starrte weiter aus dem Fenster.

Michael zögerte. Er war sich nicht sicher, ob eine weitere Unterhaltung eigentlich sinnvoll wäre. Wenn man es bis dahin überhaupt eine Unterhaltung nennen konnte.

„Ich liebe meine Töchter. Und ja, Lynn gehört genauso dazu wie Chelsea. Ich weiß, dass Sie das gerade bezweifeln."

Der General holte tief Luft und schwieg aber wieder.

Michael wollte gerade etwas erwidern, da drehte sich der General zu ihm um. Er starrte ihn mit müden, leeren Augen an.

„Wissen Sie, wie es ist, wenn die eigene Tochter scheinbar einem Serientäter zum Opfer gefallen ist? Wissen Sie, wie es ist, wenn die eigene Frau daran zerbricht? Wissen Sie, wie es ist, wenn ihre einzige Hoffnung ihre andere Tochter ist, aber sie damit auch den Untergang dieser besiegeln?", brach es aus dem General raus.

Nun war es Michael der keine Reaktion zeigte. Von soviel Ehrlichkeit war er vollkommen überrumpelt.

„Dachte ich mir, dass Sie es nicht wissen. Ich weiß, wer Sie sind, Detective Michael Rodriguez. So schnell vergesse ich nicht! Aber dennoch: wer sind Sie zu glauben, dass es mir gut geht?" Und dabei lag nun so viel Verachtung in der Stimme des Generals, dass es Michael zu gut an Lynns Tonfall erinnerte.

Michael versuchte sich unbeirrt davon zu zeigen, was ihm sichtlich schwer viel.

„Warum haben Sie die anderen beiden Soldaten geholt?", fragte Michael. Er wollte nicht mehr höflich sein, sondern nur noch seine Fragen beantwortet haben.

Der General musterte Michael von oben bis unten. Irgendetwas schien er zu suchen.

„Ich hätte nicht gedacht, dass ausgerechnet ein Typ wie Sie sich in meine Lynn verlieben würde." Die Verachtung darüber war für Michael zu sehen und zu hören.

„Sie sind doch nur ein halbes Hemd. Sie haben nichts zu bieten. Sie sind nicht interessant für Lynn." Und da kam noch mehr Verachtung Michael entgegen, was dieser nicht mehr für möglich gehalten hätte.

„Ich mag sie sehr! Und ich glaube, Lynn empfindet auch so für mich!", dabei zitterte die Stimme von Michael, da er Sorge vor der Reaktion des Generals hatte.

Auf einmal verschwand alle Verachtung in den Augen des Generals und sie wich Mitleid und Bedauern.

Mit dieser Reaktion hatte Michael wirklich nicht gerechnet. Er fing an nervös mit seinen Fingern zu spielen und drehte sich kurz um und hoffte, dass vielleicht Brad oder McNamara ihn aus der Situation retten könnten. Aber keiner war da, der ihn vielleicht zu sich rufen könnte.

„Sie wissen doch gar nicht wer Lynn ist! Sie wissen nicht wozu sie fähig ist!" Und nun trat Entsetzen in die Augen des Generals.

„Vielleicht weiß ich besser als Sie wer sie ist. Vielleicht habe ich mitbekommen, was Lynn bereit ist zu tun um Chelsea wieder zu bekommen", versuchte sich Michael zu verteidigen. Er mochte es gar nicht von einem anderen zu vorgeführt zu werden. Wenn wenigstens Brad hier wäre. Der könnte ihn jetzt unterstützen, dachte sich Michael.

Der General schüttelte leicht den Kopf und ging an Michael vorbei.

Als er schon zur Tür hinaus war, drehte er sich noch einmal um. „Ich habe die anderen beiden geschickt, damit sie Lynn ein Gefühl der

Sicherheit geben. Nicht, dass meine Tochter Angst kennen würde. Nein. Sie sollen Lynn daran erinnern einen Job zu machen und nicht, dass sie anfängt hier zu wüten um ihre Schwester wieder zu bekommen. Das will keiner von uns." Mit diesen Worten verschwand der General und ließ einen verwirrten Michael zurück.

„Alles klar?", fragte Brad.
Michael zuckte zusammen. Er muss einen Moment oder vielleicht auch mehrere da gestanden und dem General hinterher gestarrt haben.
„Komischer Mann!", sagte er gedankenverloren.
„Ja, das wissen wir nicht erst jetzt, Michael", entgegnete ihm Brad verwundert.
„Ich hab das Gefühl, dass er Lynn einerseits liebt und andererseits ein Monster in ihr sieht", dachte Michael eher laut, als dass er wirklich mit Brad redete.
„Ja, und jetzt?", fragte Brad verwundert.
„Was?", Michael war noch immer so sehr in seinen eigenen Gedanken vertieft, dass er schon wieder zusammen zuckte.
Er drehte sich nun zu Brad um und schaute seinen Kollegen und Freund an.
„Ich finde, auch wenn wir da vielleicht keinen großen Einfluss mehr haben, dass wir versuchen sollten trotzdem mit Lynn zusammen zu arbeiten", sagte Michael energisch. Endlich wusste er wieder

genau was zu tun war und was er wollte. Und das
war Lynn!

„Wieso?", fragte Brad ungläubig. „Ich geh nicht
auf Menschenjagd oder was auch immer die
vorhaben."

„Genau deshalb. Wir sollten sie davon abhalten.
Keiner von uns will ein Blutbad hier. Und ich bin
mir sicher, dass wir zusammen am meisten
erreichen. Sie findet vielleicht die Dinge..."

„Finden? Eher raus prügeln", unterbrach ihn Brad.

„Egal. Aber um die Hinweise zu verwerten, braucht
sie uns. Und wir sie."

Brad starrte seinen Kollegen entsetzt an. Er
konnte und wollte das jetzt nicht glauben.

„Du hast dich in sie verliebt!", schoss es aus
Brad erstaunt heraus.

Michael konnte ein leichtes Grinsen nicht
verbergen.

„Du weißt, dass sie und ich…? Na, in der Nacht wo
sie bei mir geschlafen hat", meinte Brad etwas
argwöhnisch.

„Ja. Das weiß ich. Hat es einem von euch etwas
bedeutet?", entgegnete Michael unbeeindruckt.

„Nein", gab Brad zu.

„Na, dann hat sich das wohl erledigt." Michael
störte eine bedeutungslose Nacht nicht. Aber es
störte ihn, dass Lynn da draußen war und
möglicherweise Dinge tun könnte, die nicht
bedeutungslos sind. Das wollte er verhindern. Für

sie und ihn und auch ein bisschen für die
Bewohner dieser Stadt, die er ja eigentlich
schützen sollte.

Beide schauten sich an und schwiegen. Dennoch
wussten sie zu gut, was der andere dachte. Und
ohne noch weiter zu reden hatten beide ihre
Entscheidungen gefällt.

Sie gingen wortlos zusammen zum Auto, setzen sich
hinein und Michael fuhr auf dem schnellsten Wege
zum Haus von Thomas Flynn.

Kapitel 22

Obwohl der Mann kräftig war, war es eine anstrengende Arbeit für ihn. Aber sie musste getan werden um die Spuren zu verwischen. Es war eine dreckige Arbeit, aber das störte ihn weniger. Er war schon immer dreckig oder fühlte sich zumindest so. Egal wie oft er sich gewaschen hatte, egal wie oft er in die Kirche gerannt war und beichtete. Egal wie sehr er versuchte vor seinem alten Leben zu fliehen. Er fühlte sich dreckig. Dafür hatte sein Vater gesorgt. Seine Liebe zu seiner Schwester war rein. So empfand der Mann es jedenfalls. Bis sein Vater ihm etwas anderes im wahrsten Sinne des Wortes rein prügelte.

Und dann war sein Vater tot. Und er fühlte sich erleichtert und befreit. Das Gefühl dreckig zu sein blieb aber.

Somit wurde sein Hass nur großer. Auf seinen Vater. Auf seine Schwester. Auf alle. Die ganze Welt.

Und dann akzeptierte er es. Er akzeptierte es dreckig zu sein. Und er fing an es zu lieben. Nun war er wirklich dreckig. Dreckig und abartig, wie sein Vater ihn immer bezeichnete. Und es machte ihm Spaß. Und dann fühlte er dennoch immer wieder die Erniedrigung durch seinen Vater. Die Verachtung der anderen.

Es war einfach ein endloser Kampf der Freude und
Lust gegen die Demütigung und den Selbsthass.

Nun stand er da, vor einem großen Felsen, der
sich gut für die Arbeit eignete. Der Untergrund
war hart genug zu sägen und spätestens mit dem
nächsten Regen war wieder alles sauber gewaschen.
Das mochte er an der Natur so sehr. Sie
beseitigte schon alles von alleine.
Jedoch war es mühsam das Bein klein genug zu
sägen. Vor allem die Knochen machten viel Arbeit.
Aber wenn er es nicht klein genug machte,
brauchten die Tiere zu lange um alles
aufzufressen. Bei der ersten Frau musste er
tagelang durch den Wald streifen um die Reste
aufzusammeln und wieder zu zerlegen.
Also machte er jetzt immer alles schön klein. Und
dann ging er los und verteilte alles. Manchmal
war er Tage unterwegs um die Überreste weit genug
von einander zu verstreuen. Manchmal machte er
dann auch einen Abstecher um sich eine neue Frau
auszusuchen. Darauf freute er sich immer. Dieses
Beobachten. Ihre Gewohnheiten heraus zu finden.
Sich dann in ihre Wohnung zu schleichen und an
ihrem Kissen zu riechen. Und dann stellte er sich
vor, was er alles mit ihr machen würde. Was er
mit seiner Schwester machen würde. Oder eher
gemacht hätte, wenn sein Vater nicht gewesen
wäre. Aber bisher konnte noch keine Frau ihm das

Gefühl geben, was ihm seine Schwester gab. Diese Vertrautheit, das Gefühl füreinander bestimmt zu sein. Und dann war er wieder enttäuscht. Das war der Moment, wo er die Frau nicht mehr brauchte. Thomas Flynn brauchte eine Frau wie seine Schwester. Er konnte immer nur an Margot denken. Das war sein einziger Gedanke als er loszog um die klein gesägten Körperteile zu verstreuen.

Kapitel 23

Lynn, Han und Mark waren eine Weile auf der unbefestigten Waldstraße unterwegs. Sie gingen wortwörtlich über Stock und Stein. Und auch wenn die Straße teilweise schon sehr zugewachsen war, war es kein Problem den tiefen Reifenabdrücken und den abgebrochenen Ästen zu folgen. Inzwischen war die Sonne auch schon aufgegangen und die Vögel zwitscherten. Aber keiner von ihnen nahm etwas davon richtig wahr.

Dann kamen die drei aber an eine asphaltierte Straße. Durch den Dreck in den Reifen, der durch das schnellere Fahren wieder von den Reifen abfiel, konnten sie zwar die Richtung in die Thomas Flynn gefahren war ausmachen, aber nach kurzer Zeit verloren sie dennoch seine Spur. Zuviel anderer Dreck war mit auf der Straße. Also blieb ihnen nichts anderes übrig als der Straße zu folgen und immer zu gucken, ob Spuren wieder in den Wald führten.

Dafür wechselte Han auf die gegenüber liegende Straßenseite und Lynn und Mark blieben dort. So gingen sie zwei Stunden weiter, bis sie ein Pause einlegten.

Han kam wieder zu ihnen hinüber. Sie setzen sich hin, aßen und tranken ein wenig.

„Lynn, du weißt wie ungern ich Kritik übe", wagte sich Mark vorsichtig vor, „aber so kommen wir

nicht weiter. Also wir kommen weiter, wir gehen
ja fleißig. Aber wenn wir Pech haben gehen wir
noch Tage so weiter. Das könnte zu spät sein für
Chelsea."
Lynn's Ausdruck sagte eigentlich alles. Sie
wusste, dass es so zu lange dauern würde. Aber
sie wusste auch einfach keine andere Lösung.
„Habt ihr eine bessere Lösung?", fragte sie
leicht verzweifelt.
„Wenn wir schneller laufen, könnten wir etwas
übersehen. Dann wär das hier umsonst. Wenn wir zu
lange hier rumlaufen, ist das auch umsonst
gewesen." Mark schien eher seine Gedanken
auszusprechen als wirklich eine Lösung zu haben.
Und in dem Moment, wo Lynn die beiden Männer zum
weitergehen auffordern wollte, klingelte ihr
Telefon.
„Ja?", fragte Lynn. Wer sollte sie denn jetzt
anrufen, wunderte sie sich.
„Hier ist Michael."
Lynn konnte ein kurzes Lächeln nicht
unterdrücken. Sie freute sich seine Stimme zu
hören.
„Wo bist du?", wollte er wissen.
„Im Wald. Ist was wichtiges?", sie wollte ihn
eigentlich nicht abwürgen, aber Zeit zum Reden
hatte sie auch nicht. Sie hatte gerade sowieso
viel zu wenig Zeit, schoss es ihr durch den Kopf.
„Wir haben euren Wagen in der Nähe des Hauses von

den Flynns gefunden", sagte Michael etwas besorgt.

Lynn gab nur ein kurzes Brummen als Antwort von sich.

„Ist eigentlich wohl auch egal. Die Spurensicherung hat sich nochmal bei mir gemeldet. Einer hat eine Zeichnung gefunden, die sie erst nicht zuordnen konnten. Aber jetzt wurde heraus gefunden, dass es eine Zeichnung der alten Bergbauminen von Monte Cristo ist."

„Monte was?", Lynn verstand gerade nicht viel.

„Ist eine alte Stadt. War eine Stadt. Da ist jetzt nichts mehr. Aber das ist nicht wichtig. Vielleicht versteckt er sich und die Frauen in den alten Minen." Michaels Stimme war die Aufregung über die Entdeckung anzuhören. Er klang fast so, als hätten sie die Frauen schon gerettet und der Fall wäre abgeschlossen.

Aber eigentlich war es nur seine Freude Lynns Stimme zu hören und die Hoffnung zu haben, dass sie nichts Dummes machen würde.

„Gibt es da viele Minen? Viele Eingänge? Häuser? Hat er was genaues eingezeichnet? Was markiert?", fragte Lynn und gab dabei Han und Mark ein Zeichen, die Sachen zusammen zu packen.

„Wir wissen nichts genaues über die Minen. Vieles ist da verschüttet. Die Häuser sind auch alle kaputt. Wenn davon überhaupt noch was steht. Und nein, er hat nichts markiert oder so", erklärte er.

Dann hörte Michael nur noch das Tuten in der Leitung. Lynn wusste alles was sie wissen musste und war mit Han und Mark losgelaufen. Sie brauchten ihr Auto wieder. Oder irgendein Auto, dachte sich Lynn.

Und sie hatten Glück. Kurz bevor sie den Weg in den Wald erreicht hatten, hörten sie ein näher kommendes Auto. Sie stellten sich über die ganze Straße verteilt hin und zogen ihre Waffen.

Dann sahen sie den Van, der auf sie zufuhr. Der Fahrer bremste scharf. Mark brüllte nur:

„Aussteigen! Dann passiert nichts!"

Ein junger Mann und seine Freundin verließen zögernd den Wagen.

„Unsere Carmen ist noch da drin. Dürfen wir sie holen?", fragte die junge Frau voller Panik.

Lynn schaute skeptisch. „Natürlich." Was sollten sie denn mit einem Kind, dachte sie nur.

Die junge Frau öffnete die Schiebetür und griff in den Van. Währenddessen hatten Lynn und Han die Waffe auf sie gerichtet. Eine falsche Bewegung und sie hätten abgedrückt.

Aber die Frau machte nichts falsch. Sie griff nur nach der Leine ihrer großen schwarzen Dogge. Diese verließ dann in aller Ruhe das Auto.

Han verdrehte die Augen: „Unsere Carmen…"

Dann stiegen die drei in den Van ein und fuhren los. Ihnen war egal wie das Pärchen mit ihrem

Hund da wieder weg kam.

Während Mark fuhr, versuchten Han und Lynn alles
über den Ort Monte Cristo in Erfahrung zu
bringen.
Lynn rief sogar den General an, damit er ihr über
seine Kontakte alles an Karten und Aufzeichnungen
schicken konnte.
Das stellte sich aber als nicht so viel heraus,
da der Ort schon vor langer Zeit verlassen wurde
und die Leute damals nicht viel von genauen
Aufzeichnungen hielten.
Aber einen groben Überblick hatten sie nun von
dem Gelände. Und das reichte um zu wissen, wo sie
starten würden.

Nach gut zwei Stunden Fahrt hielt Mark den Wagen
an.
„Aufteilen oder zusammen bleiben?", fragte Mark.
Lynn überlegte kurz. Wenn sie sich aufteilten,
konnten sie schneller ein größeres Gebiet
absuchen. Aber das Risiko für jeden einzelnen
stieg damit. Immerhin hatte es Thomas Flynn
bisher geschafft mindestens sechs Frauen
unbemerkt zu entführen. Und er hatte den Vorteil,
dass er sich in dem Gelände auskannte. Dennoch
und auch gegen ihr Bauchgefühl entschied sich
Lynn, dass sie getrennt suchen würden. Zu sehr
saß ihr der General im Nacken und die Angst, dass

Chelsea Schmerzen erleiden musste, überschatteten
jegliche Vernunft.

Und Mark und Han vertrauten Lynns Entscheidungen
bedingungslos.

So ging wieder einer zur einen Seite in Richtung
Osten, der andere nahm die andere Seite nach
Westen. Lynn nahm den geraden Weg.

„Ich will alle 30 Minuten eine Rückmeldung und
eine Standortposition", befahl Lynn.

Han und Mark nickten und alle liefen los.

Das Gelände war teilweise sehr schwergängig. Aber
sie hatten genug Erfahrung um dennoch geschickt
und schnell voran zu kommen.

Dort wo es das Gelände zuließ, lief Lynn.
Teilweise musste sie aber auch gehen, weil es zu
steil oder der Untergrund zu rutschig wurde.
Immer wieder machte sie einen Bogen nach rechts
und nach links um dort mögliche Eingänge in die
Minen zu finden. Wenn sich Han oder Mark meldeten
und ihre Position durchgaben, hielt Lynn kurz
inne, holte eine Karte hervor und markierte sich
gedanklich die Stelle, wo sich der andere befand.
Leider hatten sie nur eine Karte von der
kompletten Umgebung Seattles mit, so dass alles
sehr klein und die vor ihrem inneren Auge
gemachten Punkte sehr ungenau waren. Aber es
reichte um die Richtung, in der sie unterwegs
waren, zu wissen.

Eingetragen hätte sie diese Punkte nie. Einfach
für den Fall, falls feindliche Kräfte die Karte
in die Hände kriegen sollten. Dann überlegte Lynn
kurz, ob es in diesem Fall nicht eigentlich egal
war. Die feindlichen Kräfte waren ein Mann, der
wahrscheinlich nicht einmal gewusste hätte, wofür
diese Punkte standen. Aber dieses Verhalten war
zu tief in Lynn verankert, als dass sie es jetzt
einfach geändert hätte.
Lynn war inzwischen eine Tanne hochgeklettert.
Dabei war sie etwas abgerutscht, als sie den
ersten Ast ergreifen wollte und hatte sich die
Hand aufgeschürft. Dann, auf dem ersten Ast
sitzend, holte sie Desinfektionsmittel aus ihrem
Rucksack und einen Verband, damit nicht weiter
Dreck in die Wunde kommen konnte. Außerdem war es
auch wichtig, dass sie keine Spur mit ihrem Blut
hinterließ. Dabei schoss Lynn wieder unweigerlich
die Frage durch den Kopf, ob ihr Verhalten
angemessen war. Bei jedem Einsatz war es wichtig,
dass Wunden so schnell es ging behandelt wurden.
Eine Infektion mitten im Nirgendwo wäre sehr
riskant. Aber verschwendete sie nicht gerade
Zeit, fragte sie sich. Sie ging stark davon aus,
den Mann und Chelsea zu finden, bevor eine
Infektion der Wunde sie daran hindern könnte.
Nun stellte sie aber fest, dass sie wirklich Zeit
verschwendete. Sie saß einfach still auf dem Ast
und dachte nach. Das war Zeitverschwendung! Bei

anderen Einsätzen war immer klar wie vorgegangen wurde. Aber hier war einfach nichts normal. Jedenfalls nicht für Lynn.

Sie kletterte die Tanne weiter hoch und versuchte dann einen Überblick über ihre Umgebung zu bekommen. Aber außer einem Haufen anderer Tannen konnte sie nichts sehen.

Wobei...war da nicht gerade einen Bewegung zwischen den Bäumen zu sehen?, Lynn stutze.

Sie glitt nun langsam dem Stamm wieder hinunter und bewegte sich vorsichtig in Richtung des eben gesehenen Schattens. Als sie an der Stelle ankam, wo sie meinte etwas gesehen zu haben, konnte sie auf dem Boden nicht wirklich was erkennen. Durch die vielen Nadeln auf der Erde waren Spuren schwer auszumachen.

In dem Moment meldete sich Han. Die 30 Minuten waren wieder um. Lynn zögerte kurz. Wenn sie Han antwortete, wusste ein möglicher Beobachter, dass außer ihr noch eine Person da war. Wenn sie nicht antwortete, würden Han und Mark aber bald ihre Suche nach Chelsea aufgeben und überprüfen, warum sie keine Rückmeldung von Lynn bekamen. Damit würde wieder nur kostbare Zeit verloren gehen.

Also entschied sie sich Han zu antworten und gab ihm wiederum auch ihre Position durch. Dabei versuchte sie genauestens auf die Umgebungsgeräusche zu achten, aber sie konnte nichts hören. Nachdem sich auch Mark gemeldet

hatte, ging Lynn weiter. Sie suchte die Umgebung
nach Spuren auf dem Boden oder abgeknickten Ästen
ab, konnte aber nichts finden.
Dann beschleunigte sie ihr Tempo wieder und lief
einen Bogen nach rechts. Dabei entdeckte sie
einen Hügel und als sie ihn umrundete, sah sie
auf der anderen Seite einen Eingang. Er war schon
teilweise etwas eingestürzt und war scheinbar als
Notausgang oder Versorgungsschacht gedacht.
Nichts was größer war als ein Mensch hätte hier
hindurch gepasst. Lynn holte ihre Taschenlampe
heraus und entsicherte ihre Waffe beim Betreten
des Höhleneingangs.
Innen roch es muffig und die Luft war stickig,
aber dass versuchte Lynn einfach zu ignorieren.
Langsam ging sie weiter den Gang hinein. Sie
musste sich ein wenig gebückt halten um nicht an
die Decke oder die abgesackten Steine zu stoßen.
Inzwischen war das Licht aus dem Eingang der
Höhle nicht mehr zu sehen. Und Lynn achtete beim
weitergehen sehr genau darauf, dass der Gang auch
stabil war. Doch plötzlich stand sie vor einem
riesigen Steinhaufen. Der Gang war eingestürzt.
Nun atmete Lynn einmal tief ein um die innere
Anspannung abzuschütteln und drehte sich dann
wieder um. Als sie um die letzte Biegung kam,
konnte sie wieder das Tageslicht sehen. Sie
machte die Taschenlampe aus und konzentrierte
sich nur noch auf das einströmende Tageslicht um

ihre Augen möglichst schnell daran zu gewöhnen.
Doch gerade als sie ihre Taschenlampe wegstecken
wollte, sah sie wieder einen Schatten. Diesmal
war es nur kein schemenhafter Schatten, sondern
klar und deutlich ein Mann der dort im Eingang
stand. Lynn zog ihre Waffe, doch bevor sie
abdrückten konnte, drehte sich der Mann zur Seite
weg und war aus dem Eingang verschwunden. Lynn
lief los, doch hatte sie arge Probleme nicht auf
dem Untergrund zu rutschen oder zu stolpern. Als
sie endlich den Eingang erreicht hatte rannte sie
mit gezogener Waffe voran hinaus. Dort dreht sie
sich blitzschnell um und richtete den Lauf ihrer
Waffe auf den Hügel. Aber dort war niemand. Sie
drehte sich in alle Richtungen, konnte aber
keinen Menschen sehen. Innerlich fluchte Lynn
fürchterlich, da sie ihrer Meinung nach weder
schnell genug reagiert hatte noch schnell genug
gelaufen war.
Nun suchte sie aber äußerst gründlich ihre
Umgebung nach Spuren ab. Währenddessen
kontaktierte sie Mark und Han und gab sowohl ihre
Position durch als die Erscheinung eines Mannes.
Zu Lynns Verwunderung klangen beide sehr
erleichtert, denn als sie in der Höhle war, hatte
Lynn die halbstündliche Rückmeldung verpasst und
die beiden Anderen waren schon am überlegen sie
suchen zu gehen.
Jetzt waren sich aber alle sicher, dass sie

zusammen kommen und gemeinsam weiter suchen
sollten.

„Du wartest aber genau dort, wo du bist, Lynn!",
sagte Mark mit deutlichem Nachdruck.

„Ich muss die Gegend weiter absuchen. Auf dem
Boden hier kann man sowieso kaum etwas erkennen
und je länger ich warte desto schwieriger wird
es", gab sie zu Antwort.

„Lynn! Du wartest!", kam es mit noch mehr
Nachdruck aus ihrem Funkgerät.

„Nein, Mark! Und vergiss nicht mit wem du
redest!", ermahnte sie ihn. Sie wusste seine
Sorge zu schätzen, aber dennoch war und blieb sie
seine Vorgesetzte. Und egal wie musste sie
endlich Chelsea finden.

Also machte sie sich auf und folgte der Spur
vereinzelter abgebrochener Zweige. Han und Mark
würden es schon schnell genug schaffen zu ihr zu
stoßen, war sich Lynn sicher.

Kapitel 24

Thomas Flynn hatte gerade das letzte Teil der Leiche weggeworfen als er umdrehte und wieder zurück wollte. Da bemerkte er sie. Beinahe hätte er gar nicht mitbekommen, dass da noch jemand war. Die Frau musste gut sein, da er sie weder gesehen noch gehört hatte. Aber dann versuchte sie, warum auch immer, auf diesen Baum zu klettern und war dabei abgerutscht. Nicht sehr laut, aber für Flynn reichte es um es zu hören, stöhnte sie vor Schmerz auf. Sofort gefiel ihm diese Unterdrückung des Schmerzes. Also bewegte er sich langsam vorwärts in die Richtung wo das Stöhnen herkam. Sein Puls wurde dabei schneller und er spürte die Erregung in sich aufsteigen. Er liebte das Anschleichen und Beobachten. Wie oft und lange er immer seine Schwester angestarrt hatte ohne das es ihr aufgefallen war. Und während er im Gebüsch oder unter dem Bett kauerte und seiner Schwester zusah wie sie sich um den Haushalt kümmerte, stellte er sich vor, was er jetzt direkt mit ihr machen würde. Auf ihrem Bett, auf dem Tisch, zwischen der frischen Wäsche. Er wollte nur in sie eindringen. Seinen Penis in ihr spüren. Aber er konnte nicht. Sein Vater hatte ein Gespür dafür entwickelt, wann er kurz davor war es zu versuchen. Sich seine Schwester zu nehmen und sie einfach so lange zu

ficken, bis sie bewusstlos wurde. Das war sein
größter Wunsch! Aber dann kam sein Vater und
verprügelte ihn manchmal übelst. Oft war Thomas
im Krankenhaus. Und immer haben alle weggeschaut.
Sie ekelten sich alle vor ihm. Vor seinem
dreckigen und abartigen Wesen.

Und dann sah er diese Frau im Baum sitzen. Sie
hatte sich gerade die Wunde verbunden und
kletterte weiter. Flynn wunderte sich ein wenig
über ihre Kleidung. Sie erinnerte ihn an das
Militär. Aber weit und breit konnte er keinen
anderen Menschen ausmachen, also war es ihm egal
wer sie war oder warum sie hier war. In
allererster Linie war sie ein leichtes
Gelegenheitsopfer für ihn.

Er wollte gerade sich weiter zu ihr vorpirschen,
als sie ihn direkt anstarrte. Vor Schreck
versteckte er sich gleich hinter dem nächsten
Baum und spähte wieder zu ihr. Sein Atem wurde
schnell und unregelmäßig. Es machte ihn immer
nervös, wenn eine Frau ihn so direkt anstarrte.
Alle versuchten sonst immer seinem Blick
auszuweichen. Aber diese Frau auf dem Baum hatte
ihn direkt angeguckt. Und sie erschrak dabei
nicht.

Als er vorsichtig wieder in ihre Richtung
schaute, musste er feststellen, dass sie vom Baum
kletterte. Sie war sogar sehr schnell dabei und
auf dem Boden angekommen lief sie auch noch in

seine Richtung. Da rannte Flynn los.

Er rannte einfach erst mal nur weg und suchte sich dann ein Versteck. Den Wald hier kannte er zu gut und er wusste überall eine Möglichkeit um sich unsichtbar zu machen.

Nachdem er sich sicher war, dass sie ihm nicht folgte, ging er an die Stelle zurück. Er wollte die Frau finden. Er wollte sie haben.

Aber als er den Baum erreichte, konnte er nur teilweise erahnen wo sie wohl langgelaufen war. Sie hatte kaum Spuren hinterlassen.

Und je länger es dauerte wieder eine kleine Spur von ihr zu finden umso wütender wurde er.

Wenn er sie hatte, wollte er sie sich gleich im Wald nehmen. Er würde sie nicht mit in sein Zuhause, seine Höhle nehmen. Einfach nur hier im Wald. Ihr klarmachen, wer der Jäger und wer der Gejagte ist. Er würde ihr schon mit seiner Faust klarmachen, wer der Stärkere ist. Wie sein Vater würde er es ihr klarmachen. Immer wieder reinhauen. Immer wieder mit der Faust in ihr Gesicht schlagen. Einfach den Frust an ihr rauslassen. Irgendwann würde ihr Gesicht weich sein wie Wackelpudding. Seine Fäuste würden dann auch weh tun, aber das war ihm egal. Er wollte sie einfach nur noch vernichten dafür, dass sie ihm diesen Aufwand machte. Er tobte innerlich. Seine Schwester hatte ihm auch so viel Aufwand gemacht mit ihrer Anwesenheit. Dieses Verlangen was sie in Thomas geweckt hatte. Das war ihre Schuld! Nicht seine! Dafür hasste er sie. Für seine innere Zerrissenheit hasste er sie. Und dennoch war sein Bedürfnis sie nur einmal richtig zu spüren so unendlich groß.

Und dann dachte Flynn wieder an diese Frau im Baum. Wie sie ihn angestarrt hatte. So wie seine Schwester, wenn sie doch bemerkte, dass er sie beobachtete.

Thomas Flynn wollte schon die Suche aufgeben. Er wollte nach Hause. Sich denen widmen, die dort auf ihn warteten. Da sah er die Frau wieder. Sie ging einfach in eine Höhle hinein. Er wollte ihr gerade schon folgen, denn er wusste, dass es kein Entrinnen für sie da drinnen gab. Doch dann zögerte er. Diese Jagd wurde ihm gerade zu einfach. Und er haderte mit sich selbst. Als er sich aber doch entschied ihr zu folgen, kam sie auch schon wieder zurück. Und da bemerkte er, dass sie eine Waffe zog. Er schreckte zurück und verzog sich so weit und schnell in die Büsche wie er nur konnte.

Was war das für eine Frau?, überlegte er. Eine Jägerin wäre anders gekleidet. Hätte ein Gewehr oder ähnliches. Das wusste er inzwischen schon gut genug.

War sie vielleicht eine Polizistin? War sie etwa auf der Suche nach seinen Frauen? Flynn grübelte.

Einerseits wollte er kein Risiko eingehen und sich schnellsten und ungesehen auf den Weg nach Hause aufmachen. Aber andererseits war da dieses Bedürfnis. Er kannte es zu gut. Es trieb ihn schon seit er denken konnte voran. Sein ganzes Handeln war irgendwann von diesem Bedürfnis bestimmt. Er wollte sie haben. Ganz für sich. Er wollte mit ihr machen, was er wollte. Sie sollte Seins sein.

Also beschloss er zu bleiben bis sie wieder hinaus kam und er würde warten bis er eine Gelegenheit bekam sie zu überfallen und sie sich gefügig zu machen.

So hockte er da im Gebüsch, starrte auf den Eingang und atmete langsam ein und aus.

Kapitel 25

Nachdem Lynn das Telefonat mit Michael so abrupt abgebrochen hatte, stand Michael einen Moment reglos da und starrte sein Handy an. Er wusste nicht, was er davon halten sollte. Aber er hatte auch nicht erwartet, dass Lynn die anderen beiden stehen lassen würde und wieder zu ihm und Brad kommen würde. Wobei ihm das viel lieber gewesen wäre. Er hatte immer mehr das Bedürfnis Lynn zu beschützen. Wobei das bei ihr wahrscheinlich sinnlos war. Aber er würde sie jetzt gerne in den Arm nehmen, sie halten und ihr endlich sagen, was er für sie empfand.

„Mensch, Michael. Wo bist du denn gerade mit deinen Gedanken?", fuhr Brad ihn an. Er schien seinen Kollegen nicht das erste Mal anzusprechen.

„Sorry", sagte Michael und schüttelte dabei den Kopf, als wollte er auch seine Gedanken abschütteln.

„Was machen wir jetzt?", fragte Brad etwas ratlos.

„Naja, das Haus ist auf den Kopf gestellt. Die Umgebung wurde auch abgesucht. Sogar von den Leichenspürhunden. Und die einzige Spur die wir haben sind die Minen bei Monte Cristo", fasst Michael nachdenklich zusammen.

„Ja, und das musstest du unbedingt als erstes Lynn erzählen. Was sollte das? Ich hab dir noch

gesagt, dass das jetzt unsere Sache ist. Unsere!"
Brad fand es gar nicht gut, dass sein Partner ihn
damit einfach übergangen hatte.
„Mal ehrlich...was sollen wir bei den Minen
machen? Wieder Hunde losschicken? Freiwillige
suchen, die dann mit uns die Gegend absuchen? Das
Gebiet ist riesig und teilweise schwer
zugänglich. Lynn hat mit den beiden Typen weit
aus bessere Chancen da was zu finden als wir. Und
wir machen das, was wir am besten können. Weitere
Hinweise suchen! Ich habe das Gefühl, dass wir
irgendetwas wichtiges bei diesem Typen
übersehen." Michaels Ton war sehr ruhig und
bestimmend. Dieses Thema, ob er Lynn hätte
anrufen sollen oder nicht, wollte er jetzt
wirklich nicht mehr weiter ausdiskutieren.
„Was hältst du davon, wenn wir vielleicht mal die
Nachbarn oder alte Schulkameraden von den beiden
Flynn-Kindern befragen? Vielleicht gibt es da
Hinweise wo er noch sein könnte. Irgendwo muss er
doch wohnen. Hier scheint es jedenfalls nicht so
richtig zu sein. Und in den Minen bei Monte
Cristo kann ich es mir auch nur schwer
vorstellen", schlug Michael vor. Dabei fasste er
selber wieder Hoffnung, dass sie in dem Fall
weiter kommen würden durch gute alte
Polizeiarbeit.
Brad stimmte zu und so fuhren sie zum Revier
zurück.

Dort angekommen machten sie sich an die Arbeit
die Namen der ehemaligen Schulkameraden heraus zu
suchen und zu überprüfen, ob noch jemand von
denen in Seattle oder der Umgebung wohnte.
Genauso überprüften sie die Nachbarn, ob welche
schon zu Jugendzeiten von Thomas Flynn dort
gewohnt hatten.
Bei den Nachbarn hatten sie kein Glück. Die
damaligen Nachbarn waren entweder verstorben oder
weggezogen. Viele in näherer Umgebung gab es
sowieso nicht. Aber bei den Schulkameraden hatten
sie Glück.
Als erstes suchten sie sich eine Frau heraus, die
mit Margot Flynn zur Schule gegangen war. Sie
hofften, dass die beiden als Mädchen vielleicht
befreundet waren.

Als Brad und Michael bei der Adresse angekommen
waren, standen sie vor einer schicken weißen
Villa. Der Garten war sehr ordentlich gepflegt
und sie wurden von einer Haushälterin empfangen.
Diese brachte sie in ein Zimmer, was scheinbar
für das 'Abstellen' von Gästen gedacht war. So
jedenfalls nannte es Brad. Das Zimmer hatte ein
kleines Sofa, wo die Haushälterin andeutete, dass
sich die beiden setzen sollten bevor sie wieder
verschwand.
Nach einer Weile, Brad wollte schon nach der

Haushälterin oder jemand anderem suchen gehen, kam eine sehr elegant gekleidete Frau. Sie lächelte höflich, aber man merkte ihr dennoch an, dass ihr der Besuch nicht passte.

„Was kann ich für die beiden Herren denn tun?", fragte sie.

„Wir sind Detective Rodriguez und Detective Nolan", dabei deutete Michael auf Brad. „Sie sind Angelina Austin?"

„Angelina Rosenberg. Ich bin verheiratet", brüskierte sie sich ein wenig und hielt den beiden demonstrativ ihren großen Diamantring entgegen.

„Gut, Frau Rosenberg. Wir hätten ein paar Fragen an sie bezüglich einer früheren Schulkameradin von Ihnen. Margot Flynn. Erinnern sie sich?", Brad setzte dabei sein charmantestes Lächeln auf und es schien zu wirken.

Angelina Rosenberg setzte sich Brad gegenüber in den Sesseln und lächelte zurück.

„An das arme Ding erinnere ich mich noch sehr gut. Sie tat mir immer so leid", erklärte sie herablassend.

„Wieso?", fragte Brad.

„Erst verstarb ihre Mutter so früh und dann wurde sie auch noch mit diesem Bruder bestraft. Er war widerlich. Richtig abartig. Wie er seine Schwester immer anstarrte, ihr hinterher lief. Es muss zu Hause unerträglich für das arme Ding gewesen sein." Dabei verzog Angelina Rosenberg immer wieder das Gesicht.

„Einmal wollte sogar mal ein Junge mit ihr ausgehen. Verrückt muss er gewesen sein. Margot war zwar ein wirklich hübsches Mädchen, aber dieser Bruder… Als er dann mitbekam, dass...ach, wie hieß er noch? Ja, stimmt der Dennis. Oder doch David? Ach, das ist schon etwas länger her. Ist ja im Grunde auch egal. Margots Bruder bekam es jedenfalls mit und hatte dann dem armen Dennis oder David, oder wie er auch hieß, nach der Schule aufgelauert. Keiner weiß was da passiert ist. Der Junge hat nie darüber geredet. Aber danach hat er einen riesigen Bogen um Margot gemacht und allen anderen Jungen, die nur auf den Gedanken kamen mit Margot reden zu wollen, davon vehement abgeraten. So konnte die Arme ja auch nie einen Mann finden, der sie da vielleicht mal heraus geholt hätte." Angelina Rosenberg schüttelte dabei so trauernd und verzweifelnd den Kopf, dass Michael sich kurz fragte, wo Herr Rosenberg die arme Angelina heraus geholt hatte. Aber das war im Moment nicht weiter von Belang, unterbrach er selber seine Gedanken.

„Und während wir anderen Mädchen anfingen uns mit anderen Jungs zu treffen, saß sie da immer ganz alleine. Sie konnte irgendwann ja auch nicht mehr mit uns mitreden. Worüber denn auch? Das sie zu Hause wieder brav die Wäsche machte?" und

Angelina Rosenberg lachte dabei spöttisch.

„Frau Rosenberg, können Sie uns denn noch etwas über Margot erzählen? Hatte sie einen Lieblingsplatz? Ist sie vielleicht mal von zu Hause abgehauen? Hatte sie eine beste Freundin?", Brad war zwar etwas ungeduldig, aber fragte dennoch äußerst nett um nicht Frau Rosenberg zu verärgern. Gezeter konnte er überhaupt nicht ausstehen.

„Das sind aber viele Fragen, die sie haben." Und Angelina Rosenberg wirkte etwas überfordert. „Wie gesagt, Margot hatte kaum Freundinnen. Jedenfalls nicht, seit ihr Bruder ihr so nachstellte. Davor waren wir ganz gut befreundet. Und soweit ich weiß, ist sie nie abgehauen. Das hätte sie ihrem Vater nicht angetan. Er hatte genug gelitten als seine Frau verstarb. Und warum auch immer schien sie sich auch für ihr Monster von Bruder verantwortlich zu fühlen."

„Als sie noch gut befreundet waren, gab es da einen Platz, wo Margot gerne hin ging?", fragte nun Michael.

Angelina Rosenberg drehte sich nicht einmal in Michaels Richtung als sie ihm antwortete: „Es gab einen See zwischen meinem und ihrem Elternhaus. Dort saßen wir gerne zusammen und redeten. Später trafen wir uns da auch gerne mit den Jungs. Also alle außer Margot. Aber sie kannte den Platz. Dort gab es viele Ecken, wo man völlig ungestört war." Und ein verschmitztes Lächeln huschte ihr über die Lippen.

„Eine letzte Frage hätten wir noch, Frau Rosenberg. Hatten sie nach der Schulzeit nochmal Kontakt zu Margot?", wollte Brad wissen.

„Nein, leider nicht. Sie tat mir ja immer so leid, aber man kann sich ja nicht um jede arme Seele kümmern." Und obwohl es Angelina Rosenberg deutlich anzumerken war, dass andere Menschen ihr egal waren, versuchte sie so unschuldig wie möglich zu klingen.

„Waren sie auf der Beerdigung ihres Vaters?", fragte noch Michael.

„Nein. Ich wollte ja so gerne. Sie hätte bestimmt jede Unterstützung gebraucht, aber ich war zu der Zeit nicht in der Stadt. Mein Mann und ich waren damals wegen wichtiger Termine auf den Fidschis. Aber ich hatte gehört, dass es eine schöne Beerdigung war und Margot auch wieder sehr gut aussah."

Brad und Michael warfen sich einen kurzen Blick zu und beide wussten, dass sie keine Fragen mehr hatten.

Sie dankten Frau Rosenberg für ihre Zeit und verabschiedeten sich wieder.

Im Auto verdrehte Brad nur die Augen: „So was von eine nervige und egoistische Person. Oder empfand ich das nur so?"

„Nein. Fand ich auch. Aber das ist egal. Wir sollten uns diesen See mal anschauen. Wenn sich da früher alle Pubertierenden getroffen haben zum Fummeln und mehr, wird es Thomas Flynn auch nicht entgangen sein. Vielleicht wollte er da auch mal seinen Spaß haben", mutmaßte Michael.

Die beiden brauchten eine Weile um den See ausfindig zu machen. Das frühere Haus von Angelina Rosenberg zu finden, war nicht schwer. Aber direkt zwischen den Häusern der Austins und der Flynns war kein See. Erst nachdem sie ihre Suche auf die nähere Umgebung ausgedehnt hatten, fanden sie einen. Eigentlich war es eher ein großer Teich, der etwas höher gelegen war. Von dort oben konnte man die Häuser sehen, beziehungsweise erahnen.
Nun standen die beiden um den Teich und waren etwas ratlos. Was meinte Angelina Rosenberg mit „vielen Ecken, wo man völlig ungestört war"? Wenn man an dem Teich stand, konnte man das komplette Ufer einsehen. Oder war seit damals so viel Gebüsch weggemacht worden?, fragten sie sich. Also gingen sie los und umrundeten einmal den Teich. Auch hier konnten sie keine ungestörten Ecken ausmachen.
Dann gingen sie ein wenig tiefer in den Wald hinein. Und schon stießen sie auf die erste 'Ecke'. Vor ihnen war ein dicker Busch, wo noch

immer die Mitte davon so ausgetrampelt war, dass dort sich zwei Menschen hineinlegen konnten. Der Waldboden war schön weich und man konnte bequem nur mit einer Decke darauf liegen. Und als Michael sich in diesen Busch legte, konnte er sogar noch die Oberfläche des Teiches schimmern sehen.

„Abends oder nachts ist das bestimmt sehr romantisch", lästerte Michael ein wenig. „Aber ich sehe hier keinen Hinweis oder so etwas, was auf einen Irren wie Thomas Flynn hindeuten würde."

„Diese Angelina sprach ja auch von mehreren Ecken, du kleiner Romantiker", entgegnete Brad leicht schmunzelnd.

Sie brauchten nicht lange durch das Unterholz gehen, als sie wieder auf eine 'Ecke' stießen. Diesmal war es ein sehr großer alter umgestürzter Baum, wo man sich auch sehr gemütlich darauf legen konnte. Auch von hier sah man den Teich. Und wieder kein Anzeichen, dass hier Thomas Flynn irgendetwas schlimmes getan haben könnte.

Nachdem sie die siebte Möglichkeit für hormongesteuerte Teenager gefunden hatten und keinen Hinweis auf Thomas Flynn, wollten sie schon abbrechen.

„Schau mal, Michael. Ist das nicht das Haus von den Flynns?"

„Ja, und?", Michael war irritiert, denn das Haus

sahen sie von hier oben nicht zum ersten Mal.
Brad ging ein Stückchen weiter und stieg auf
einen dicken Stein.

„Ich glaub, man kann von hier das Fenster zu dem
alten Zimmer von Margot sehen. Meinst du, er saß
hier oben öfter und hat sie beobachtet?
Vielleicht sogar während nebenan die anderen Kids
rummachten?", war Brad laut am nachdenken.
Michael folgte Brad auf den Stein. Dort standen
beide einen Moment und überlegten.

„Wenn du das so sagst, könnte ich mir das bei dem
gut vorstellen", sagte Michael angewidert.
Genau in dem Moment rutschte Michael auf dem
Stein aus und fiel herunter. Da der Stein an
einem kleinen Abhang stand, kullerte Michael auch
noch ein Stück weiter in den nächsten Busch.

„Alles gut, alter Kumpel?", fragte Brad, der von
dem Stein hinunter sprang um seinem Kollegen zu
helfen.

Michael wollte sich gerade wieder aufrichten als
er unter dem Busch hindurch ein paar Steine sah.
Eigentlich war das nicht so verwunderlich, wenn
sie nicht sehr ordentlich übereinander gestapelt
wären.

Ohne auf Brads Frage zu reagieren, schob sich
Michael durch den Busch und stand plötzlich vor
einem riesigen Haufen von Steinen, die
aufeinander gestapelt waren. Es lief Michael ein
Schauer über den Rücken.

Da stand auch schon Brad neben ihm und schluckte erst einmal.

„Hm...", war der einzige Kommentar von Michael als er sein Handy heraus holte und telefonierte.

Kapitel 26

Es war inzwischen schon dunkel geworden und Lynn
hatte trotz intensiver Suche nichts mehr gefunden
was auf den Mann vor dem Höhleneingang schließen
ließ. Er war verdammt gut darin seine Spuren zu
verwischen, dachte sich Lynn.
Sie wollte gerade Han und Mark kontaktieren um
ihre Position durchzugeben, als sie ein leichtes
Schnaufen hinter sich hören konnte. Blitzschnell
drehte sie sich um, aber konnte in der Dunkelheit
und zwischen den ganzen Bäumen nichts sehen. Auch
das Schnaufen konnte sie nicht mehr hören.
Gerade wollte Lynn ihre Hand mit der gezogenen
Waffe schon wieder senken, als sie das Schnaufen
nun neben sich hörte.
Ihr Herz raste als sie sich wieder in die
Richtung des Geräusches drehte. Aber auch dieses
Mal war außer den Umrissen der Bäume nichts zu
erkennen.
Ihre Taschenlampe wollte sie nicht anmachen, da
sie hoffte, dass der Mann in der Dunkelheit
genauso wenig sah wie sie. Und mit Taschenlampe
hätte sie nun wirklich jeder in der Umgebung
gefunden.
Also stand Lynn da im Wald, richtete die Waffe
nach vorne und lauschte. Aber wieder war nichts
außer dem leichten Wind und dem Ruf einer weit
entfernten Eule zu hören.

Lynn war unentschlossen was sie tun sollte. Nur einfach stehenbleiben und abwarten war keine Option für sie. Also machte sie sich vorsichtig in die Richtung auf von wo das letzte Schnaufen kam.

Und dann sah sie ihn. Den Mann aus dem Höhleneingang. Er stand vielleicht zehn Meter vor ihr. Ob er mit dem Rücken oder dem Gesicht zu ihr stand, konnte Lynn nicht erkennen. Aber sie war sich sicher, dass es die gleiche Gestalt war. Gerade wollte Lynn auf sein Knie zielen, als sich der Mann wieder zur Seite wegdrehte und hinter dem dicken Stamm eines Baumes verschwand. Lynn lief sofort hinterher, aber hinter dem Baum war niemand. Sie drehte sich im Kreis, dennoch war der Mann nirgends zu sehen. Da war Lynn sich sicher, dass er sie gesehen hatte und nicht sie ihn jagte sondern er sie.

Wieder ging sie im Kopf ihre Optionen durch. Sie drehte sich noch einmal um ihre eigene Achse und versuchte so gut es in der Dunkelheit ging ihre Umgebung zu sichern. Nachdem sie nichts sehen und hören konnte, nahm sie ihr Funkgerät und wollte gerade Han kontaktieren, als sie das leise hastige Atmen hörte. Sie duckte sich noch weg, aber es reichte nicht um dem Schlag von hinten ganz auszuweichen. Er musste einen Ast oder etwas ähnliches in der Hand haben, denn Lynn wurde mit einem sehr harten Gegenstand noch so am Kopf gestreift, dass es sie zum Straucheln brachte und sie auf den Boden fiel. Und bevor sie sich umdrehen und mit ihrer Waffe auf den Mann zielen konnte, traf sie der nächste Schlag. Er ging direkt auf ihre Seite und beabsichtigt oder nicht, traf der Mann genau ihre Leber. Lynn schrie auf vor Schmerz und im nächsten Augenblick wurde ihr schon schwarz vor Augen.

Kapitel 27

Besser hätte es für Flynn nicht laufen können.
Dort mitten im Wald war diese Frau, die warum
auch immer ihn suchte und dabei nicht auf ihre
Kollegen warten konnte. Als er hörte, dass dort
noch zwei andere Männer waren, wollte er sich
eigentlich schon still und leise davon
schleichen. Aber dann bekam er noch mit, dass sie
nicht warten wollte. Und das ließ sein Herz vor
Freude regelrecht hüpfen.
Also machte er sich daran eine Spur zu legen und
dann wieder ohne weitere Hinweise zu
verschwinden. Auf diese Art und Weise konnte er
die Frau immer weiter von der Höhle weglocken.
Und immer weiter von den beiden Männern. Eine
Konfrontation mit Männern hatte Flynn schon immer
gescheut. Obwohl er groß und kräftig war, hatte
er es bisher im Leben nur einmal gewagt sich mit
einem anderen Mann anzulegen. Und das war sein
Vater. Der wiederum machte ihm mit einem langen
Krankenhausaufenthalt klar, dass Thomas das nie
wieder versuchen sollte.
Aber Frauen...sie waren bisher immer so ein
einfaches Ziel für ihn.
Flynn hatte inzwischen seinen Spaß daran, die
Frau durch den Wald laufen zu lassen. Immer
wieder legte er neue Spuren, damit sie bloß auf
dem von ihm geplanten Weg bleiben würde.

Als es anfing zu dämmern, wurde er schon fast
traurig, da sein Spiel mit der Frau gleich zu
Ende sein würde. Dann merkte er aber, dass die
Frau trotz der einbrechenden Dunkelheit an seinen
Spuren dran blieb.
Wieder machte sein Herz ein Hüpfer vor Freude.
'Die Jagd kann also weiter gehen', dachte er
grinsend.
Damit die Frau nicht der falschen Spur folgen
würde, machte er seine nun umso deutlicher.

Und dann waren sie kurz vor seinem Höhleneingang.
Er hatte nämlich keine Lust die Frau durch den
ganzen Wald zu tragen. Also konnte sie wunderbar
bis hier hin selber laufen und jetzt wollte er
sie sich holen, so war sein Plan. Er hörte auf
eine Spur zu legen und versteckte sich hinter den
Bäumen.
Wie er seine Freude hatte, wenn er extra laut
atmete und sie sich dann schnell umdrehte und
hoffte ihn vielleicht mit ihrer Waffe zu
erwischen. Und jedes mal verschwand er geschwind
hinter einem Baum. Dann schlich er etwas weiter
und machte das gleiche wieder.
Und dann wollte sie alles ruinieren und holte ihr
Funkgerät heraus. Das ärgerte Flynn zutiefst. Er
griff sich den nächstbesten Stock und rannte auf
die zu.
Sie versuchte sich noch wegzuducken, aber er

erwischte sie noch gerade. Und nun war sie Seins!
Jetzt konnte er mit ihr machen was er wollte. Er
hatte vielleicht endlich eine Frau wie seine
Schwester gefunden. Schon fast euphorisch war
seine Stimmung. Wobei er wie immer vergaß, dass
er das bei jeder Frau dachte, die er sich holte.
Und dann wurde er doch immer wieder nur
enttäuscht.

Er warf sich den reglosen Körper der Frau über
die Schulter und ging mit ihr in seine Höhle.

Auf dem Weg nach unten, schlug der Körper der
Frau ein- oder zweimal gegen Steine, die aus der
Wand ragten. Das störte aber Thomas Flynn nicht.
Er hatte sich noch nie für die Schmerzen anderer
interessiert. Viel zu beschäftigt war er mit
seinen eigenen.

Unten in der Höhle angekommen, ließ er die Frau
auf die freie Matratze fallen. Er nahm die lange
Kette mit der Handfessel und machte sie gut an
ihrem Handgelenk fest. Erst als er sicher war,
dass die Frau sich nicht befreien konnte, wandte
er sich seiner Liebsten zu. Sie saß wie immer
hinten in der Ecke. Sie hatte in seinen Augen
nichts an ihrer Schönheit verloren, obwohl sie
inzwischen sehr abgemagert war. Ihre Haare waren
dünn und fahl. Genauso ihre Haut. Aber all das
sah Thomas Flynn nicht. Für ihn war sie so
hübsch, wie an dem Tag als er sie zu sich holte.

Dann sah er zu der anderen Frau rüber. Sie kauerte in der Ecke und versuchte nicht zu schluchzen. Aber dieses Wimmern kannte er zu gut. Es nervte ihn.

Außerdem waren drei für ihn eh zu viel. Zwei reichten ihm völlig. Eine muss wieder weg, dachte er sich.

„Lynn!", schrie auf einmal die eine Frau. Thomas Flynn zuckte zusammen. Damit hatte er nicht gerechnet. Die Frauen schrien bei ihm immer nur „nein", „bitte nicht" oder „hör auf". Das war ihm aber neu und überraschte ihn sehr. Andererseits wurde ihm jetzt klar, warum die eine Frau im Wald herum lief. Sie suchte die Frau, die er schon hatte.

Flynn zögerte. War sie eine Polizistin?, fragte er sich erneut. Das würde auch die beiden anderen Männer erklären. Das passte ihm eigentlich gar nicht. So nah war ihm bisher noch niemand gekommen. Aber den Eingang zu seiner Höhle würde keiner finden. Da war er sich sehr sicher. Und vielleicht war eine Polizistin auch etwas widerstandsfähiger als die anderen, überlegte Flynn. Er würde sie ausprobieren und sich dann entscheiden, welche er behalten würde. So wollte er das machen.

Aber erst einmal wollte er schlafen. Die Jagd hatte ihn müde gemacht.

Bevor er die Höhle verließ, warf er noch einen

Blick auf seine drei Frauen und lächelte ein wenig, als er die Frau am Ende der Höhle sah.

Bevor er den Eingang der Höhle verließ, schaute er sich lange um und beobachtete die Umgebung. Ein klein wenig war er doch verunsichert, da die zwei Männer noch irgendwo da draußen waren und jetzt wahrscheinlich nach ihrer verloren gegangenen Kollegin suchten. Aber dann dachte Flynn daran, dass er seine Spuren sehr gut verwischt hatte. Die Frau konnte ihm ja auch nur folgen, weil er absichtlich eine Spur gelegt hatte. Die würden die Männer inzwischen aber nicht mehr finden können. Da war er sich sicher. Und nachdem er weit und breit nichts sehen konnte, verließ er den Schutz der Höhle und machte sich auf zu seinem Häuschen.

Dieses Häuschen war aus der Zeit des Bergbaus, als hier noch Menschen lebten.
Inzwischen war es aber so zerfallen, dass nur noch zwei Wände standen und das Dach hatte große Löcher und hing an einigen Stellen komplett hinunter. Aber für Flynn reichte es vollkommen. Mehr als eine Behausung zum schlafen und sich ausruhen brauchte er eh nicht.
Und genau das hatte er jetzt vor. Er zog noch nicht einmal seine Sachen aus. So, wie er durch den Wald seit Tagen lief, legte er sich in das

Bett. Oder das, was davon noch übrig war. Mit einer alten, zerfledderten und stinkenden Decke deckte er sich zu und schlief sehr schnell ein. Er war überaus zufrieden wie es die letzten Tage für ihn gelaufen war.

Kapitel 28

Als sie ihn im Höhleneingang hörte, hatte sich
Chelsea in die hinterste Ecke verkrochen und
hoffte nur, dass es diesmal vielleicht nicht ganz
so doll schmerzen würde, wenn er sie wieder
wollte.
Dann sah sie aber, dass er jemanden auf seiner
Schulter trug. Sie hoffte inständig, dass er
Brittany doch nicht umgebracht hatte. Vielleicht
wollte er sie nur bestrafen und brachte sie nun
wieder.
Aber als er mit der Frau an ihr vorbei ging,
konnte Chelsea erkennen, dass es nicht Brittany
war. Obwohl sie versuchte es zu unterdrücken,
konnte Chelsea ein Wimmern nicht verhindern.
Wenn er eine Neue brachte, war sie sich sicher,
dass Brittany tot war. Und sie war sich auch
sicher, dass er nicht lange zwei Frauen behielt.
Sie fragte sich, warum er so schnell eine neue
Frau geholt hatte. Brittany hatte ihr erzählt,
dass manchmal Wochen oder Monate dazwischen
lagen, bevor er sich eine Neue ausgesucht hatte.
Und dann ließ der Mann die Frau auf die Matratze
fallen und Chelsea schrie nur noch. Aber sie
schrie nicht irgendwas, sie schrie ihren Namen:
„Lynn!".
Was war da schief gegangen? Lynn sollte sie
finden und retten. Und nicht sich selber gefangen

nehmen lassen! Chelsea war völlig verwirrt, aber auch sauer auf ihre Schwester, dass es so falsch gelaufen war.

Nun war der Mann wieder gegangen und Chelsea versuchte erst einmal tief durchzuatmen und sich zu beruhigen. Sie konnte jetzt eh nichts anderes machen, als darauf zu warten, dass Lynn wach werden würde.
Als sie die erste Regung in Lynns Körper sah, fing sie mit hektischer Stimme an auf Lynn einzureden: „Lynn! Hörst du mich? Alles okay bei dir? Wieso bist du hier? Solltest du mich nicht eher retten kommen?" Chelsea ließ überhaupt keine Pausen zwischen ihren Fragen und während sie noch da lag und sich nicht weiter rührte, überlegte Lynn, ob sie ihrer Schwester eigentlich antworten sollte. Da der Redeschwall scheinbar nicht aufhörte, ging Lynn im Kopf ihren Körper durch und versuchte so heraus zu finden, was verletzt war, bevor sie sich bewegte. So wollte sie vermeiden, dass sie es verschlimmerte oder vor Schmerzen aufschreien müsste. Ihr Kopf dröhnte. Sie spürte auch, dass wohl eine Rippe gebrochen war, als sie auf dem Weg in die Höhle gegen einen Stein knallte. So etwas schmerzte, besonders beim Atmen. Aber sie kannte das und wusste sich damit weiterhin zu bewegen.
Ansonsten gab es wohl nur eine weitere

angebrochene Rippe und Prellungen und
Abschürfungen.

„Oh, Gott. Kannst du mal Luft holen und mich dann
vielleicht auch mal antworten lassen?", fuhr Lynn
plötzlich ihre Schwester an.

Chelsea schreckte richtig zurück. Sie dachte
eigentlich, dass Lynn noch gar nicht wieder
richtig bei Bewusstsein war.

„Wieso sagst du denn nichts, wenn du schon wach
bist? Hast du einen Plan? Kommen gleich andere
und befreien uns?", Chelsea wurde schon ein
bisschen euphorisch.

„Ach, Süße. Du lässt mich schon wieder nicht zu
Wort kommen", entgegnete ihr Lynn lächelnd.

Typisch ihre Schwester, dachte sie.

„Wieso meinst du, dass noch jemand kommen
sollte?", fragte sie Chelsea nun.

Chelseas Verwunderung stand ihr ins Gesicht
geschrieben. „Du…du…", stammelte sie.

„Ich was?", wollte Lynn wissen. „Glaubst du immer
noch, dass der Ritter auf dem weißen Pferd
angeritten kommt und dich rettet? Ich dachte, du
hättest inzwischen mal die Welt begriffen. Außer
dir selber wird dich keiner retten", und als Lynn
das sagte, klang sie genervt. Es war immer so,
dass Chelsea nur abwartete, dass jemand anderes
ihr aus der Klemme half. Aber leider läuft das
nicht immer so im Leben, dachte sie.

„Das ist scheiße gelaufen. Dachtest du, ich

wollte, dass er mir eine überbrät? Mich wie einen
nassen Sack hier runter schleift? Scheiße,
nein!", fauchte Lynn.
Chelsea starrte sie entsetzt an. Dann fing sie
fürchterlich an zu weinen und zu zittern. Ihre
letzte Hoffnung hier wieder lebend heraus zu
kommen war mit einem Mal verschwunden.

Chelsea war wieder einmal weinend und völlig
erschöpft eingeschlafen. Als sie aufwachte,
hoffte sie inständig nur geträumt zu haben. Aber
als sie die Augen aufmachte, saß sie immer noch
angekettet in dieser Höhle und nun saß ihr auch
noch Lynn gegenüber.
„Magst du jetzt mit mir reden?", fragte Lynn, die
still da saß und sich umschaute.
Chelsea war sich nicht sicher, ob ihre Schwester
das ernst meinte. Sie klang dabei nämlich wie bei
einem netten Treffen im Café und nicht angekettet
und misshandelt in einer Höhle.
„Was macht er hier mit den Frauen? Und vor allem
mit der da?", dabei deutete Lynn auf die
angekettete Frau am Ende der Höhle.
„Das heißt, du warst schon auf der Suche nach
mir? Und du wusstest, dass ich entführt wurde?",
fragte Chelsea verständnislos.
„Ja. Warum sollte ich sonst hier in den Wälder um
Seattle rumlaufen anstatt mich in wärmeren
Gegenden herumzutreiben? Töten wollen mich viele,

dafür hätte ich nicht so weit fliegen müssen",
sagte Lynn sarkastisch. „Kannst du jetzt auch mal
meine Fragen beantworten anstatt weiter darauf
herum zu reiten, dass ich jetzt auch hier
sitze?!"

„Wieso? Was ändert das?", gab Chelsea genervt
zurück.

„Ich will wissen, was er hier mit den Frauen..."

„Uns!", warf Chelsea ein.

„Gut. Also was er mit uns hier macht und was er
für ein Typ ist", erklärte Lynn sachlich.

„Ein Typ? Ein Typ?", Chelsea wurde schon fast
hysterisch, konnte sich aber doch noch beruhigen.

„Er ist zumindest nicht der nette Typ von
nebenan, wenn du das meinst."

Lynn musste wieder schmunzeln. Sie liebte es,
wenn ihre Schwester versuchte sarkastisch zu
sein.

„Na, komm schon, Schwesterherz. Was passierte mit
den Frauen vor dir?", versuchte es Lynn nun
ruhiger.

Chelsea atmete mehrmals tief ein und aus. Und als
sie Lynn nun doch antworten wollte, hatte sie
erst gegen einen dicken Kloss im Hals
anzukämpfen.

„Ich glaub, er bringt sie um, wenn er mit ihnen
fertig ist. Gesehen hab ich es nicht. Aber es
kommt auch nie eine wieder, wenn er sie hier raus
bringt." Chelsea musste an Brittany denken und

fing wieder an zu weinen.

„Kanntest du eine? Oder mehrere?", fragte Lynn
vorsichtig. Auch wenn sie mit diesen Gefühlen
nicht viel anfangen konnte, wollte sie Chelsea
nicht weiter ärgern.

„Ich kannte eine. Brittany. Sie war wohl sehr
lange hier, bis er sie...", mehr konnte Chelsea
nicht sagen, bevor sie wieder bitterlich weinte.

Lynn wartete ein wenig, aber ihre Schwester hörte
nicht auf zu weinen. Sie wusste auch nichts zu
sagen, was Chelsea vielleicht getröstet oder
beruhigt hätte.

Also wandte sich Lynn der Frau am anderen Ende
zu.

„Hallo?!?"

Keine Reaktion von der Frau.

„Ich fall gleich mal mit der Tür ins Haus...Sind
Sie die Schwester von Thomas Flynn? Margot?"

Die Frau zuckte zusammen. Im selben Augenblick
stöhnte sie auf, da die Bewegung in ihrem ganzen
Körper schmerzte. Und einen Moment später sackte
sie auch schon wieder in sich zusammen.

Lynn war sich sicher, aber sie wollte einen
Beweis oder eher eine Bestätigung von ihr.

„Ist das ihr Bruder?", fragte sie energisch.

Die Frau reagierte nicht.

„Thomas Flynn?"

Die Frau zuckte ein wenig. Auf jeden Fall kannte

sie den Namen des Mannes, der ihr all diese
Verletzungen am Körper zugefügt haben musste.
„Margot Flynn?"
Lynn war sich nicht sicher, glaubte aber ein
Schluchzen vernommen zu haben. Und von Chelsea
kam es mal nicht. Seit Lynn angefangen hatte mit
der Frau reden zu wollen, war sie ganz still
geworden und guckte mit großen überraschten Augen
abwechselnd ihre Schwester und die Frau an.
„Sind sie Margot?", fragte Lynn wieder.
Und da war auf einmal eine kaum hörbare Stimme zu
vernehmen.
„Woher...", und die Frau atmete ein paar Mal
langsam ein und aus, „...ennen Sie...". Diesmal
schien es fast Minuten zu dauern bis die Frau
genug Kraft gefunden hatte um weiter reden zu
können: „...Namen?"
Lynn war sich nicht sicher, was und ob sie das
wirklich verstanden hatte, aber die Frau kannte
die Namen. Es war keine zufällige Reaktion bei
der Nennung dieser.
Und egal was die Frau wirklich gefragt hatte,
Lynn wollte das Gespräch mit ihr weiter führen.
Oder versuchen eins zu führen.
„Ich habe mit zwei Polizisten an dem Fall
gearbeitet, nachdem meine Schwester entführt
wurde." Dabei zeigte sie auf Chelsea. Und genau
in dem Moment fiel ihr auf, dass die Frau das gar
nicht sehen konnte, da sie bisher noch nicht hoch

258

geguckt hatte. Aber ihr war es auch egal, ob sie verstand wer von den vielen Frauen ihre Schwester war.

„Bei den Ermittlungen sind wir auf Thomas Flynn gestoßen." Die Frau zuckte schon wieder ein wenig als Lynn den Namen aussprach. „Und wir haben auch herausgefunden, dass er eine ziemliche Obsession nach Ihnen hatte. Noch immer hat. Wir dachten nur, dass sie schon tot sind."

Die Frau schien plötzlich all ihre Kraft zusammen zu nehmen und hob ihren Kopf. Zumindest so weit, dass sie Lynn anschauen konnte. Sie schaute ihr direkt in die Augen. Und das war der selbe kalte Blick wie alle Frauen ihn von Thomas Flynn beschrieben hatten.

„Ich bin schon lange tot!", sagte die Frau und viel vor Erschöpfung in Ohnmacht.

Kapitel 29

Brad und Michael standen lange vor dem großen Steinhaufen. Sie standen einfach da und starrten ihn an. Keiner sagte ein Wort, bis sie die Rufe ihrer Kollegen hörten, die sie nicht sehen konnten.

„Wir sind hier!", rief Brad und schob sich durch den dichten Busch vor zu dem Stein, von dem Michael gerutscht war.

Und da standen auch schon zwei Kollegen von Brad und Michael und im Schlepptau hatten sie die Spurensicherung. Die machte sich auch gleich auf zu Brad und ließen sich den genauen Weg zu Michael zeigen.

Dort angekommen fingen sie auch gleich an Fotos zu machen, die ersten Steine abzunehmen und durch zu nummerieren.

Brad und Michael standen immer noch da und starrten den immer kleiner werdenden Steinhaufen an.

Und als der nächste Stein hoch genommen wurde, lag eine stark verweste Hand darunter. Stein nach Stein kam immer mehr zum Vorschein.

„Ist das wohl Margot?", fragte Michael.

„Wer sollte das sonst sein?", meinte Brad etwas verwundert.

„Vielleicht hat er sich hier auch nur sein erstes Opfer vorgenommen, während er seine Schwester beobachtete", vermutete Michael.

Brad schüttelte sich ein wenig bei dem Gedanken. Er war sich nicht sicher, was er für weniger ekelhaft empfand.

Die Spurensicherung war lange im Wald beschäftigt. Bei vielen Spuren waren sie sich nicht sicher, ob es mit dem Leichenfund zu tun hatte oder auch nicht. Die Auswertungen würden sehr lange dauern.

Zurück in der Stadt, fuhren Brad und Michael zur Gerichtsmedizin. Dort erhofften sie sich ein paar Antworten.

Aber auch der Gerichtsmediziner hatte seine Mühe eine so stark verweste Leiche zu untersuchen. Auch wenn die Steine bis zu einem gewissen Grad die tote Frau vor den Wettereinflüssen und großen Raubtieren geschützt hatte, so waren die Insekten doch sehr fleißig gewesen und auch Kälte und Wärme hatten ihr übriges getan.

Was er aber definitiv sagen konnte war, dass die Leiche weiblich und um die 35 Jahre alt gewesen war. Mit einer Toleranz von 5 Jahren nach oben und unten, wie der Gerichtsmediziner extra betonte. Außerdem war sie seit mindestens 5 Jahren tot. Auf mehr wollte er sich ohne genaue Untersuchungen und Laborergebnisse nicht festlegen.

„Na, toll", sagte Brad, nachdem sie mit dem
Gerichtsmediziner gesprochen hatten. „Wirklich
weiter hilft uns das im Moment nicht."
Er schaute zu seinem Partner, der nicht
reagierte.
„Erreichst du sie noch immer nicht?", fragte er
Michael.
Es dauerte einen Moment bis Michael von seinem
Handy aufsah. „Nein. Scheinbar gibt es da oben in
den Wälder keinen Empfang. Ich hoffe jedenfalls
das es nur das ist", seufzte er. „Aber
entschuldige, ich habe dir nicht richtig
zugehört. Lynn wird ja schon wissen was sie tut",
versuchte sich Michael selber zu beruhigen.
„Was machen wir jetzt? Abwarten bis uns der
Mediziner mehr sagen kann? Abwarten, ob die
Spurensicherung noch mehr Leichen da draußen
findet? Da wird kein Steinhaufen liegen wo sich
Flynn mit den Frauen drunter versteckt", fragte
Brad, der langsam am verzweifeln war. Sie fanden
zwar, im Gegensatz zu vorher, immer mehr Beweise,
aber dem Täter oder den verschwundenen Frauen
kamen sie trotzdem kein bisschen näher.
Michael sah lange zu Brad rüber. Er sah müde und
geschafft aus, genauso wie er selber. „Ehrlich
gesagt weiß ich gerade auch nicht weiter", sagte
Michael resigniert.

Die beiden verließen schweigend das Gebäude und gingen genauso schweigend nebeneinander her zu ihren Autos.

„Gute Nacht", sagte Brad und kramte seinen Schlüssel hervor.

Michael starrte noch einen Moment in den Himmel und wollte gerade anfangen auch seinen Autoschlüssel hervor zu holen, als ihm plötzlich ein Gedanke kam: „Haben wir eigentlich irgendwelche Infos zur Mutter? Hat er seine Mutter noch kennengelernt? Wie alt war er, als sie verstarb? Wo ist sie beerdigt? Vielleicht hat er ja irgendwelche Verbindungen zu ihrem Grab. Oder sie hatte einen Lieblingsplatz."

„Du hast recht. Darüber wissen wir noch nicht viel. In der Akte von Flynn konnte ich nichts über die Mutter finden. Oder hatte ich was überlesen?", überlegte Brad.

„Nein. Da war nur seine Geburtsurkunde. Sie hieß...fällt mir jetzt echt nicht der Name ein?", Michael grübelte kurz und ärgerte sich, dass ihm das nicht gleich einfiel.

„Da war doch was. Das fand ich so lustig aber auch irritierend. Margret hieß sie. Und Margot die Tochter.", Michael schüttelte dabei leicht verwundert den Kopf.

„Dann lass uns doch mal nach Margret Flynn suchen. Ist zwar schon lange her, aber so was wie eine Sterbeurkunde oder das Krankenhaus wo sie

war, wird sich ja noch herausfinden lassen.
Vielleicht gibt es auch noch einen Arzt oder eine
Krankenschwester aus der Zeit", schlug Brad vor.
Beide waren wieder zuversichtlich, dass sie doch
weiter kommen würden.

Als sie im Revier an ihren Schreibtischen saßen,
wurde ihre gute Laune aber sehr schnell getrübt.
Im Computer war nichts über eine Margret Flynn zu
finden.
„Sind immer noch nicht alle alten Akten von
damals eingescannt?", fragte Michael äußerst
genervt.
Brad konnte nur den Kopf schütteln.
Also mussten sie ihre Arbeit beenden und einigten
sich darauf, dass sie sich gleich am nächsten
Morgen bei dem städtischen Archiv treffen
wollten.

Kapitel 30

Lynn starrte an die Decke und versuchte sich zu konzentrieren, um heraus zu finden wie lange sie schon hier in der Höhle saß. Sie wunderte sich und wollte nicht recht glauben, dass es doch schon so lange war. Also strengte sie sich nochmal an, oder versuchte es zumindest, und überlegte noch eine Weile.

Ihre aufsteigende Verunsicherung schob sie gleich beiseite und ging im Kopf noch einmal durch, wie sie ihre Hand brechen müsste, um aus ihrer Handgelenksfessel zu kommen. Das war aber ihre letzte Option, da eine gebrochene Hand ihre Kampffähigkeit stark beeinträchtigte. Und um gegen so einen großen und kräftigen Mann wie Thomas Flynn anzukommen würde sie wahrscheinlich ihre gesamte Kraft brauchen. Zumal sie unbewaffnet war, wie sie sich selber zu bedenken gab.

In dem Moment hörte sie die lauten, dumpfen Schritte. Und kurz darauf stand Flynn im Eingang der Höhle. Er schnaufte ein wenig. Lynn war sich nicht sicher, ob er vor Anstrengung oder Erregung so außer Atem war. Sein Blick, er musterte erst Chelsea und dann Lynn, sprach jedenfalls für zweiteres.

Chelsea saß zusammengekauert und zitternd auf ihrer Matratze. Sie wollte mit keinem einzigen

Blick dieses Monster im Eingang ansehen. Außerdem tobte nun in ihr ein Konflikt. Einerseits wollte sie nicht, dass er sie wieder vergewaltigte. Diese Schmerzen würde sie nicht noch einmal aushalten, dachte sie. Andererseits würde das bedeuten, dass er sich an Lynn vergehen würde. Und das wollte sie auch nicht.

Und dann siegte die Stimme in Chelsea, dass er doch besser Lynn nehmen sollte. Die würde das schon aushalten, sie hält viel aus, versuchte sie sich einzureden.

Während sie noch ein wenig vor sich hin grübelte, hatte Chelsea gar nicht gemerkt, dass Lynn mit einem Ruck nach hinten gegen die Wand gesprungen war. Ein kleines Knacken war zu hören und das laute Ausatmen von Flynn, den schon wieder eine Aktion mit dieser Frau überrascht hatte. Da seine Frauen aber immer versuchten vor ihm zu flüchten, auch wenn hinter ihnen nur eine Wand aus Steinen war, tat er es als weiteren gescheiterten Versuch ihm zu entkommen ab.

Aber Lynn starrte ihn die ganze Zeit dabei an und Flynn musste an seine Schwester denken, wie sie früher versuchte ihm auszuweichen, ihn dabei aber auch nicht spüren lassen wollte, das sie Angst vor ihm hatte. Jetzt konnte seine Schwester ihm nie wieder ausweichen und Freude darüber machte sich in ihm breit.

Er ging nun geradewegs auf Lynn zu, packte sie an

der Schulter und wollte sie nach unten drücken,
als sie sich
abrupt wegdrehte. Dadurch verlor er das
Gleichgewicht und viel hin. Lynn, die sich durch
den Sprung gegen die Wand ihren Daumen gebrochen
hatte, konnte sich auch schon einen Moment später
aus ihrer Fessel befreien.
Da sie schon vorher das Szenario durchgegangen
war, überlegte sie jetzt nicht mehr, sondern
rannte gleich hinaus. Auf einen Kampf in der
Höhle, wo er sich höchstwahrscheinlich viel
besser auskannte als sie, wollte sie es nicht
ankommen lassen. Außerdem hoffte sie darauf, dass
draußen Mark und Han zumindest in der Nähe der
Höhle waren und ihr helfen konnten.
Lynn riskierte nicht einmal mehr einen Blick auf
Chelsea als sie den großen Höhlenraum verließ.
Sie rannte den schwach beleuchteten Gang entlang
und nach kurzer Zeit konnte sie die ersten
Sonnenstrahlen entdecken.
Draußen angekommen hielt sie nur einen Moment
inne um zu überlegen wohin sie laufen sollte. Da
hörte sie auch schon die lauten Schritte Flynns
hinter sich, der versuchte so schnell er konnte
hinter ihr her zu kommen. Eigentlich lief er nie,
auch wenn das nicht die erste Frau war, die
versuchte wegzulaufen. Aber bei den anderen war
er sich sicher, dass sie sich nicht im Wald
zurecht finden würden und er einfach nur ihren

Spuren folgen brauchte.

Ohne weiter zu überlegen lief Lynn den Berg hinauf. Sie war sich sicher, dass Flynn bei der Anstrengung nicht lange mithalten würde. Direkt vor ihr lag ein Baumstamm über den sie mühelos hinweg sprang. Als sie wieder auf dem Boden aufkam, musste Lynn aber feststellen, dass dort kein Boden war. Unter den Blättern und dünnen Zweigen war nur ein Loch in das sie geradewegs hineinfiel. Lynn versuchte noch mit den Händen irgendetwas zu erwischen um sich daran festzuhalten. Aber an dem glatten Stein fand sie kein Halt.

Und so rutschte sie den schmalen Schacht hinunter und krachte ungebremst auf den harten Steinboden. Ein dumpfer Schmerz fuhr durch ihren ganzen Körper. Sie atmete tief ein und aus und versuchte sich wieder zu konzentrieren. Auch wenn sie gerade schnell hindurch gelaufen war, so war sie sich dennoch sicher, dass sie wieder in dem Gang zur Höhle war. Außerdem war sie sich sicher, dass sie sich das Schienbein gebrochen hatte.

„Läuft hier denn alles schief?", fragte Lynn fluchend sich selber. In dem Moment kam auch Thomas Flynn wieder um die Ecke. Sein Grinsen als er Lynn da auf dem Boden liegen sah, war noch das Ekligste an der ganzen Sache, fand Lynn. Für ihn lief die Jagd jedoch besser und einfacher als er gehofft hatte. Zumal er den alten Schacht zu dem

Tunnel völlig vergessen hatte und dieser ihm
jetzt seine Beute hilflos auf dem silbernen
Tablett präsentierte. Er rieb sich sogar wie ein
kleiner Junge vor Freude die Hände.

Kapitel 31

Brad und Michael trafen sich gleich morgens beim Archiv. Aber auch dort war über Margret Flynn nichts weiter zu finden.

„Sollen wir nochmal diesen komischen Nachbarn befragen, der Lynn und dich im Auto beobachtet hatte?", fragte Brad.

„Was anderes bleibt uns wohl nicht übrig", antworte Michael, der kurz davor war aufzugeben. Von Lynn hatte er immer noch nichts gehört. Der General war auch nicht erreichbar. Und die Familie Flynn schien sowieso gerne vom Erdboden zu verschwinden, dachte sich Michael.

Die beiden setzten sich in Brads Auto und fuhren los zu Harry O'Donald.

An seinem Haus angekommen, sahen sie gerade wie Harry in seinen Wagen einsteigen wollte.

„Halt!", schrie Michael.

Harry drehte sich etwas verwundert um, er hatte kein Auto kommen hören. Als er die beiden Polizisten erkannte, lächelte er sie freundlich an.

„Wie kann ich helfen?", fragte Harry. „Ich wollte mich gerade aufmachen zur Jagd."

„Schon wieder?", Michael war verwundert.

„Wieso schon wieder?", fragte Harry verdutzt zurück.

„Das letzte Mal als wir Sie trafen, waren Sie auch auf der Jagd", erklärte Michael ihm.

„Ich gehe gerne jagen", antwortete Harry und verstand immer noch nicht, dass Michael das als 'schon wieder' bezeichnet hatte.

„So, bevor hier noch weiter über das Jagen geredet wird", unterbrach Brad die Unterhaltung, „wir haben eine Frage. Kannten Sie Margret Flynn? Also können sie uns was über sie erzählen?"

Harry machte große Augen: „Was wollen Sie denn von ihr? Sie ist doch schon vor einer Ewigkeit verstorben."

„Beantworten Sie bitte meine Fragen!", mahnte ihn Brad.

„Entschuldigen Sie, Officer", sagte Harry kleinlaut.

„Detective", berichtigte ihn Brad leicht in seiner Ehre gekränkt.

„Was?", Harry verstand schon wieder nicht was sie wollten.

„Wenn schon, dann aber bitte richtig. Ich bin Detective", sagte Brad kopfschüttelnd.

„Ja, Detective", Harrys Blick ging verunsichert auf den Boden hinunter.

„Kannten Sie Margret Flynn?", fragte nun Michael.

„Nein. Sie war gestorben, bevor wir in die Schule gingen. Soweit ich mich erinnere, wurde sie sehr krank kurz nach Thomas' Geburt. Krebs, soweit ich mich erinnere."

Harry überlegte kurz: „Ich glaub, Margot hatte mal erzählt, dass er ein oder zwei Jahre alt war, als die Mutter starb."

„Wissen Sie wo ihr Grab ist? Liegt Margret auf dem gleichen Friedhof wie der Vater?", wollte Michael wissen.

„Nein. Komisch, jetzt wo sie das erwähnen… Eigentlich wäre es ja so üblich." Und Harry schien sich wieder in Gedanken zu verlieren.

„Wo liegt sie dann begraben?", bohrte Michael nach.

„Das weiß ich nicht. Margot hatte erzählt, dass sie eine alte Schachtel hatte, wo alle Erinnerungsstücke an ihre Mutter drin waren. Sie hat aber nie einen Friedhofsplatz erwähnt", grübelte Harry.

„Mussten damals die Menschen auf einem Friedhof begraben werden? Ich denke gerade an den See auf dem Berg", fragte Brad an Michael gewandt.

„Ich glaube nicht, dass sie, auch damals nicht, eine Leiche einfach aus dem Krankenhaus mitnehmen durften. Das haben schon immer nur die Bestatter gemacht", antwortete Michael verwundert über den Gedanken seines Kollegen.

„Wieso Krankenhaus?", fragte Harry.

„Sie war doch krank?!" Michael war über die Frage sehr verwundert.

„Die Mutter war nie in einem Krankenhaus", entgegnete Harry. „Sie wollte wohl keinen Arzt.

Margot hatte das nie verstanden."
Die beiden Polizisten schauten sich sehr
verblüfft an. „Wieso sollte jemand mit Krebs
nicht zum Arzt gehen? Vor allem, wenn man Kinder
hatte. Irgendjemand musste das doch auch
diagnostiziert haben", rätselte Brad.
„Das kann ich Ihnen nicht sagen, Detective",
antwortete Harry bevor Michael etwas sagen
konnte. „Haben Sie noch mehr Fragen? Ich würde
gerne noch los, sonst lohnt sich die Jagd für
heute Abend nicht mehr."
„Nein. Ja, doch!", Michael versuchte sich zu
sammeln. „Kennen sie jemanden der uns mehr zur
Familie Flynn sagen könnte?"
„Natürlich! Die alte Betty Oates. Die kennt alles
und jeden aus der Gegend. Wohnt am Ende der
Straße." Harry deutete mit der Hand in die
Richtung, stieg in seinen Geländewagen und fuhr
davon. Er drehte sich noch einmal um und winkte
den beiden Männern fröhlich grinsend zu.
Also stiegen auch Brad und Michael ins Auto und
fuhren zum Ende der Straße.

Die Straße schien ohne ein Haus in Sicht zu enden
und Brad wollte sich schon über Harry O'Donald
ärgern, als sie hinter ein paar Büschen ein
kleines verstecktes Häuschen sahen.
Vor dem Haus saß eine sehr alte Frau in einem
Stuhl und schien die beiden fast schon zu

erwarten.

„Guten Tag, Detectives", sagte eine raue, aber
sehr freundliche Stimme.

Brad und Michael blieben kurz stehen.

„Hier spricht sich alles schnell herum. Und
ansonsten verirrt sich keiner zu mir. Also müssen
Sie die beiden Detectives sein, die vor kurzem
bei Harry O'Donald waren. Sehr netter Junge. Ach,
was rede ich da. Inzwischen ist er schon ein
großer stattlicher Mann. Findet aber irgendwie
nicht die richtige Frau. Schade für den Armen.
Sehr nett! Aber wo haben Sie die junge Frau
gelassen, die in Ihrer Begleitung den armen Harry
so aufgemischt hat? Der war danach ja
durcheinander." Die alte Betty konnte sich ein
Lachen nicht verkneifen, während sie ansonsten
ruhig in ihrem Stuhl saß.

„Die Frau musste andere Dinge erledigen und wird
uns erst einmal nicht mehr begleiten", sagte
Michael mit einer leichten Verbitterung in der
Stimme.

„Sie bedeutet Ihnen etwas, stimmt's?", fragte die
alte Betty, die die Antwort schon wusste und auch
keine erwartete. „Wie kann ich Ihnen denn helfen?
Wo sich Thomas Flynn rumtreibt, weiß ich nicht.
Das letzte Mal sah ich ihn, als er die Stadt
verließ. Er ist ja noch nicht einmal zu der
Beerdigung seines Vaters gekommen. Schlimmer
Mensch, der Thomas. War schon immer verloren. Das

wusste auch seine Mutter. Als er damals...“

„Wie meinen Sie das? 'Das wusste seine Mutter.'“, unterbrach sie Brad forsch.

„Wir waren damals gute Freundinnen. Ich hab sie oft besucht als sie die kleine Margot bekommen hatte. Süßes, liebes Mädchen. Und dann kam Thomas. Nach seiner Geburt zog sich Margret zurück. Sie verließ kaum noch das Haus und wollte auch nicht mehr besucht werden. Ich versuchte es immer und immer wieder. Aber sie wollte mich nicht mehr sehen.“ Betty hielt einen Moment inne.

„Es tut mir leid, Detectives. Diesen Tag habe ich seit damals kommen sehen. Das die Polizei mich irgendwann zu Thomas und seiner Familie befragen wird. Aber ich dachte nicht, dass es mich so schmerzen würde darüber zu reden.“

„Lassen Sie sich Zeit, Frau Oates“, versuchte Michael sie ein wenig zu beruhigen.

„Irgendwann erfuhr ich, dass Margret Krebs bekommen hatte. Ich weiß noch, es war, als ich meinen wöchentlichen Einkauf auf dem Markt in der Stadt machte. Ich war so geschockt und machte mir entsetzliche Sorgen um meine Freundin. Am selben Tag bin ich zu ihr hin gefahren und traf Margot draußen beim Spielen. Ich fragte sie, bei welchem Arzt ihre Mutter wäre und Margot guckte mich nur groß an. Sie meinte, dass ihre Mutter bei keinem Arzt war. Von da an ließ ich nicht locker und ging jeden Morgen zu Margrets Haus und verließ es erst, wenn es abends dunkel war. Nach fünf Tagen machte mir Margret endlich auf. Sie sah fürchterlich aus. Ganz blass und eingefallen. Ich sehe sie noch vor mir als wäre es gestern gewesen." Und die alte Betty schwieg wieder einen Moment. Dann holte sie tief Luft: „Dann ließ mich Margret rein und erzählte mir alles. Sie erzählte mir, wie sie nach der Geburt von Thomas ihn das erste Mal ansah und tief in seinen Augen das Böse sah. Und als sie mir es erzählte, schauderte sie. Ich hielt Margret erst für verrückt. Aber ich glaube inzwischen fest daran, dass sie das wirklich gesehen hatte. Danach konnte sie den Kleinen nicht mehr anfassen. Selbst anschauen wollte sie ihn nicht. Der arme Vater musste sich um alles kümmern. Er hat den kleinen Thomas mit der Flasche groß gezogen und Margot half so gut wie sie in dem Alter helfen konnte. Damals habe ich mich für Margret geschämt, dass sie sich nicht um ihr eigenes Kind kümmern konnte. Aber ich glaube, was auch immer es war, es hat sie sehr, sehr krank gemacht. Ob es das Böse von Thomas war oder etwas ganz anderes." Betty holte wieder tief Luft. „Irgendwann wurde es Margrets Mann zu viel und er erzählte allen Leuten, dass Margret Krebs hätte, damit er ihre Abwesenheit erklären konnte. Und nachdem mir Margret das alles erzählt hatte, durfte ich sie wieder regelmäßig besuchen kommen. Ihr ging es dadurch

auch besser und sie schaffte es wenigstens wieder
sich um Margot zu kümmern. Sie hatte sich dafür
gehasst, dass sie es ja noch nicht einmal mehr
geschafft hatte sich um die entzückende Margot zu
kümmern.

Aber eines Abends stand Margret plötzlich vor
meiner Tür. Es war schon sehr, sehr spät. Sie
hatte eine kleine Tasche in der Hand und sagte
nur zu mir, dass sie es nicht mehr aushalten
würde. Sie hatte Angst, dem kleinen Thomas
irgendwann etwas anzutun. So sehr hasste sie ihr
eigenes Kind. Margret war wohl noch kurz am
überlegen, ob sie Margot mitnimmt, hatte aber
beschlossen, dass sie es wohl bei ihrem Vater
besser hätte. Das war ein riesiger Fehler von
meiner guten alten Freundin", seufzte Betty.

„Wieso?", unterbrach Brad sie schon wieder.
„Junger Mann", sagte Betty lächelnd, „immer eins
nach dem anderen. Also verließ sie jedenfalls an
diesem Abend ihre Familie und die Stadt und
kehrte nie wieder zurück. Seit dem bekam ich
immer mal wieder Post von ihr. Und ich merkte,
dass es ihr besser ging. Weit, weit weg von
Thomas. Sie fragte zwar immer wieder nach Margot,
aber das ließ mit der Zeit nach. Ich hatte das
Gefühl, dass sie langsam vergaß, dass sie mal
eine Familie hatte.

Ihrem armen Mann blieb nichts anderes übrig als
allen zu erzählen, dass sie verstorben wäre. Die

Leute hätten das nicht verstanden und womöglich ihn noch irgendwelcher schlimmen Dinge verdächtigt.

Ich half danach oft im Haus und versuchte den Kindern ein Mutterersatz zu sein. Aber mehr als ein schlechter Ersatz wurde ich auch nie. Dann fing ihr Vater an immer mehr an der ganzen Situation kaputt zu gehen. Vor allem als es anfing, dass Thomas Margot hinterher guckte. Ich sah einmal wie er sie anstarrte und mir lief es kalt den Rücken herunter. Da musste ich daran denken, dass es für Margot wahrscheinlich doch besser gewesen wäre, wenn ihre Mutter sie mitgenommen hätte. Zu meiner Schande muss ich gestehen, dass ich das ganze irgendwann auch nicht mehr ertragen konnte und anfing mich zurück zu ziehen. Die Flynns habe ich dann nur noch ab und zu in der Stadt getroffen. Aber viel geredet haben wir nicht mehr." Betty seufzte wieder tief. Brad und Michael mussten nun auch erst einmal tief durchatmen.

„Wo lebt die Mutter?", fragte Michael. Ihm gingen gerade so viele Fragen durch den Kopf: 'Wusste sonst noch wer außer der alten Betty davon?' 'Hatte Thomas davon noch erfahren, bevor seine restliche Familie verschwand?' 'War der Vater überhaupt tot?' Michael war sich gerade mit gar nichts mehr sicher. Und als er einen Blick zu seinem Freund warf, sah er, dass Brad genauso dachte.

Betty seufzte erneut: „Ich weiß es nicht. Eines Tages stand Margot, genau wie ihre Mutter Jahre zuvor, abends vor meiner Tür. Sie sagte, dass sie es nicht mehr zu Hause aushält. Sie wollte weg. Da hab ich ihr alles erzählt. Die Kinder dachten damals auch, dass ihre Mutter tot sei. Krank genug schien sie ja zwischendurch. Als Margot dann alles wusste, wollte sie ihrem Vater nicht das gleiche antun und ging wieder nach Hause. Vielleicht war das ein Fehler. Vielleicht sogar mein Größter an der ganzen Sache. Auf jeden Fall erzählte ich ihr, dass ihre Mutter inzwischen in San Francisco lebte und dort glücklich war. Ich weiß bis heute nicht, ob Margot ihre Mutter verstand oder für das Verlassen der Familie hasste." Betty atmete wieder tief ein und aus und schüttelte verzweifelt den Kopf.

„Danach kam Margot nie wieder zu meinem Haus. Wir sahen uns dann noch auf der Beerdigung ihres Vaters. Und Detectives, bevor sie überlegen, ihr Vater ist wirklich gestorben. Aber etwa eine Woche nach der Beerdigung..." Die alte Betty starrte ihn die Ferne, als hätte sie einen Geist gesehen.

„Was war nach etwa einer Woche?", fragte Brad ungeduldig als die alte Betty nicht wieder anfing zu reden.

Betty schüttelte sich kurz und schien aus ihren

Gedanken wieder aufzuwachen.

„Es war früh morgens, ich schaute draußen nach meinen frischen Blumen. Da stand plötzlich Thomas in meinem Garten. Er hatte es geschafft ganz leise an mich heran zu pirschen. Und das obwohl das sonst keiner so einfach schafft und er inzwischen ein beachtlicher, großer Mann geworden war. Da stand er jedenfalls, ganz still und starr. Nur in seinen Augen flackerte es. Innerlich schien er mir sehr aufgewühlt. Er fragte mich nur: 'wo ist sie?'. Ich wusste genau, dass er nach seiner Mutter fragte. Ich sah es ihm an. Aber ich wollte nichts verraten. Das wollte ich wirklich nicht!" Und plötzlich fing die alte Betty fürchterlich an zu weinen.

Michael ging zu Betty hin, kniete sich vor sie hin und tätschelte ein wenig unbeholfen ihren Arm: „Es ist alles gut. Wir sind hier und können Ihnen helfen, wenn sie wollen."

Betty Oates schaute ihn irritiert an. „Wieso wollen Sie mir helfen? Es ist passiert, was passiert ist. Vor der Vergangenheit habe ich keine Angst. Und vielleicht habe ich es auch verdient, was Thomas mir da antat. Vielleicht hätte ich früher mehr für ihn und seine Familie machen sollen. Vielleicht war das meine Bestrafung von Gott." Und die alte Betty schaute kurz nach oben in den Himmel und wandte sich dann wieder Brad und Michael zu. „Er ließ an dem Tag in meinem Garten von mir ab, als ich ihm dann sagte, dass seine Mutter in San Francisco war. Und so schnell wie er aufgetaucht war, genauso schnell war er auch wieder verschwunden. Ich tat direkt danach aber nichts anderes als einen Brief an Margret zu schreiben und ihr kurz und knapp von meiner Begegnung mit Thomas zu berichten. Und in dem Brief forderte ich sie dazu auf San Francisco zu verlassen und mir nie wieder zu schreiben wo sie wohnt. Seit dem Tag habe ich nie wieder etwas von meiner Freundin Margret gehört. Und Margot sah ich auch nie wieder." Betty schaute in die völlig überraschten Gesichter der beiden Detectives. Und dann lächelte sie. „Mir geht es jetzt, ehrlich gesagt, um einiges besser. Es war wohl doch gut endlich alles zu erzählen. Andererseits frage ich mich gerade inwiefern ich Ihnen damit helfen konnte?"

„Das ist eine gute Frage", stellte Brad fest.

„Auf alle Fälle sagt es einiges über Thomas Flynn aus. Und es ist nicht ausgeschlossen, dass er der Mutter auch etwas angetan hat. Aber finden werden wir ihn so wohl auch nicht schneller", grübelte Michael vor sich hin.

„Bleibt uns jetzt schon wieder nichts anderes übrig als auf ein Zeichen von Lynn zu warten?", fragte Brad entnervt.

Kapitel 32

Die Dunkelheit brach herein als Han und Mark
endlich wieder eine Spur von Lynn gefunden
hatten. Bei ihrer Jagd nach Thomas Flynn hatte
Lynn absichtlich breite und auffällige Spuren
hinterlassen. Da die beiden aber erst später zu
Lynns Standort gekommen waren, waren manche
Spuren nicht mehr so deutlich zu erkennen. Was
sie aber noch nach langer Suche erkennen konnten
war, dass es wohl einen Kampf oder etwas in der
Art gab und Lynn, für Han und Mark zur
Verwunderung, zu Boden gegangen sein musste.
Ab hier war es aber wieder einfacher der Spur zu
folgen, da sich Thomas Flynn nicht mehr verfolgt
fühlte und scheinbar mehr zu tragen hatte, denn
seine Fußabdrücke waren sehr deutlich im Boden zu
erkennen. Und dann endete die Spur abrupt. Der
erdige Waldboden wich großen Steinplatten und
dort konnten die beiden noch die ersten dreckigen
Fußabdrücke erkennen, aber schon bald war kein
Dreck von den Schuhen mehr zu finden. Da
außerdem die Nacht anbrach mussten sie ihre Suche
wieder unterbrechen.
„Glaubst du, bei Lynn ist alles in Ordnung?",
fragte Han etwas besorgt.
Mark musste ein wenig grinsen: „Wann hat denn
Lynn nicht alles unter Kontrolle? Als ob sie
nicht alles genau so geplant hätte. Wenn Flynn

nicht mal langsam aus seinem Versteck gekommen
wäre, würden wir wahrscheinlich immer noch
ziellos umher irren. So können wir jetzt
wenigstens Lynns Spur folgen.“

„Naja, aber er hat sie nun schon ein wenig in
seiner Gewalt“, Han wollte sich nicht so einfach
beruhigen lassen.

Und da schienen auch bei Mark Zweifel und Sorgen
hoch zu kommen. Er starrte angestrengt in die
dunkle Nacht. „Sie packt das schon! Sie hat schon
beschissenere Typen überlebt!“, versuchte Mark
nun sich und Han zu beruhigen. „Trotzdem sollten
wir uns beeilen sie zu finden. Die Standpauke vom
General möchte ich nicht hören, wenn seiner
Chelsea auch nur ein Haar gekrümmt wird.“

„Versuchst du einen blöden Witz zu reißen oder
musst du dich jetzt schon selber beruhigen wie
ein kleines Kind?“, zog Han lachend seinen
Kameraden auf.

Bevor sie auf ihrem notdürftig hergerichteten
Nachtlager einschliefen, dachten aber beide
darüber nach, was passieren würde, wenn sie zu
spät kommen würden. Und Han hatte schon die
Hoffnung aufgegeben zumindest Chelsea da noch
lebend raus zu bekommen. Aber das wollte er nicht
offen vor Mark zugeben.

Als die ersten Sonnenstrahlen erschienen, waren
die beiden hellwach. In kürzester Zeit hatten sie

ihre Sachen zusammen gepackt und suchten systematisch das Gelände nach Spuren ab. Da sie auf den Steinplatten erst in die falsche Richtung gelaufen waren, hatten sie viel Zeit verloren, bevor sie endlich die Spur von Thomas Flynn wieder gefunden hatten. Ob beabsichtigt oder nicht, ist er einen Bogen auf den Steinen gelaufen, so dass die Richtung von ihm nicht einfach auszumachen gewesen war.

Nun liefen aber Han und Mark zügig der Spur von Thomas Flynn hinterher.

Nach einiger Zeit kamen sie zum Eingang der Höhle. Die beiden zögerten, aber dann erkannten sie das Fußspuren von Lynn, oder zumindest einer Frau ihrer Größe und ihres Gewichts, von der Höhle weggelaufen war.

Bevor die beiden sich aber darüber beratschlagen konnten, wohin sie gehen wollten, hörten sie sehr leise jemanden rufen. Sie konnten nicht verstehen was gerufen wurde, aber die Verzweiflung darin war deutlich zu hören. Also zogen beide ihre Waffen und gingen in die Höhle hinein. Nach ein paar Metern mussten sie ihre Taschenlampen anmachen um genügend zu erkennen. Und dann hörten sie wieder die verzweifelten Rufen. Diesmal war es aber laut genug um zu verstehen was gerufen wurde und nun überlegten die beiden nicht mehr sondern rannten los. Denn sie hatten Chelseas Stimme erkannt die voller Verzweiflung nach Lynn rief.

Sie kamen den Rufen immer näher und Han musste etwas mit dem beißenden Geruch kämpfen, der ihnen entgegenschlug. Als sie dann um eine Biegung kamen, standen sie unvermittelt in dem Höhlenraum. Han, der noch eben mit dem Gestank kämpfte, war jetzt nicht ganz so überrascht wie Mark, denn Han hatte den Geruch von eiternden Wunden, Urin und Schweiß schon erkannt.

Bevor sie sich aber die Höhle und die beiden darin verbliebenen Frauen genauer anschauten, stellten sie fest, dass Lynn nicht da war.

Genauso wenig wie Thomas Flynn.

„Chelsea, wo ist sie?", fragte Mark mit solch einem Nachdruck, dass Chelsea gar nicht wagte etwas anderes zu sagen.

„Sie hat versucht zu fliehen. Er ist ihr hinterher gerannt, dann wurde es still und auf einmal hörte ich wieder Lynn im Gang. Danach hörte ich seine Schritte näher kommen und dann schrie Lynn einmal kurz auf. Seine Schritte, die wieder weggingen und seit dem habe ich nichts mehr gehört", erklärte ihm Chelsea äußerst hysterisch, aber auch ein wenig erleichtert darüber, dass nun doch endlich Rettung für sie gekommen war.

Aber so schnell die Rettung gekommen war, genauso schnell drehten Han und Mark wieder um und rannten hinaus aus der Höhle. Beide waren der

gleichen Meinung, dass Lynn im Moment deren Hilfe
nötiger hätte als die beiden Frauen in der Höhle.
Zumal sie sich eh nicht sicher waren, was mit der
zweiten Frau war. Sie schien ihnen mehr tot als
lebendig.
Draußen atmeten beide tief durch um den Gestank
aus der Nase zu bekommen und widmeten sich dann
intensiv den Spuren um der Höhle. Sie konnten es
sich jetzt nicht erlauben der falschen Fährte
hinterher zu laufen.
Als sie nach kurzer Zeit die frischeste Spur, die
nicht wieder durch das Loch in den Höhleneingang
führte, ausfindig machen konnten, folgten sie
dieser umgehend.
Sie liefen so schnell es ging durch den Wald,
wieder leicht den Berg hinunter. Obwohl sie
solche Einsätze gewohnt waren und auch ihre
Kondition bestens war, raste beiden das Herz. Sie
waren doch sehr besorgt in welchem Zustand sie
ihre Anführerin vorfinden würden.
Beinahe wäre dann auch noch Mark gestolpert und
im nächsten Moment mussten beide inne halten, als
sie den leblosen und völlig blutüberströmten
Körper vor sich sahen, über den Mark fast
gestolpert wäre.

Kapitel 33

Michael und Brad standen nach dem Besuch bei
Betty Oates wieder vor dem Polizeirevier und
waren am überlegen, was sie nun tun sollten.
In dem Moment klingelte Michaels Telefon und
Captain McNamara war dran. Sie klang betroffen
als sie Michael fragte wo sie seien. Nach seiner
Antwort, dass sie direkt vor dem Revier standen,
sagte sie nur noch, dass der General angerufen
hatte und gab die Koordinaten durch, wo Brad und
Michael hinfahren sollten. Dann legten sie ohne
weitere Worte auf.
Brad konnte nur zusehen wie seinem Kollegen die
Gesichtszüge langsam entglitten.
„Der General hat angerufen. Wir sollen irgendwo
hin kommen", sagte Michael irritiert. Er wusste
nicht, ob das ganze eine gute oder schlechte
Nachricht war.
„Ich fahre!", war Brads einzige Reaktion, denn
bei seinem gerade geistig sehr abwesenden Freund
und Kollegen war er sich nicht sicher, ob sie
überhaupt irgendwo ankommen würden.
Nachdem sie die Koordinaten ins Navi eingegeben
hatten, kamen sie nach mehr als anderthalb
Stunden Fahrt an einen Weg, der kaum noch mit dem
Auto zu befahren war. Sehr langsam und vorsichtig
steuerte Brad das Auto über die Wurzeln und durch
die Schlaglöcher. Es dauerte für Michael gefühlt

nochmal eine Ewigkeit und er rutschte ungeduldig auf seinem Sitz hin und her. Außerdem schaute er immer wieder auf sein Telefon, aber hier draußen hatte er keinen Empfang. Wen hätte er auch anrufen sollen, fragte er sich selber. Lynn hätte ihn schon längst angerufen, wenn sie könnte. Da war er sich sicher.

Noch bevor sich Michael anfangen konnte zu freuen, dass das Navy ihnen endlich anzeigte, dass sie das Ziel gleich erreicht hatten, kamen sie auf eine große Lichtung. Mitten auf der Lichtung stand ein Rettungshubschrauber, der gerade wieder startete.

Und überall standen Autos. Teilweise von der Spurensicherung, zwei Autos schienen vom FBI zu sein, ebenso SUVs, die sehr nach dem Militär aussahen, und weitere Polizeiautos.

Brad parkte das Auto so, dass er hoffte keinem im Weg zu stehen und beide stiegen aus. Michael wollte gerade einen vorbeilaufenden Polizisten fragen, was hier eigentlich los sei, als ein großer und kräftiger Soldat auf die beiden zukam und fragte: „Detective Brad Nolan und Michael Rodriguez?"

„Ja", antwortete Michael zögerlich.

„Folgen Sie mir bitte!", sagte der Soldat.

Die Aufforderung des Soldaten war nach den ersten paar Metern weit aus schwieriger als angenommen, da er erstens mit einem ziemlich flotten Tempo voran lief und zweitens war von den ganzen anderen, die hier schon bergauf und bergab gelaufen waren, der Weg so zertreten, dass es sehr rutschig war. Das schien den Soldaten aber nicht zu stören und da Brad und Michael zu beschäftigt waren irgendwie hinter zu kommen, konnten sie ihm auch keine Fragen stellen.

Plötzlich blieb der Soldat stehen und drei Männer kamen mit einer Trage vorbei. Auf der Trage schien ein Toter zu liegen, denn der Körper war mit einem weißen Tuch abgedeckt. Aufgrund der Größe und den Problemen der drei Männer die Trage zu halten, schlossen die beiden Detectives darauf, dass sich ein Mann, vielleicht Thomas Flynn, unter dem Tuch befinden musste.

„Ja, das ist er!", sagte auf einmal der Soldat. Scheinbar war es zu deutlich zu erkennen was Brad und Michael gerade dachten.

„Was ist mit Lynn?", konnte Michael endlich fragen. Denn einerseits war er nun wieder zu Luft gekommen und andererseits traute er sich jetzt endlich diese Frage zu stellen.

„Lynn?", fragte der Soldat mit einem breiten Grinsen. „Die kriegt auch so ein großer Geisteskranker nicht kaputt."

Der Soldat drehte sich lachend um und marschierte weiter den Berg hoch.

Endlich kamen sie zum Höhleneingang und der

Soldat blieb salutierend stehen. „General?",
fragte er vorsichtig.

Der General drehte sich um, nickte dem Soldaten
zu, dass er sich rühren durfte und wandte sich
dann an Michael: „Ich weiß zwar nicht, wie viel
Sie dazu beigetragen haben, aber trotzdem mein
Dank auch an Sie, dass ich meine beiden Töchter
wieder habe. Leider nicht unversehrt, aber das
lege ich Ihnen mal gerade nicht zur Last."

Mit diesen Worten drehte sich der General wieder
um und ging weg. Und noch bevor Brad und Michael
etwas sagen konnten, sahen sie Lynn auf einem
Stein neben der Höhle sitzen. Ihr rechtes Bein
war provisorisch geschient und mehrere Kratzer
und blaue Flecken waren in ihrem Gesicht und an
den Armen zu erkennen. Aber ansonsten hatte sie
einen zufriedenen Gesichtsausdruck. Und sie
lächelte noch ein wenig mehr, als sie Michael und
auch Brad sah.

„Na, schafft ihr es auch noch mal zu kommen?",
fragte sie die beiden grinsend.

Michael wollte eigentlich am liebsten zu Lynn
hinlaufen und sie in den Arm nehmen. Aber vor all
den anderen und in Anwesenheit des Generals
traute er sich nicht. Also blieb er gut einen
Meter vor ihr stehen und fragte nur: „Was ist
denn hier passiert?"

„Tja...es war einmal vor langer, langer Zeit",
fing Lynn lachend an. Sie schien bester Laune.

„Nachdem wir hier bei der Suche nicht weiter kamen und das Gelände einfach viel zu weitläufig war, mussten wir irgendwie schneller ans Ziel kommen. Da ich dann noch merkte, dass mich jemand verfolgte... Und hier bin ich einfach mal von der Wahrscheinlichkeit ausgegangen, dass nicht noch ein Irrer durch den gleichen Wald auf der Suche nach einem Opfer streift...war das wohl Thomas Flynn. Der Arsch verstand es nur leider seine Spuren zu verwischen und so musste ich mich von ihm gefangen nehmen lassen. Leider hab ich da die Rechnung ohne meine beiden unfähigen Kameraden gemacht." Lynn schaute sehr zornig zu Han und Mark hinüber, die in der Nähe standen und sich mit dem General unterhielten. Sie bemerkten ihren Blick und Han schaute etwas beschämt zu Boden, bis Lynn wieder anfing zu lachen. „Schon gut. Flynn ist echt gut darin seine Spuren zu beseitigen und Han und Mark brauchten auch einige Zeit, bis sie überhaupt die Stelle erreicht hatten, wo er mich überfallen hatte. Wir sind ja vorher sehr weit auseinander gegangen um möglichst schnell was zu finden. Naja, auf jeden Fall kamen die beiden nicht und ich hatte Sorge, dass Flynn was Dummes vorhatte, also versuchte ich zu fliehen. Und da denkt man, dass ich das schon hinkriege und falle durch so ein scheiß Loch wieder in diese verkackte Höhle. Und verkackt ist sie ja leider wortwörtlich."

Lynn drehte sich dabei um und schaute zum
Höhleneingang. Ihr Gesicht wurde dabei etwas
finster und Zorn stieg in ihr auf. Im nächsten
Moment wandte sie sich aber wieder lächelnd zu
Michael und Brad um.

„Also nachdem ich mir bei meinem Fluchtversuch
auch noch das Bein gebrochen hatte, wollte mich
der Irre wohl umbringen. Er schleifte mich nach
draußen, irgendwo in den Wald. Dann machte er den
einzigen wirklichen Fehler und beugte sich zu mir
hinunter", und Lynn verzog keine Miene als sie
einige Details bewusst ausließ. „So hatte ich die
Möglichkeit und konnte...", sie zögerte. Sie war
sich nicht sicher, ob sie Michael erzählen
wollte, wie sie Flynn umgebracht hatte. Er würde
es zwar später eh in den Akten nachlesen können,
aber sie wollte seinen Gesichtsausdruck nicht
sehen, wenn ihm klar würde, dass sie nicht besser
als ein Monster wie Thomas Flynn war. „Egal.
Flynn ist tot. Und Chelsea mehr oder weniger
wohlbehalten im Krankenhaus, nachdem meine beiden
Jungs auch mal aufgetaucht waren." Wieder ein
kurzer strafender Blick in Richtung Han und Mark,
den Lynn aber gleich wieder mit einem Lächeln
aufhob. „Die anderen Frauen sind wohl leider alle
tot. So wie mir Chelsea das kurz erzählt hatte,
deutet alles darauf hin, dass er sie irgendwo im
Wald entsorgt hat. Keine Ahnung, ob man da noch
was finden kann." Lynn machte wieder einen Moment

Pause und schaute noch einmal in Richtung Höhleneingang.

„Das einzige, was mir bisher noch nicht klar ist: wer ist Margret?"

Michael und Brad schauten einander verwundert an.

„Woher kennst du den Namen?", fragte Brad.

„Sie hat ihn mir gesagt", antwortete Lynn und wunderte sich was an ihrer Frage denn so komisch sei.

„Sie hat ihn dir gesagt? Wer ist SIE?", fragte nun Michael äußerst überrascht.

„Sie selber hat mir ihren Namen gesagt. Als ich ihr sagte, dass Thomas Flynn tot ist", erklärte Lynn nun leicht gereizt, da sie nicht verstand, warum die beiden so irritiert waren.

Brad und Michael wussten nicht was sie sagen sollten.

„Also, wer ist jetzt Margret?", fragte Lynn mit Nachdruck.

„Die Mutter von Thomas Flynn", antworteten beide zusammen.

„Jedenfalls wüsste ich nichts von einer anderen Margret", fügte Michael hinzu.

Lynn starrte die beiden an.

„Ich dachte, die Mutter ist tot", sagte Lynn während sie die Situationen mit Margret in ihrem Kopf durchging. Sie analysierte dabei alles was gesagt oder gemacht wurde. Wobei Margret nicht viel gemacht hatte, außer rumhängen. Bei dem

Gedanken musste Lynn einerseits über ihr Wortspiel lachen und andererseits schimpfte sie innerlich mit sich selbst über so wenig Taktgefühl.

„Dass die Mutter tot ist, dachten alle. Nur ihre beste Freundin wusste es besser und hatte es irgendwann Margot verraten. Und die dann wohl Thomas", erklärte ihr Michael.

„Na, dann ist das ganze Gebrabbel von ihr selbsterklärend. Denn die Frau in der Höhle, diese Margret gab sich für alles die Schuld und sagte noch was wie 'ich hätte es gleich beenden sollen. Gleich als ich die Augen sah.' Gut, wenn ich ehrlich bin, ist das für mich nicht selbsterklärend", gestand Lynn nachdenklich.

Dann erzählte ihr Michael alles was sie von der alten Betty Oates erfahren hatten.

Während Michael erzählte, schien Brad immer nervöser zu werden. Als er fertig war, fuhr Michael seinen Partner an: „Was ist denn los mit dir?"

„Wo ist Margret? Ich würde auch gerne mit ihr reden", antwortete er.

„Oh", sagte Lynn etwas bedrückt. „Sie schien ihre letzte Kraft zusammen zu nehmen und sagte mir ihren Namen, nachdem ich ihr von Flynns Tod erzählte. Dann sagte sie noch was wie 'er hatte sich nicht im Griff als er sich Margot holte', 'er weinte, als er mir sagte, dass sie es nicht

überlebt hatte'" Lynn überlegte kurz. „Dann
schwieg sie länger, weil sie keine Kraft mehr
hatte. Als sie wieder reden konnte, kam nur noch
das Gerede darüber, dass sie die Schuld an allem
trägt und es hätte beenden sollen. Dann schaute
sie mich an und ich glaube, sie hatte endlich
ihren Frieden gefunden. Und dann war's das auch
mit ihr", sagte Lynn trocken. „Ihr Sohn hatte sie
mehr als zugerichtet. Das da überhaupt noch ein
Lebenswille in der Frau war, wundert mich
sowieso."

Brad und Michael war ihre Enttäuschung über den
Tod von Margret anzusehen. Sie hatten die
Hoffnung, dass nicht alle Frauen, die sich Thomas
Flynn geholt hatte, sterben mussten.

Lynn schien ihre Gedanken lesen zu können und
versuchte die beiden aufzumuntern: „Wenigstens
kann er jetzt keiner mehr was antun. Und
zumindest Chelsea ist da wieder lebend raus. Sie
wird euch einiges zu dem Fall und auch zu einer
Brittany sagen können. Ich hoffe, das hilft euch
weiter den Fall ganz abschließen zu können."

Michael horchte auf einmal auf: „Wieso wir? Wieso
du nicht auch? Willst du gleich wieder weg?",
fragte er besorgt.

„Wollen ist die eine Sache, Michael", dabei sah
sie ihn an und der Schmerz über die Trennung war
ihr anzusehen. „Wir hatten einen Einsatz, den ich
wegen Chelsea abbrechen musste. Und auch, wenn

ich ein gebrochenes Bein habe, so kann und werde ich mein Team vor Ort unterstützen. Zu lange kann ich den Haufen nicht alleine lassen, sonst machen die zu viel Blödsinn", sagte Lynn und versuchte somit die Stimmung wieder ein wenig zu heben. Genau in dem Moment kamen Han und Mark, nickten ihr fragend zu. Lynn nickte nur kurz zurück und so stützten die beiden sie von rechts und links und halfen ihr auf die Beine.
Nachdem Lynn einen festen Halt bei ihren Kameraden hatte, machten sich die drei langsam auf um den Berg hinab zu steigen.
Der General lief voraus und wartete zwischendurch immer wieder auf die drei.
Sie ließen ohne ein weiteres Wort Brad und Michael stehen. Wobei die beiden in dem Moment eh nicht gewusst hätten, was sie sagen sollten.

Als die vier schon längst hinter den Bäumen aus deren Blickfeld verschwunden waren, rannte Michael hinterher.
„Lynn!", schrie er.
Die anwesenden Polizisten drehten sich verwundert zu ihm um, aber das bemerkte Michael gar nicht.
Er rannte nur und rief immer wieder ihren Namen, bis er sie endlich erreicht hatte. Dabei wunderte er sich, wie schnell doch Lynn mit ihrem gebrochenen Bein unterwegs war.
„Was ist denn, Michael?", fragte ihn Lynn

verwundert.

„War's das? Sehen wir uns nie wieder?", fragte er verzweifelt. Er ignorierte die Blicke vom General, Han und Mark, die gerade nicht so viel verstanden.

Lynn zögerte mit ihrer Antwort.

„Ich glaube nicht, dass du weißt worauf du dich mit mir einlassen würdest..."

„Doch!", unterbrach Michael sie.

„Wenn mein Einsatz vorbei ist, und das kann ich jetzt noch nicht absehen, und du immer noch nicht wieder bei klarem Verstand bist was mich angeht, werde ich mich bei dir melden. Und keine Sorge, ich find ich schon. Egal wo!", sagte Lynn verschmitzt lächelnd.

Dann drehten sich alle wieder um, stiegen den Berg weiter hinab und ließen Michael alleine zurück.

Kapitel 34

Lynn saß wieder im Flugzeug. Aber diesmal mit einem guten Gefühl, denn Han und Mark waren bei ihr. So war sie nicht das einzige Monster, sondern eins unter mehreren, stellte sie zufrieden grinsend fest und schaute zu ihren Kameraden hinüber. Han nickte ihr lächelnd zu und war froh, dass sie ihre Chefin mehr oder weniger wohlbehalten wieder hatten.

Die lehnte sich nach hinten, schloss die Augen und versuchte sich noch ein wenig auszuruhen.

Es waren inzwischen drei Tage vergangen, seit sie Chelsea aus dieser Höhle befreien konnten. Drei Tage, seit sich Lynn bei ihrem Fluchtversuch den Daumen und dann bei dem Sturz das Bein gebrochen hatte. Drei Tage, seit sie den Kampf mit Thomas Flynn beinahe verloren hätte. Michael hätte sie das nie erzählen können, aber Han und Mark hatten sie gesehen und ihr geholfen, manche Wunden zu verbergen. Sie wussten, dass Lynn nicht wollte, dass sie in so einem Zustand gesehen worden wäre. Zumindest nicht von anderen außer ihrem Team. Denn nachdem Flynn sie mit dem gebrochenen Bein in der Höhle gefunden hatte, hatte er sie lachend gepackt und nach draußen geschleift. Dort nahm er sie mit sich noch weiter weg von der Höhle. Lynn versuchte trotz gebrochenem Bein einigermaßen mitzulaufen, damit er sie nicht noch weiter über den Boden schleifte.

Plötzlich hielt Flynn an und ließ Lynn auf den Boden fallen. Ohne zu zögern, schmiss er sich auf sie und riss ihre Hose runter. Lynn kannte den Schmerz, der gleich folgen würde. Aber so sehr sie sich auch versuchte gegen ihn zu wehren, sie schaffte es nicht. Zu geschickt und erfahren war er inzwischen. Und auch einfach zu kräftig.

So konnte es Lynn nur über sich ergehen lassen, als er brutal in sie eindrang. Sie spürte den Schmerz, den es verursachte, wenn Haut und das darunter liegende Fleisch reißt. Auch konnte sie spüren, wie ihre Lunge unter seinem Gewicht zusammen gedrückt wurde und ihre Rippen schmerzten. Dann spürte sie, wie eine zweite Rippe brach und der Rippenbruch von der Entführung auch wieder aufbrach.

Aber all das registrierte Lynn in ihrem Kopf sehr sachlich und ruhig. Sie kannte die Schmerzen, sie wusste, dass das alleine sie nicht umbringen würde. Beim Militär und vom General hatte sie gelernt, den Schmerz besser kontrollieren zu können. Und sie hatte immer wieder gelernt, dass nach all solchen Sachen das Leben weiter geht. Ob man will oder nicht.

So lag nun Flynn auf ihr, rammte sich immer wieder in sie hinein, und ihr blieb nichts anderes übrig, als abzuwarten, dass er unvorsichtig werden würde.

Und dann kam er, nicht laut oder deutlich, aber doch für Lynn erkennbar und seine Konzentration ließ nach. Sie nutzte den Moment und riss ihre Hand aus seinem Griff los. Mit der Hand schaffte sie es schnell genug auf Höhe seines Kopfes zu gelangen und rammte ihrerseits die Finger in seine Augen. Dies tat sie mit so einer Wucht, dass der eine Augapfel von Thomas Flynn aufplatzte. Er schrie vor Schmerz und fasste sich mit beiden Händen ins Gesicht. Dadurch kam er aus dem Gleichgewicht und während Flynn zu der einen Seite hinfiel, rollte sich Lynn sofort zu der anderen Seite unter ihm weg. Sie lag noch auf dem Boden, trat ihm aber mit ihrem heilen Bein so kräftig sie konnte ins Gesicht. Sein Nasenbein brach und auch zwei oder drei Finger, da er immer noch die Hände vor sein Gesicht hielt. Er schrie und fluchte nun noch lauter und krümmte sich vor Schmerzen.

Lynn schaffte es sein Jagdmesser, welches er am Gürtel trug, zu greifen und stieß dieses mit voller Wucht in seinen Bauch. Und wieder schrie Flynn auf.

Nun zögerte Lynn einen Moment. Sie wollte Thomas Flynn töten. Darin bestand kein Zweifel. Aber sie wollte auch noch Antworten, also konnte sie es nicht riskieren ihn so zu quälen, wie sie wollte. Ein vorzeitiger Tod seinerseits war dabei zu schwer einzuschätzen.

Also hielt sie inne und zog das Jagdmesser nicht
weiter in ihm hoch.

Lynn fragte jetzt nur ruhig: „Wieso all die
Frauen? Und wenn du nicht antwortest...", sie
lachte kurz auf: „glaub mir, ich hab dann meinen
Spaß mit dir!".

Vor Schmerzen schnaufend, antwortete Flynn: „Ich
wollte nur meine Schwester. Immer nur Margot!
Aber das hat mir mein Vater genommen. Dann war er
endlich tot und ich nahm sie mir. Aber dadurch
wurde mir mein Engel wieder genommen." Dabei
klang Flynn als wäre ihm sein Herz herausgerissen
worden. Aber Lynn konnte sich gut vorstellen,
dass er sich bei seiner Kraft und seinem
Verlangen nicht unter Kontrolle hatte und während
er seine Schwester vergewaltigte, sie auch damit
umbrachte.

„Und dann?", fragte sie ruhig.

„Nimm das Messer aus mir heraus!", brüllte er sie
an.

Lynn nahm das zum Anlass und drehte die Klinge in
seinem Bauch einmal herum. Flynn schrie wieder
auf und sie sagte ihm nur trocken: „Du befiehlst
mir garantiert nichts! Antworte mir oder ich mach
das nochmal."

Flynn zögerte nun keinen Moment und redete: „Als
ich nach der Beerdigung von unserem Vater Margot
besuchte, erzählte sie mir, dass Mutter noch
lebte. Ich hatte so was schon immer gespürt. Aber

das meine eigene Schwester mir das erst erzählt, wenn ich sie..." und er schluchzte. Lynn war nicht klar, ob er bei dem Gedanken an den Tod seiner Schwester weinen musste, oder es reichte, dass er ihr Schmerzen zugefügt haben musste um das zu erfahren.

Er beruhigte sich aber gleich wieder, in dem Wissen, dass er sonst im nächsten Moment auch wieder Schmerzen spüren würde. „Ich holte mir nach dem Tod meines Engels meine Mutter. Aber sie war kein Ersatz für meine Margot. Ich konnte sie nur bestrafen, für all das was sie mir angetan hatte. Und dann begab ich mich auf die Suche nach einer wie meiner Margot. Aber keine war wie sie. Also brauchte ich die Frauen nicht mehr."

„Wo sind diese Frauen?", fragte Lynn, die Antwort ahnend.

„Die Tiere und der Wald haben sich geholt, was von ihnen übrig war", und dabei huschte ein zufriedenes Lächeln über seine Lippen.

Mit aller Kraft schob Lynn das Messer in ihm hoch bis zu seinem Herzen und drückte es dort noch weiter rein.

Und plötzlich waren seine Schmerzensschreie erloschen.

Aber Lynn hatte erfahren, was sie wissen wollte. Mehr wollte sie nicht mehr von ihm hören. Nie wieder!

Nun legte sie sich ein Stückchen weiter von dem

toten Körper weg ins Moos. Dort atmete sie nur ruhig ein und aus und hoffte, dass Han und Mark endlich mal auftauchen würden. Sie hatte gerade keine Kraft mehr.

Aber all das war ihr nun egal. Es war alles wert gewesen, damit Chelsea nach Hause konnte. Chelseas physische Wunden würden alle verheilen, das hatten zumindest die Ärzte im Krankenhaus gesagt. Die psychischen Wunden, das wusste Lynn genau, würden nie richtig heilen. Aber sie wusste auch, dass sie Chelsea gerade nicht dabei helfen konnte. Sie wollte, dass ihre Schwester ihren eigenen Weg findet damit fertig zu werden. Lynn hätte ihr nur den falschen Weg zeigen können. Und dann wäre alles umsonst gewesen!